Titre original : *Hoot*
Édition originale publiée en 2002 par Alfred A. Knopf,
division de Random House, Inc., États-Unis
© Carl Hiaasen, 2002, pour le texte
© Éditions Gallimard Jeunesse, 2003, pour la traduction française

Carl Hiaasen

CHOUETTE

Traduit de l'anglais (États-Unis)
par Yves Sarda

FOLIO JUNIOR/**GALLIMARD** JEUNESSE

Ceci est une œuvre d'imagination.
Tous les noms et les personnages en sont soit inventés
soit utilisés fictivement.
Les chouettes, elles, sont on ne peut plus réelles.

*Pour Carly, Ben, Samantha, Hannah et Ryan,
bien entendu.*

Chapitre 1

Sans Dana Matherson, Roy n'aurait jamais remarqué l'étrange garçon ; car, d'habitude, Roy ne regardait pas par la vitre. Il préférait lire des B.D. et des romans policiers, le matin, pendant le trajet en bus jusqu'à Trace Middle.

Mais ce jour-là, un lundi (Roy ne l'oublierait jamais), Dana Matherson lui bloqua la tête par-derrière en pressant ses deux pouces sur ses tempes comme sur un ballon de foot. Les plus grands étaient censés rester au fond du bus, mais Dana s'était faufilé derrière le siège de Roy et l'avait pris en traître. Roy tenta de se libérer, alors Dana lui écrasa le visage contre la fenêtre.

C'est au même instant, en clignant à travers la vitre sale, que Roy repéra l'étrange garçon courant sur le trottoir. On aurait dit qu'il se dépêchait pour attraper le bus scolaire, qui venait de s'arrêter au carrefour pour ramasser d'autres élèves.

Le garçon, maigrichon, avait des cheveux blond paille et une peau brunie par le soleil. Il avait l'air tendu et grave. Il portait un maillot délavé de l'équipe de basket Miami Heat et un short kaki crasseux. Et, détail bizarre, pas de chaussures. Il avait la plante des pieds aussi noire que du charbon de barbecue.

Le collège de Trace Middle ne se caractérisait pas par un code vestimentaire très strict, mais Roy était persuadé qu'on y exigeait des élèves qu'ils soient chaussés. Le garçon aurait pu transporter une paire de baskets dans son sac à dos, s'il avait eu un sac à dos. Pas de chaussures, pas de sac à dos, pas de livres – étrange, en effet, un jour de classe.

Roy était certain que le va-nu-pieds allait s'attirer les foudres de Dana et des autres grands élèves une fois à bord du bus, mais tel ne fut pas le cas...

Parce que le garçon continua de courir – dépassa le carrefour, dépassa la file d'élèves qui attendaient de monter dans le bus, dépassa le bus lui-même. Roy eut envie de crier : «Eh oh! regardez ce mec!», mais sa bouche n'était pas en état de marche. Dana Matherson, lui maintenant toujours la nuque, lui plaquait la figure contre la vitre.

Alors que le bus décollait du carrefour, Roy espéra entrevoir encore le garçon un peu plus loin dans la rue. Cependant il avait quitté le trottoir et obliquait à présent à travers un jardin particulier –courant très vite, plus vite que Roy et peut-être même plus vite que Richard, le meilleur ami de Roy, là-bas au Montana. Richard était si rapide que, dès la septième, il s'entraînait avec l'équipe d'athlétisme du collège.

Dana Matherson enfonçait ses ongles dans le crâne de Roy, dans le but avoué de le faire crier, mais ce dernier ne sentait quasiment rien. Il était dévoré de curiosité devant l'étrange coureur qui traversait comme une flèche une pelouse après l'autre, devenant plus petit aux yeux de Roy, au fur et à mesure qu'il mettait de la distance entre le bus scolaire et lui.

Roy vit un grand chien à oreilles pointues, un berger allemand sans doute, bondir d'une véranda et s'élancer sur le garçon. Incroyable mais vrai, ce dernier ne dévia pas de sa trajectoire. Il sauta par-dessus le chien, fonça au travers d'une haie de merisiers, puis disparut.

Roy hoqueta.

– Kesk't'as, cow-girl ? T'as pas eu ton compte ? siffla Dana, dans l'oreille droite de Roy.

Étant le nouveau du bus, Roy n'attendait aucune aide des autres. Le sobriquet cow-girl était si nul que ça ne valait pas le coup de s'énerver. Dana était un imbécile pur jus et, par-dessus le marché, il pesait huit bons kilos de plus que Roy. Résister aurait été un gaspillage d'énergie complet.

– Ça te suffit pas ? On t'entend pas, Tex.

L'haleine de Dana empestait la vieille cigarette. Fumer et dérouiller plus petit que lui étaient ses deux passe-temps favoris.

– Ouais, ça va, fit Roy avec impatience. J'ai eu ma dose.

A peine libéré, Roy baissa la vitre et passa la tête au-dehors. L'étrange garçon avait disparu.

Qui était-ce ? Qu'est-ce qui le faisait courir ?

Roy se demanda si un autre passager du bus avait vu la même chose que lui. Et un instant il se demanda s'il n'avait pas eu la berlue.

Le même matin un agent de police du nom de David Delinko fut envoyé sur le site d'une future Maison des Crêpes 100 % Américaines de Maman Paula. C'était un terrain vague à l'angle d'Oriole Est et de Woodbury, en bordure de la ville.

Un homme au volant d'un pick-up bleu foncé accueillit l'agent Delinko. Le type, chauve comme un ballon de plage, se présenta comme le Frisé. Delinko se dit que le chauve devait avoir le sens de l'humour pour assumer un surnom pareil, mais il se trompait. Le Frisé était renfrogné et tout sauf souriant.

– Faut que vous voyiez ce qu'ils ont fait, dit-il au policier.

– Qui ?

– Suivez-moi, fit celui qu'on appelait le Frisé.

L'agent Delinko lui emboîta le pas.

– Le standardiste m'a dit que vous vouliez signaler un acte de vandalisme.

– Ouais, grogna le Frisé par-dessus son épaule.

Le policier se demandait ce qu'on pouvait bien vandaliser sur ce terrain, qui se réduisait à quelques hectares de mauvaises herbes. Le Frisé s'immobilisa et désigna un petit morceau de bois sur le sol. Un ruban de plastique rose vif était fixé à l'une des extrémités du bâton. L'autre était pointue et incrustée de terre grisâtre.

– Ils les ont retirés, fit le Frisé.

– C'est un jalon ? demanda Delinko.

– Ouais. Ils les ont arrachés du sol jusqu'au dernier, bon sang.

– Des gosses, probablement.

– Et après, ils les ont balancés un peu partout, continua le Frisé, agitant son bras charnu, et ils ont rebouché les trous.

– C'est un peu bizarre, commenta le policier. Et ça s'est passé quand ?

– Hier au soir ou tôt ce matin, répondit le Frisé. Peut-être que ça vous paraît pas une affaire, mais ça va prendre un sacré bout de temps pour rejalonner le site. En attendant, on peut pas commencer à débroussailler, à niveler ni rien. On a déjà loué des pelleteuses et des bulldozers et maintenant, faut qu'ils restent au repos. J'sais bien que c'est pas le crime du siècle, mais quand même...

– Je comprends, dit l'agent Delinko. A combien estimez-vous les dégâts ?

– Les dégâts ?

– Oui. Pour que je le mette dans mon rapport.

Le policier ramassa le piquet et l'examina.

– Il n'est pas vraiment cassé, hein ?

– Ben, non...

– Il y en a de détruits ? demanda l'agent Delinko. Combien coûte un de ces machins pièce – un dollar, deux ?

Le nommé Frisé perdait patience.

– Ils ont cassé aucun piquet, fit-il d'un ton bourru.

– Pas un seul ?

Le policier tiqua. Il essayait d'imaginer ce qu'il pourrait consigner dans son rapport. Il n'y a pas de vandalisme sans dégâts chiffrables et si rien sur les lieux n'était cassé ni dégradé…

– Ce qu'j'essaie de vous expliquer, fit le Frisé avec irritation, c'est pas tant qu'ils aient foutu en l'air les jalons, c'est qu'ils ont foutu en l'air tout le planning du chantier. C'est ça qui va coûter un max de blé.

L'agent Delinko ôta sa casquette et se gratta le crâne.

– Faut que je réfléchisse un peu à tout ça, dit-il.

En revenant vers sa voiture de patrouille, le policier trébucha et tomba. Le Frisé l'attrapa sous le bras, le souleva et le remit sur pied. Les deux hommes étaient légèrement embarrassés.

– Ah, ces chouettes de malheur, dit le Frisé.

Le policier époussetait son uniforme, faisant tomber de la terre et des bourres d'herbe.

– Des chouettes, vous avez dit ?

Le Frisé désigna un trou dans le sol. Il était à peu près de la taille d'une des célèbres galettes au beurre salé de Maman Paula. Un monticule de sable blanc était visible à l'entrée.

– C'est ça qui vous a fait trébucher, apprit le Frisé à l'agent Delinko.

– Une chouette niche là-dedans ?

Le policier se pencha pour examiner le trou.

– De quelle grosseur ?

– A peu près celle d'une canette de bière.

– Sans blague ? fit l'agent Delinko.

– Mais j'en ai jamais vu une seule, officiellement.

Ayant regagné sa voiture, le policier sortit son calepin et se mit à rédiger son rapport. Il s'avéra que le vrai nom du Frisé était Leroy Branitt et qu'il était l'« ingénieur superviseur » du futur chantier de construction. Il tiqua en voyant le policier noter « contremaître » à la place.

L'agent Delinko expliqua au Frisé la difficulté qu'il y avait à enregistrer sa plainte en qualifiant le délit d'acte de vandalisme.

– Mon sergent risque de me renvoyer ça à la figure, parce que, au sens strict du terme, on n'a rien vandalisé du tout. Des gosses sont entrés sur votre terrain et ont retiré un tas de bâtons du sol.

– Comment vous savez que c'est des gosses ? marmonna le Frisé.

– Ben, qui ça pourrait être d'autre ?

– Vous les voyez combler les trous et balancer les piquets, rien que pour qu'on rejalonne le site de zéro ? Qu'est-ce que vous faites de ça ?

Ça troublait aussi le policier. Des gosses ne se donnent pas tant de mal d'habitude quand ils font une blague.

– Vous avez des soupçons particuliers ?

Le Frisé reconnut que non.

– Mais bon, disons que c'est des gosses. Est-ce que c'est pas un délit ?

– Si, bien sûr, c'est un délit, répliqua l'agent Delinko. J'ai simplement dit que ce n'était pas du vandalisme, au sens strict du terme. C'est de la violation de propriété et un acte de malveillance.

– Ça fera l'affaire, dit le Frisé en haussant les épaules. Tant que je peux avoir une copie de votre rapport pour la compagnie d'assurances. Au moins, on sera couverts pour le dépassement et les frais.

L'agent Delinko donna au Frisé une carte où figuraient l'adresse du service administratif de la police et le nom de l'employé chargé du classement des rapports. Le Frisé fourra la carte dans la poche de sa chemise.

Le policier mit ses lunettes de soleil et se glissa au volant de sa voiture, aussi chaude qu'un four à briques. Il mit rapidement le contact, et la climatisation à fond. Tout en bouclant sa ceinture, il dit :

– Mr Branitt, je voudrais encore vous poser une question. Simple curiosité.

– Allez-y, fit le Frisé, s'épongeant le front de son bandana jaune.

– Ça concerne les chouettes.

– Ouais.

– Que va-t-il leur arriver ? demanda l'agent Delinko. Quand vous allez lancer les bulldozers, je veux dire.

Le Frisé pouffa. Il crut que le policier plaisantait.

– Quelles chouettes ? fit-il.

Toute la journée, Roy ne put s'empêcher de repenser à l'étrange coureur. Entre les cours, il scrutait les visages dans les couloirs, au cas où le garçon serait arrivé en retard au bahut. Peut-être qu'il revenait en hâte chez lui, se disait Roy, pour se changer et se chausser.

Mais Roy ne vit aucun élève ressemblant de loin ou de près à celui qui avait sauté par-dessus le gros chien à oreilles pointues. « Peut-être qu'il court encore », songeait Roy tout en déjeunant. La Floride était l'endroit idéal pour courir : Roy n'avait jamais rien vu d'aussi plat. Là-bas, au Montana, les pics des montagnes s'élevaient jusqu'à trois mille mètres dans les nuages. Par ici, on avait pour seules collines les ponts d'autoroute en béton – et leurs bretelles aux pentes douces et lisses.

Puis Roy se souvint de la chaleur et de l'humidité qui, certains jours, semblaient lui aspirer le tissu même des poumons. Courir longtemps sous le soleil de Floride serait une torture, songea-t-il. Il fallait être un sacré dur à cuire pour en faire une habitude.

Un garçon du nom de Garrett vint s'asseoir en face de Roy. Ce dernier le salua d'un signe de tête et Garrett fit de même, puis tous deux se remirent à manger le macaroni gluant de leur plateau-repas. Étant nouveau, Roy s'asseyait toujours seul, en bout de table, à la cafétéria. Roy était passé pro dans la catégorie « nouveau » ; Trace Middle était le sixième établissement qu'il fréquentait depuis le début de sa scolarité. Coconut Cove était la dixième ville où habitait sa famille depuis que Roy avait des souvenirs

Le père de Roy travaillait pour le gouvernement. Sa mère disait qu'ils déménageaient aussi fréquemment parce que le père de Roy, très bon dans son job (quel qu'il fût), obtenait souvent de l'avancement. Apparemment, c'était comme ça que le gouvernement récompensait le bon boulot : en vous mutant d'un endroit à un autre.

– Eh, lui fit Garrett. T'as un skateboard ?

– Non, mais j'ai un snowboard.

Garrett s'esclaffa.

– Pour quoi faire ?

– Là où j'habitais, il neigeait pas mal, dit Roy.

– Faut que tu te mettes au skate. C'est d'enfer, mec.

– Oh, je sais en faire. J'ai pas de planche, c'est tout.

– Alors faut que t'en trouves une, dit Garrett. Moi et mes potes, on se fait les centres commerciaux. Tu devrais venir.

– Ça serait cool, fit Roy, feignant l'enthousiasme.

Il n'aimait pas les centres commerciaux, mais appréciait que Garrett tâche de lier amitié.

Garrett, élève médiocre, avait la cote au collège parce qu'il déconnait en classe, faisant des bruits de pet chaque fois qu'un professeur s'adressait à lui. Garrett était le roi des pets bidons à Trace Middle. Son coup le plus célèbre était de péter juste avant l'appel.

Ironie du sort, la mère de Garrett était la conseillère d'orientation de Trace Middle. Roy supposait qu'elle épuisait ses dons chaque jour à l'école et se trouvait fort dépourvue pour les exercer sur Garrett, une fois rentrée à la maison.

– Ouais, on skate à donf tant que la sécurité nous course pas, disait Garrett. Après, on va se faire les parkings jusqu'à ce qu'on nous chasse de là aussi. C'est l'éclate.

– Génial, fit Roy, bien que traîner dans un centre commercial lui paraisse une façon plutôt ennuyeuse d'occuper son samedi matin. Il attendait avec impatience sa première balade en hydroglisseur dans les Everglades. Son père avait promis de l'emmener, un prochain week-end.

– Il y a d'autres bahuts dans le coin ? demanda Roy à Garrett.

– Pourquoi ? T'en as déjà marre de celui-là ? gloussa Garrett en plongeant sa cuillère dans son chausson aux pommes spongieux.

– T'es fou. Je te demande ça parce que j'ai aperçu aujourd'hui un mec bizarre à l'un des arrêts du bus. Sauf qu'il est pas monté à bord et que je l'ai pas revu au collège, expliqua Roy. Alors, j'ai supposé qu'il devait pas aller à Trace.

– Je connais personne qu'aille pas à Trace, dit Garrett. Y a une école catho là-haut, à Fort Meyers, mais ça fait super loin. Il était en uniforme, ce mec ? Parce que les bonnes sœurs, elles obligent tout le monde à en porter un.

– Non, il était carrément pas en uniforme.

– T'es sûr qu'il est au collège ? Peut-être qu'il va à Graham, suggéra Garrett.

Graham était le lycée le plus proche de Coconut Cove.

– Il m'a pas paru assez grand pour ça, dit Roy.

– C'est peut-être un nabot.

Garrett sourit et lâcha un bruit de pet avec une de ses joues.

– Je crois pas, fit Roy.

– Il était bizarre, t'as dit.

– Il avait pas de pompes, répondit Roy. Et il courait comme un taré.

– Peut-être qu'on le poursuivait. Il avait l'air d'avoir peur ?

– Pas vraiment.

Garrett opina.

– Il est au lycée. J'te parie cinq dollars.

Pour Roy, ça n'avait toujours pas de sens. Les cours à Graham High commençaient cinquante-cinq minutes plus tôt qu'à Trace ; les lycéens ne traînaient plus dans les rues depuis longtemps quand les bus du collège terminaient leur itinéraire.

– Alors, il séchait. Ça arrive tout le temps, dit Garrett. Tu manges pas ton dessert ?

Roy poussa son plateau vers lui.

– T'as déjà séché ?

– Ben, ouais, fit Garrett, sarcastique. Des tas de fois.

– T'as déjà séché tout seul ?

Garrett réfléchit un instant.

– Non. Toujours avec mes potes.

– Tu vois. C'est ce que je veux dire.

20

– Ben, quel intérêt ? Il est peut-être barje, le mec.

– Ou hors la loi, fit Roy.

Garrett eut l'air sceptique.

– Un hors la loi ? Tu veux dire comme Jesse James ?

– Non, pas tout à fait, dit Roy, bien que le garçon ait eu quelque chose de sauvage dans le regard.

Garrett éclata de rire à nouveau.

- Un hors la loi ! T'es trop, Eberhardt. Tu délires.

- Ouais, dit Roy, qui avait déjà un plan en tête.

Il était déterminé à retrouver le garçon qui courait.

Chapitre 2

Le lendemain matin, Roy échangea sa place dans le bus pour être plus près de la sortie. Quand le bus enfila la rue où il avait aperçu le garçon qui courait, Roy mit son sac à dos sur ses épaules et guetta à travers la vitre. Sept rangées plus loin, Dana Matherson tourmentait un sixième du nom de Louis. Ce dernier était originaire d'Haïti et Dana était impitoyable avec lui.

Au moment où le bus s'arrêta au carrefour, Roy passa la tête par la fenêtre et observa la rue des deux côtés. Personne ne courait à l'horizon. Sept gamins montèrent dans le bus mais l'étrange va-nu-pieds n'était pas parmi eux.

Même topo le lendemain et le surlendemain. Le vendredi, Roy avait quasiment renoncé. Assis à dix rangées de la porte, il lisait une B.D. X-Men quand le bus tourna au carrefour habituel et se mit à ralentir. Un vague mouvement au coin de son œil fit que Roy releva la tête de sa B.D. – et voilà qu'il était là, sur le trottoir, encore en train de courir ! Même maillot de basket, même short crasseux, mêmes plantes des pieds noires.

Alors que les freins du bus scolaire crissaient, Roy saisit son sac à dos, posé par terre, et se leva. Au même instant, deux grosses mains moites de sueur lui emprisonnèrent le cou.

– Ousque tu vas com'ça, cow-girl ?

– Lâche-moi, fit Roy d'une voix rauque, se tortillant pour se libérer.

La prise sur sa gorge se resserra. Il sentait l'haleine de cendrier de Dana près de son oreille droite :

– Comment ça s'fait que t'es sortie sans tes bottes aujourd'hui ? Depuis quand une cow-girl, ça se balade en Nike Air Jordan ?

– C'est des Reebok, couina Roy.

Le bus s'était arrêté et les élèves commençaient à monter. Roy était furieux. Il fallait qu'il atteigne la porte au plus vite avant que le chauffeur ne la referme et que le bus ne se remette à rouler.

Mais Dana ne voulait pas lâcher Roy, lui enfonçant ses doigts dans le gosier. Ce dernier cherchait l'air et se débattre ne faisait qu'aggraver les choses.

– Regarde-toi, t'es rouge comme une tomate ! ricana Dana dans son dos.

Roy savait qu'il était interdit de se bagarrer dans le bus mais ne voyait pas comment faire autrement. Il ferma le poing droit et le balança à l'aveuglette par-dessus son épaule le plus fort qu'il put. Le coup atterrit sur un truc moite et caoutchouteux.

Il y eut un cri étranglé, puis les mains de Dana

lâchèrent le cou de Roy. Haletant, Roy se précipita vers la porte du bus juste quand le dernier élève, une grande fille aux cheveux blonds frisés et avec des lunettes à monture rouge, grimpait le marchepied. Roy se faufila maladroitement, en la bousculant, et sauta dans la rue.

– Où tu te crois, toi ? demanda la fille.

– Eh, attends un peu ! s'écria le chauffeur.

Mais Roy n'était déjà plus qu'un point flou.

Le garçon courait loin devant lui ; Roy paria qu'il pouvait le talonner suffisamment pour ne pas le perdre de vue. Il savait qu'il ne pourrait pas courir à plein régime éternellement.

Il le poursuivit sur plusieurs blocs – par-dessus des barrières, à travers des arbustes ornementaux, en zigzaguant entre des chiens qui aboyaient, des arroseurs de pelouse et des jacuzzis. Bientôt, Roy sentit qu'il fatiguait. « Il est pas croyable, ce mec, se dit-il. Peut-être qu'il s'entraîne pour le marathon. »

Une seule fois, lui sembla-t-il, le garçon jeta un coup d'œil derrière lui, comme s'il se savait suivi, mais Roy n'en aurait pas juré. Le garçon était toujours loin devant et Roy cherchait l'air comme une truite hors de l'eau. Sa chemise était trempée et son front transpirait tellement que les yeux lui piquaient.

La dernière maison du quartier était encore en construction, mais le va-nu-pieds filait avec insouciance à travers bois de charpente et clous qui dépassaient. Trois ouvriers qui posaient du Placoplâtre s'interrompirent pour l'engueuler. Mais le garçon ne ralentit pas. L'un des hommes tendit le bras vers Roy mais le rata.

Soudain, ses pieds foulèrent à nouveau de l'herbe – la plus verte, la plus douce que Roy ait jamais vue. Il se rendit compte qu'il était sur un parcours de golf et que le garçon blond fonçait au milieu d'un long fairway luxuriant.

D'un côté, il y avait une rangée de pins d'Australie et de l'autre, un lac artificiel laiteux. Roy distingua loin devant quatre silhouettes habillées de couleurs vives qui firent de grands gestes au va-nu-pieds quand il passa à leur proximité.

Roy serra les dents et continua. Il avait les jambes comme du ciment humide et les poumons en feu. A cent mètres devant lui, le garçon vira à droite toute et disparut entre les pins. Roy s'obstina et se dirigea vers le bois.

Il y eut l'écho d'un cri de colère et Roy remarqua que les joueurs du fairway gesticulaient aussi après lui. Il continua de courir. Quelques instants plus tard, il y eut au loin un éclat de soleil sur du métal, suivi d'un « chtoc » assourdi. Roy ne vit la balle de golf qu'au tout dernier moment, lorsqu'elle atterrit à deux mètres devant lui. Il n'eut le temps ni de plonger ni d'éviter sa trajectoire. Tout ce qu'il put faire, ce fut de détourner la tête et de se préparer au choc.

Le rebond le frappa carrément au-dessus de l'oreille gauche mais il n'eut même pas mal sur le coup. Puis Roy se sentit tournoyer et osciller alors qu'une étincelle de feu d'artifice lui éclatait à l'intérieur du crâne. Il eut l'impression de tomber très longtemps, de tomber aussi doucement qu'une goutte de pluie roulant sur du velours.

Les golfeurs accoururent et, en voyant Roy le visage enfoui dans l'obstacle de sable, crurent qu'il était mort. Roy entendit leurs cris affolés mais ne bougea pas. Le sable, blanc comme du sucre, était frais contre ses joues brûlantes et il avait très sommeil.

« Le coup du "cow-girl" – ben, c'est de ma faute », songea-t-il. Il avait raconté au collège qu'il était originaire du Montana, le pays du bétail, alors qu'il était né à Detroit, dans le Michigan. Comme le père et la mère de Roy en avaient déménagé quand il était encore bébé, ça lui paraissait idiot de dire que c'était sa ville natale. Dans sa tête, Roy n'avait pas de vrai lieu de naissance ; sa famille n'était jamais restée assez longtemps quelque part pour que Roy s'y enracine.

De tous les endroits où les Eberhardt avaient vécu, Roy préférait Bozeman, au Montana. Ses montagnes aux pics déchiquetés, ses rivières vertes entrelacées, son ciel si bleu qu'il semblait une toile peinte – Roy n'avait jamais imaginé qu'il existât quelque chose d'aussi beau. Les Eberhardt y séjournèrent deux ans, sept mois et onze jours ; Roy aurait aimé y rester pour toujours.

Le soir où son père lui annonça qu'ils s'en allaient en Floride, Roy s'enferma dans sa chambre et pleura. Sa mère le surprit en train d'escalader la fenêtre avec son snowboard et une boîte de pêche en plastique dans laquelle il avait rangé des sous-vêtements, des chaussettes, un blouson de ski doublé de mouton et un bon d'épargne de cent dollars que son grand-père lui avait donné comme cadeau d'anniversaire.

Sa mère assura à Roy qu'il aimerait la Floride.

– Tout le monde en Amérique veut habiter là, lui avait-elle dit, c'est magnifique et très ensoleillé.

Puis le père de Roy avait passé sa tête à la porte et ajouté, avec un enthousiasme un peu forcé :

– Et n'oublie pas Disney World.

– Disney World, c'est un trou paumé, comparé au Montana, avait affirmé Roy, catégorique. Je veux rester ici.

Comme d'habitude, il n'eut pas la majorité.

Aussi quand le professeur principal de Trace Middle demanda au nouveau d'où il venait, il se leva et répondit fièrement Bozeman, Montana. Il fit la même réponse dans le bus scolaire à Dana Matherson quand ce dernier l'aborda le premier jour et, à partir de là, Roy eut droit à « Tex », « cow-girl » ou encore à « Roy Rogershardt ».

C'était de sa faute s'il n'avait pas dit Detroit.

– Pourquoi avoir donné un coup de poing à Mr Matherson ? lui demanda Violet Hennepin.

C'était la sous-directrice de Trace Middle, et dans

le box mal éclairé qui lui servait de bureau, Roy attendait maintenant d'être jugé.

– Parce qu'il m'étranglait.

– Mr Matherson a donné une autre version des faits, Mr Eberhardt.

Miss Hennepin avait des traits extrêmement pointus. Grande et osseuse, elle avait en permanence l'air sévère.

– Il affirme que vous l'avez agressé sans aucune raison.

– C'est ça, fit Roy. Je choisis toujours la plus grosse brute du bus pour m'amuser à lui abîmer le portrait.

– On n'apprécie guère les sarcasmes, ici à Trace Middle, dit Miss Hennepin. Vous rendez-vous compte que vous lui avez cassé le nez ? Ne soyez pas surpris si vos parents reçoivent une note de frais d'hôpital par courrier.

– Ce pauvre débile a failli m'étrangler.

– Vraiment ? Mr Kesey, le chauffeur de votre bus, dit qu'il n'a rien vu.

– Possible qu'il regardait la route, fit Roy.

Miss Hennepin sourit d'un air pincé.

– Vous avez une attitude des plus hargneuses, Mr Eberhardt. Que pensez-vous qu'on doive faire d'un garçon violent comme vous ?

– C'est Matherson qui est dangereux ! Il embête tous les plus petits dans le bus.

– Personne d'autre ne s'est plaint.

– Parce qu'on a peur de lui, fit Roy.

Ce qui expliquait aussi pourquoi aucun autre élève n'avait confirmé son histoire. Personne ne voulait moucharder Dana et se retrouver face à lui le lendemain dans le bus.

– Si vous n'aviez rien à vous reprocher, pourquoi vous être enfui dans ce cas ? demanda Miss Hennepin.

Roy remarqua qu'un poil d'un noir de jais lui jaillissait au-dessus de la lèvre. Il se demanda pourquoi Miss Hennepin ne l'avait pas épilé – était-il possible qu'elle le laisse pousser ?

– Je vous ai posé une question, Mr Eberhardt.

– J'ai couru parce que j'ai peur de lui, moi aussi, répondit Roy.

– Ou parce que vous aviez peut-être peur de ce qui vous arriverait quand l'incident serait signalé.

– C'est complètement faux.

– Selon le règlement, dit Miss Hennepin, vous pourriez être renvoyé de l'école.

– Il m'étranglait. Qu'est-ce que je pouvais faire d'autre ?

– Levez-vous, je vous prie.

Roy lui obéit.

– Et approchez, dit Miss Hennepin. Comment va votre tête ? C'est là que la balle de golf vous a frappé ?

Elle toucha la bosse violette et sensible, au-dessus de son oreille.

– Oui, m'dame.

– Vous avez de la chance, jeune homme. Ça aurait pu être pire.

Il sentit les doigts osseux de Miss Hennepin baisser le col de sa chemise. Son œil gris glacial s'étrécit et ses lèvres cireuses firent une moue consternée.

– Hmm, fit-elle, avec un regard d'épervier.

– Qu'y a-t-il ?

Roy recula hors de son atteinte.

La sous-directrice s'éclaircit la gorge et lui dit :

– Cette nodosité sur votre crâne m'informe que vous avez appris votre leçon à la manière forte. Je me trompe ?

Roy acquiesça sans un mot. Il était inutile de tenter de raisonner avec une personne qui cultivait un long poil graisseux sur sa lèvre. Miss Hennepin lui flanquait la frousse.

– Par conséquent, j'ai décidé de ne pas vous renvoyer de l'école, dit-elle, se tapotant le menton d'un crayon. J'ai cependant décidé de vous priver de bus.

– Vraiment ?

Roy faillit éclater de rire. Géniale, la punition ; plus de trajet en bus, plus de Dana !

– Pendant quinze jours, énonça Miss Hennepin.

Roy fit mine de le prendre mal.

– *Deux* semaines !

– En outre, je veux que vous rédigiez une lettre d'excuses à Mr Matherson. Une lettre *sincère*.

– D'accord, dit Roy. Mais qui l'aidera à la déchiffrer ?

Miss Hennepin fit cliqueter ses dents pointues et jaunes.

– N'abusez pas de votre chance, Mr Eberhardt.
– Non, m'dame.

A peine eut-il quitté le bureau que Roy gagna en vitesse les toilettes des garçons. Il grimpa sur l'un des lavabos qui avait une glace et baissa son col de chemise pour voir ce que Miss Hennepin avait examiné avec autant d'attention.

Roy s'adressa un grand sourire. Parfaitement visibles de chaque côté de sa pomme d'Adam, il y avait quatre ecchymoses en forme de doigts. Il pivota sur le rebord du lavabo et, étirant le cou par-dessus son épaule, aperçut les deux traces de pouces correspondantes sur sa nuque.

« Merci, gros naze, dit-il mentalement à Dana. Maintenant Miss Hennepin sait que je dis la vérité. »

Enfin, presque toute.

Roy avait passé sous silence ce qui concernait l'étrange coureur. Il ne savait trop pourquoi, mais il lui semblait que c'était le genre de chose qu'on ne dit pas à une sous-directrice à moins d'y être contraint et forcé.

Il avait manqué ses cours de la matinée et l'heure du déjeuner était presque passée. S'engouffrant dans la cafétéria, il se servit rapidement et dénicha une table inoccupée. Assis dos à la porte, il engloutit un chili burger et un carton de lait tiède. Le dessert était un cookie aux pépites de chocolat trop cuit, de la taille d'un palet de hockey et à peu près aussi appétissant.

– Trop dègue, murmura-t-il.

Le gâteau immangeable atterrit dans l'assiette avec un bruit mat. Roy prit son plateau et se leva pour s'en aller. Il sursauta quand une main s'abattit avec force sur son épaule. Il eut peur de se retourner – et si c'était Dana Matherson !

« La fin parfaite, songea Roy, lugubre, d'une journée parfaitement épouvantable. »

– Assieds-toi, fit une voix dans son dos qui n'avait rien à voir avec celle de Dana.

Roy écarta la main sur son épaule d'un revers de la sienne et pivota.

Debout, bras croisés, se tenait la grande blonde aux lunettes à monture rouge – celle qu'il avait croisée dans le bus. Elle n'avait pas l'air content du tout.

– T'as failli me renverser, ce matin, dit-elle.

– Pardon.

– Pourquoi tu courais ?

– Comme ça.

Roy tenta de passer outre mais, cette fois, elle fit un pas de côté, lui barrant le passage.

– Tu aurais pu me faire vraiment mal, dit-elle.

Roy se sentait mal à l'aise qu'une fille le prenne à partie, le genre de scène à laquelle on n'a pas envie que les autres garçons assistent. Le pire, c'était que Roy était intimidé pour de bon. La fille aux cheveux frisés était plus grande que lui, large d'épaules et avec des jambes bronzées et musclées. Elle avait l'air d'une athlète – le foot, sans doute, ou le volley.

– J'venais de balancer un coup de poing à un type, tu vois… commença-t-il.

– Oh, j'en ai entendu parler, fit la fille, narquoise. Mais c'est pas pour ça que t'étais si pressé, hein ?

– Bien sûr que si.

Roy se demanda si elle allait l'accuser d'autre chose, de lui avoir piqué l'argent du déjeuner dans son sac à dos, par exemple.

– Tu mens.

La fille s'empara avec audace de l'autre côté du plateau de Roy pour l'empêcher de partir.

– Lâche ça, fit Roy sèchement. Je suis en retard.

– T'affole pas. Y a encore six minutes avant que ça sonne, cow-girl.

Elle avait l'air prête à lui filer un pain dans l'estomac sans sourciller.

– Dis-moi la vérité, maintenant. Tu poursuivais quelqu'un, hein ?

Roy se sentit soulagé qu'elle ne lui reproche pas quelque chose de plus grave.

– Tu l'as vu, toi aussi ? Le garçon aux pieds nus ?

Sans lâcher le plateau, la fille avança d'un pas, faisant reculer Roy.

– J'ai un conseil à te donner, dit-elle en baissant la voix.

Roy jeta un regard anxieux à la ronde. Il n'y avait plus qu'eux deux dans la cafétéria.

– Tu m'écoutes ?

La fille le poussa une fois encore.

– Ouais.

– Bon.

Elle n'arrêta de pousser qu'après avoir cloué Roy contre le mur avec son propre plateau. L'œil torve au-dessus de la monture rouge de ses lunettes, elle lui dit :

– A partir de dorénavant, tu t'occupes de tes oignons.

Roy était terrifié, il dut le reconnaître. Le bord du plateau s'enfonçait dans sa cage thoracique. Cette fille était une vraie teigne.

– Tu l'as vu, toi aussi, hein ? murmura-t-il.

– Je sais pas de quoi tu parles. Occupe-toi de tes oignons, dans ton propre intérêt.

Elle lâcha le plateau et tourna les talons.

– Eh, attends ! la héla Roy. C'est qui ?

Mais la fille aux cheveux frisés ne daigna pas répondre ni même jeter un regard en arrière. S'éloignant d'un air digne, elle se contenta de lever le bras droit en agitant un index en l'air, avec reproche.

Chapitre 3

L'agent Delinko se protégea les yeux contre l'éclat lumineux de midi.

– Vous avez mis le temps, lui dit le Frisé, le chef de chantier.

– Quatre voitures se sont carambolées au nord de la ville, expliqua l'agent de police. Il y a eu des blessés.

Le Frisé souffla.

– Bof. Toute façon, vous pouvez voir ce qu'ils ont fait.

A nouveau les intrus avaient retiré méthodiquement tous les jalons et rebouché les trous. Même s'il n'avait pas inventé la poudre, l'agent Delinko commençait à se douter que ce n'était pas l'œuvre de jeunes farceurs frappant au hasard. Peut-être quelqu'un avait-il une dent contre Maman Paula et ses célèbres crêpes.

– Cette fois, vous aurez du vrai vandalisme à signaler, fit le Frisé d'un ton plein de sous-entendus. Cette fois, ils ont esquinté des biens privés.

Il mena l'agent Delinko dans la partie sud-ouest

du site, où était garé un pick-up à plateau. Les quatre pneus étaient à plat.

Le Frisé leva les mains en disant :

– Pouvez y aller. Chaque pneu vaut cent cinquante dollars.

– Que s'est-il passé ? demanda le policier.

– On a tailladé les flancs.

D'indignation, le Frisé hochait son crâne luisant.

L'agent Delinko s'agenouilla et inspecta les pneus du camion. Il ne décela aucune marque de coups de couteau dans le caoutchouc.

– Je crois qu'on les a simplement dégonflés, dit-il.

Le Frisé marmonna une réponse difficile à comprendre.

– Je vais faire un rapport quand même, promit le policier.

– Et vous diriez quoi : de faire plus de rondes dans le coin ? dit le Frisé.

– J'en parlerai à mon sergent.

– C'est ça, grogna le Frisé. Moi aussi, y a des gens à qui je peux en parler. Ça devient ridicule.

– Oui, monsieur.

L'agent Delinko remarqua que trois latrines portatives étaient sanglées à l'arrière du pick-up. Il se surprit à sourire en lisant le nom peint sur les portes bleues : VÉCÉS VOYAGEURS.

– C'est pour l'équipe du chantier, expliqua le Frisé. Quand il démarrera. S'il démarre un jour.

– Vous avez jeté un œil là-dedans ? demanda le policier.

Le Frisé tiqua.

– Dans les chiottes ? Pour quoi faire ?

– On ne sait jamais.

– Y a qu'un imbécile qui irait perdre son temps avec des cabinets, ricana le contremaître.

– Je peux aller vérifier ? demanda l'agent Delinko.

– Après vous.

Le policier grimpa sur la plate-forme du pick-up. De l'extérieur, on semblait ne pas avoir touché aux latrines ambulantes. Les courroies de transport étaient sanglées serré et les portes des trois cabines, closes. L'agent Delinko en ouvrit une et passa la tête à l'intérieur. Elle empestait le désinfectant.

– Alors ? lui cria le Frisé.

– Super clean, répondit le policier.

– C'est vrai qu'y a pas grand-chose à esquinter dans des chiottes portatives.

– Je suppose.

L'agent Delinko allait refermer la porte quand il entendit un son étouffé – était-ce un « plouf » ? Le policier fixait, mal à l'aise, l'obscurité sous le siège plastique. Au bout de dix secondes, il réentendit le bruit.

Aucun doute, un « plouf ».

– Qu'est-ce que vous fabriquez là-haut ? demanda le Frisé.

– J'écoute, répliqua l'agent Delinko.

– Vous écoutez *quoi* ?

L'agent Delinko dégrafa sa torche électrique de sa ceinture. S'avançant petit à petit, il orienta le faisceau dans le trou.

Le Frisé l'entendit pousser une exclamation et le vit avec surprise surgir des latrines, puis sauter de la plate-forme tel un coureur de haies olympique.

« Quoi encore ? » songea le contremaître, d'avance désabusé.

L'agent Delinko se releva en défroissant son uniforme. Il récupéra sa torche et vérifia si l'ampoule n'était pas cassée.

Le Frisé lui tendit sa casquette qui avait atterri près d'un terrier de chouette.

– Bon, dites-moi tout, fit le chef de chantier.

Le policier acquiesça, l'air sinistre.

– Des alligators, annonça-t-il.

– Vous me faites marcher.

– J'aimerais bien, dit l'agent Delinko. On a mis des alligators dans vos cabinets, monsieur. Des alligators vivants.

– Des ? Pas un ?

– Oui, monsieur.

Le Frisé était estomaqué.

– Et ils sont... gros ?

L'agent Delinko haussa les épaules, montrant de la tête les Vécés Voyageurs.

– J'imagine qu'ils ont tous l'air gros, fit-il, quand ils vous nagent au ras des fesses.

Miss Hennepin avait prévenu la mère de Roy, aussi dut-il répéter son histoire quand il revint du collège et encore une fois à son père quand ce dernier rentra du travail.

– Et pourquoi ce jeune homme t'étranglait-il ? Tu l'as provoqué, hein ? demanda Mr Eberhardt.

– D'après Roy, il s'attaque à tout le monde, fit Mrs Eberhardt. Mais, même dans ce cas de figure, se bagarrer n'est jamais la bonne solution.

– C'était pas une bagarre, insista Roy. Je lui ai filé un marron pour qu'il me lâche, c'est tout. Puis je me suis sauvé du bus en courant.

– Et c'est alors que cette balle de golf t'a frappé ? demanda son père, qui grimaça à cette idée.

– Il a couru très, très longtemps, dit sa mère.

Roy soupira.

– J'avais peur.

Il n'aimait pas mentir à ses parents, mais il était trop crevé pour leur expliquer la vraie raison qui l'avait fait courir aussi loin.

Mr Eberhardt regarda l'ecchymose que son fils avait au-dessus de l'oreille.

– Tu as reçu un mauvais coup. Peut-être que le Dr Shulman devrait y jeter un œil.

– Mais non, papa. Je vais bien.

Les gens du Samu l'avaient examiné sur le parcours de golf et l'infirmière du collège, à Trace Middle, lui avait consacré trois quarts d'heure d'« observation » pour déceler des signes éventuels de traumatisme.

– Il a l'air d'aller bien, tomba d'accord la mère de Roy. L'autre jeune homme, en revanche, a le nez cassé.

– Ah ? fit Mr Eberhardt en haussant le sourcil.

A la grande surprise de Roy, son père ne parut pas en colère. Et sans vraiment regarder Roy d'un air réjoui, on lisait à ne pas s'y tromper de l'affection – peut-être même de la fierté – dans son œil. Roy se dit que c'était le bon moment pour replaider l'indulgence en sa faveur.

– Il m'étranglait, papa. Qu'est-ce que je pouvais faire d'autre ? Qu'est-ce que tu aurais fait, *toi*, à ma place ?

Il baissa son col pour exposer les traces de doigts bleuâtres sur son cou.

Le visage de Mr Eberhardt s'assombrit.

– Liz, tu as vu ça ? demanda-t-il à la mère de Roy, qui acquiesça avec nervosité. Est-ce qu'on sait à l'école ce que cette brute a fait à notre fils ?

– La sous-directrice le sait, intervint Roy. Je le lui ai montré.

– Et qu'est-ce qu'elle a fait ?

– Elle m'a interdit de bus pendant quinze jours. Et en plus je dois rédiger des excuses…

– Et l'autre garçon ? On ne l'a pas sanctionné, lui aussi ?

– Je ne sais pas, papa.

– Parce que c'est une agression, fit Mr Eberhardt. On ne peut pas étrangler autrui. C'est contre la loi.

– Tu veux dire qu'on pourrait l'arrêter ?

Roy n'avait pas envie qu'on jette Dana Matherson en prison parce qu'alors les copains vicieux, et également costauds, de Dana pourraient s'en prendre à lui. Étant nouveau, Roy n'avait pas besoin de se faire ce genre d'ennemis.

– Roy, mon chéri, dit sa mère, on ne l'arrêtera

pas. Mais il a besoin d'une bonne leçon. Il pourrait blesser gravement quelqu'un à force d'embêter plus faible que lui, comme il le fait.

Mr Eberhardt s'avança sur sa chaise, avec une vive attention.

– Comment s'appelle ce garçon ?

Roy hésita. Il ne savait pas exactement ce que faisait son père pour gagner sa vie, mais il se doutait que ça avait quelque chose à voir avec le maintien de l'ordre. De temps à autre, en parlant à sa femme, Mr Eberhardt faisait allusion à son travail pour le M.D.L.J., ce que Roy avait déchiffré en ministère de la Justice des États-Unis.

Roy avait beau ne pas aimer beaucoup Dana Matherson, il ne le jugeait pas digne d'attirer l'attention du gouvernement. Dana n'était rien qu'une brute épaisse ; le monde en était plein.

– Dis-le-moi, Roy, s'il te plaît, le pressa son père.

– Matherson, c'est le nom de ce garçon, révéla Mrs Eberhardt. Dana Matherson.

Roy fut d'abord soulagé de voir que son père ne l'inscrivait pas et espéra que ça signifiait qu'il s'en tiendrait là. Puis Roy se rappela que son père jouissait d'une mémoire phénoménale – par exemple, il pouvait encore réciter la moyenne à la frappe de l'ensemble des titulaires des New York Yankees de 1978.

– Liz, il faut que tu appelles l'école demain, dit Mr Eberhardt à sa femme, et que tu saches si ce garçon aura une sanction – et laquelle – pour avoir agressé Roy.

– Je téléphonerai à la première heure, promit Mrs Eberhardt.

Roy gémit intérieurement. C'était de sa faute si ses parents réagissaient aussi fortement. Il n'aurait jamais dû leur montrer les marques sur son cou.

– Maman, papa, ça va aller. Je vous le jure. On peut pas laisser tomber tout ça ?

– Hors de question, dit fermement son père.

– Ton père a raison, dit la mère de Roy. C'est une affaire grave. Viens à la cuisine maintenant, que je te mette de la glace sur ta bosse. Après tu feras cette lettre d'excuses.

Sur l'un des murs de la chambre de Roy, l'affiche d'un rodéo de Livingston montrait un cow-boy chevauchant un taureau enragé qui faisait le gros dos. Le cow-boy levait un bras haut dans les airs et son chapeau s'envolait de sa tête. Chaque soir, avant d'éteindre, Roy couché sur son oreiller contemplait cette affiche, s'imaginant qu'il était le jeune cow-boy musclé du dessin. Huit à neuf secondes sont une éternité sur le dos d'un taureau furieux, mais Roy se figurait cramponné si fort que l'animal ne pouvait se débarrasser de lui quoi qu'il fasse. Les secondes s'égrenaient jusqu'à ce que le taureau finisse par tomber sur les rotules, d'épuisement.

Alors Roy descendait calmement de son dos, saluant du bras la foule en délire. C'est comme ça qu'il se jouait la scène dans sa tête.

Peut-être qu'un jour, songeait Roy plein d'espoir,

son père serait à nouveau muté au Montana. Alors il pourrait apprendre à rodéer comme un cow-boy.

Sur le même mur de sa chambre, il y avait le prospectus jaune qu'on tendait aux visiteurs motorisés du parc national de Yellowstone. On lisait en grosses lettres sur ce prospectus :

ATTENTION!

DE NOMBREUX VISITEURS ONT ÉTÉ BLESSÉS A MORT PAR DES BISONS

UN BISON PEUT PESER JUSQU'A UNE TONNE ET COURIR A UNE VITESSE DE 50 KM/H, SOIT TROIS FOIS PLUS VITE QUE VOUS.

CES ANIMAUX PEUVENT VOUS SEMBLER APPRIVOISÉS MAIS ILS SONT SAUVAGES, IMPRÉVISIBLES ET DANGEREUX.

N'APPROCHEZ PAS DES BISONS!

Au bas du prospectus figurait un dessin représentant un touriste projeté sur les cornes d'un bison fou de rage. L'appareil photo du touriste voltigeait d'un côté et sa casquette de l'autre, tout comme le chapeau du cow-boy sur l'affiche de rodéo.

Roy avait gardé le prospectus de Yellowstone parce qu'il était stupéfait qu'on soit assez débile pour aller se planter tranquillement sous le nez d'un bison et lui tirer le portrait. Pourtant ça arrivait tous les étés ; et, chaque été, un taré de touriste se faisait encorner.

C'était exactement le genre de truc idiot dont était capable un Dana Matherson, se disait Roy en réfléchissant à sa lettre d'excuses. Il pouvait facilement se représenter cette grosse tache essayant de sauter sur l'échine d'un bison, comme sur un cheval de bois.

Roy prit une feuille quadrillée de son classeur d'anglais et écrivit :

Cher Dana,

Je m'excuse de t'avoir pété le nez. J'espère qu'il saigne plus. Je te promets de pas te recogner dessus tant que tu me chercheras plus dans le bus. Je pense que c'est un bon arangement.

Bien à toi,
Roy A. Eberhardt

Il descendit avec la feuille et la montra à sa mère, qui tiqua un peu.

– Mon chéri, ça me semble un petit peu trop... hum, musclé.

– Que veux-tu dire, maman ?

– C'est pas tant le contenu de la lettre que son ton.

Elle la tendit au père de Roy qui dit, après l'avoir lue :

– Je trouve que le ton est tout à fait juste. Mais tu devrais vérifier l'orthographe d'« arrangement » dans le dictionnaire.

Le capitaine de police s'affala sur son bureau. Il n'avait pas prévu de finir sa carrière comme ça. Après vingt-deux hivers à arpenter les rues de Boston, il était venu en Floride dans l'espoir de passer cinq à six années tranquilles, au chaud, avant sa retraite. Coconut Cove, au nom, lui avait paru le lieu idéal. Mais la ville ne s'était pas révélée la petite bourgade assoupie que le capitaine avait imaginée. L'endroit se développait comme du chiendent – trop de circulation, beaucoup trop de touristes, et même de criminalité, eh oui.

Certes pas aussi répugnante que celle d'une grande ville, mais bien givrée, très floridienne.

– Combien ? demanda-t-il au sergent.

Ce dernier regarda l'agent Delinko, qui répondit :

– Six au total.

– Deux par cuvette ?

– Oui, chef.

– Gros comment ?

– Le plus grand mesurait un mètre vingt tout rond. Le plus petit, soixante-quinze centimètres, répliqua l'agent Delinko, lisant son rapport d'un ton neutre.

– De vrais alligators, dit le capitaine.

– Oui, chef.

Le sergent de l'agent Delinko prit la parole :

– Ils n'y sont plus, capitaine, ne vous en faites pas. Un coach de serpents est venu et les a sortis des chiottes.

Il ajouta en pouffant :

– Le plus petit a failli bouffer le pouce du gars.

– C'est quoi un coach de serpents ? Bof, laissez tomber.

– Que vous le croyiez ou pas, on l'a trouvé dans les Pages Jaunes.

– Tout s'explique, murmura le capitaine.

En temps normal, un policier de son grade ne se serait pas occupé d'une affaire aussi idiote, mais le groupe qui construisait la crêperie en franchise avait du poids auprès de certains politiques locaux. L'une des huiles de Maman Paula avait appelé Grandy, le conseiller municipal, qui avait aussitôt remonté les bretelles au chef de la police, qui avait rapidement refilé le bébé à son subordonné, le capitaine, qui avait prestement fait venir le sergent, qui avait aussitôt convoqué l'agent Delinko – le dernier maillon de la chaîne.

– Bon sang, qu'est-ce qui se passe là-bas ? demanda le capitaine. Pourquoi des gosses iraient choisir de vandaliser ce chantier ?

– Pour deux raisons, répondit le sergent. L'ennui et la commodité. Je vous parie cinq dollars que ce sont des jeunes du quartier.

Le capitaine se tourna vers l'agent Delinko.

– Qu'est-ce que vous en pensez ?

– Ça me paraît trop bien organisé pour que ce soit des gosses – arracher tous les piquets et pas qu'une fois, mais deux. Réfléchissez à ce qui est arrivé aujourd'hui. Vous en connaissez beaucoup des gamins qui savent manipuler un alligator d'un mètre vingt ? Ça me semble terriblement risqué pour une simple blague, fit l'agent Delinko.

« Delinko n'a rien de Sherlock Holmes, se dit le capitaine, mais là, il a marqué un point. »

– Eh bien, alors, écoutons votre théorie, dit-il à l'agent de terrain.

– Oui, chef. Voilà ce que je pense, fit l'agent Delinko. Je crois que quelqu'un a une dent contre Maman Paula. Je pense que c'est une sorte de vengeance.

– De vengeance ? répéta le capitaine, quelque peu sceptique.

– Oui, fit l'agent Delinko. D'une chaîne de crêperies concurrente, peut-être.

Le sergent, mal à l'aise, s'agita sur sa chaise.

– Il n'y a pas d'autre établissement du même genre à Coconut Cove.

– O.K., fit l'agent Delinko, en se frottant le menton. Alors, pourquoi pas un client mécontent ? Quelqu'un qui aurait fait une fois un mauvais petit déjeuner dans un Maman Paula ?

Le sergent s'esclaffa.

– Comment peut-on rater une galette ?

– Je suis d'accord, fit le capitaine, qui en avait assez entendu. Sergent, je veux que vous envoyiez une voiture radio sur le chantier toutes les heures.

– Oui, chef.

– Soit vous pincez ces vandales, soit vous les mettez en fuite. Ça m'est égal tant que le chef ne reçoit plus de coups de fil du conseiller Bruce Grandy. C'est clair ?

A peine sorti du bureau du capitaine, l'agent Delinko demanda à son sergent s'il pourrait assurer la ronde matinale de Maman Paula.

– Pas question, David. Il n'y a plus de budget pour les heures sup.

– Oh, mais je réclame pas d'heures sup, répondit le policier.

Il voulait simplement éclaircir le mystère.

Chapitre 4

La mère de Roy l'obligea à rester à la maison tout le week-end pour s'assurer que la bosse due à la balle de golf ne lui causait pas de réaction à retardement. Même sans avoir mal à la tête, il ne dormit bien ni le samedi ni le dimanche soir.

En l'accompagnant à l'école le lundi matin, sa mère lui demanda si quelque chose le tracassait. Roy lui répondit « rien », ce qui était faux. Il s'inquiétait de ce qui se passerait quand Dana Matherson lui remettrait la main dessus.

Mais nulle trace de Dana à Trace Middle.

– Il s'est fait porter malade, lui apprit Garrett.

Il affirmait avoir des renseignements de première main, étant donné le poste haut placé de sa mère, la conseillère d'orientation.

– Qu'est-ce que t'as fait à ce pauvre type, mec ? On m'a dit qu'il avait répandu ses tripes dans le bus.

– C'est pas vrai.

– On m'a dit que tu l'as boxé si fort que son nez

lui sort du front. Et qu'y faudra une opération de chirurgie esthétique pour le remettre en place.

Roy leva les yeux au ciel.

– Ouais, c'est ça.

Garrett émit un bruit de pet entre ses dents.

– Eh, tout le monde au bahut parle que de ça –parle que de *toi*, Eberhardt.

– Génial.

Ils étaient dans le couloir après l'appel, attendant la sonnerie du premier cours.

– Maintenant, on te prend pour un dur, dit Garrett.

– Qui ça « on » ? Pourquoi ?

Roy ne voulait pas passer pour un dur. Il ne voulait passer pour rien en particulier. Il avait envie de s'intégrer tranquillement sans se faire remarquer, comme un têtard dans une mare.

– On croit que t'es un dur, continua Garrett. Personne n'a jamais dérouillé un Matherson avant toi.

Apparemment, Dana avait trois frères aînés qui n'avaient pas laissé un bon souvenir à Middle Trace.

– Tu as mis quoi dans ta lettre d'excuses ? « Cher Dana, je regrette de t'avoir fichu un pain. S'il te plaît, me brise pas tous les os. Laisse-moi un bras intact que je puisse au moins me nourrir. »

– Ah, super marrant, fit Roy sèchement.

A vrai dire, Garrett l'était plutôt.

– Qu'est-ce que tu crois que ce gorille va faire la prochaine fois qu'il te verra ? dit-il à Roy. Je serais toi, je me mettrais à penser aussi à la chirurgie esthétique, pour que Dana me reconnaisse pas. Je plaisante pas, mec.

– Garrett, j'ai besoin que tu me rendes un service.

– Quoi – une planque ? Essaie au pôle Sud pour voir.

La sonnerie retentit et des flots d'élèves emplirent le couloir. Roy tira Garrett de côté.

– Y a une grande fille avec des cheveux blonds frisés, elle porte des lunettes rouges...

Garrett eut l'air paniqué.

– Me dis pas.

– Dis pas quoi ?

– Tu kiffes Béatrice Leep ?

– C'est son nom ?

Roy se dit que ça devait faire une éternité que quelqu'un n'avait pas appelé sa fille Béatrice. Pas étonnant qu'elle ait tellement les boules.

– Qu'est-ce que tu sais sur elle ? demanda-t-il à Garrett.

– Assez pour me tenir peinard. C'est une footballeuse top, dit Garrett. Et son punch est top aussi. J'en reviens pas que t'aies craqué sur elle...

– Je la connais même pas ! protesta Roy. Elle m'a pris la tête pour un truc dingue et j'essaie juste de savoir pourquoi.

Garrett gémit.

– Primo, Dana Matherson et maintenant, Béatrice le Bulldo. T'as envie de mourir, Tex ?

– Parle-moi d'elle. C'est quoi son histoire ?

– Une autre fois. On va être en retard en cours.

– Allez, s'il te plaît, fit Roy.

Garrett se rapprocha, jetant nerveusement un coup d'œil par-dessus son épaule.

– Voilà tout ce que tu dois savoir sur Béatrice Leep, lui chuchota-t-il : l'année dernière, un arrière vedette de Graham High s'est faufilé dans son dos et lui a tapé sur les fesses. C'était au centre commercial de Big Cypress, en plein jour. Béatrice a poursuivi le mec et l'a balancé dans la fontaine. Il s'est cassé la clavicule en trois. Finie la saison pour lui.

– Tu rigoles, fit Roy.

– Peut-être que tu devrais envisager l'école catholique.

Roy eut un rire jaune.

– Dommage, on est méthodistes.

– T'as qu'à te convertir, mec, fit Garrett. Sérieux.

L'agent Delinko était impatient de se lever tôt pour planquer sur le futur chantier. C'était une pause bienvenue dans son quotidien routinier qui lui offrait peu d'occasions de vraie surveillance. D'habitude, c'étaient les inspecteurs qui s'en chargeaient.

Même si l'agent Delinko aimait bien la ville de Coconut Cove, son boulot commençait à lui peser ; boulot qui se limitait quasiment à faire respecter le code de la route. Il était entré dans la police parce qu'il avait envie de résoudre des crimes et d'arrêter les coupables. Pourtant, excepté un conducteur en état d'ivresse de temps en temps, l'agent Delinko avait rarement l'occasion de boucler qui que ce soit. Les menottes fixées à sa ceinture étaient aussi rutilantes que le jour de son entrée dans la police, il y avait presque deux ans de ça.

Le vandalisme et la violation de propriété n'étaient pas des délits bien graves, mais l'enchaînement d'actes malveillants sur le site de la future Maison des Crêpes 100 % Américaines de Maman Paula intriguait l'agent Delinko ; il avait l'intuition que le ou les coupables mijotaient quelque chose de plus sérieux que des blagues juvéniles.

Puisqu'on faisait pression sur le chef de la police pour qu'il mette un terme à ces incidents, l'agent Delinko en déduisit qu'attraper les vandales serait un titre de gloire – et peut-être le premier pas vers une promotion. Son objectif de carrière à long terme était de passer inspecteur et l'affaire Maman Paula était une chance pour lui de montrer qu'il en avait l'étoffe.

Le premier lundi après l'épisode des alligators, l'agent Delinko mit la sonnerie du réveil sur cinq heures. Il tomba du lit, se doucha rapidement, se grilla un beignet et prit le chemin du chantier de construction.

Il faisait encore nuit quand il arriva. Il fit trois fois le tour du quartier, n'apercevant rien qui sortait de l'ordinaire. Mis à part un camion poubelle, les rues étaient désertes. Sa radio se taisait, elle aussi ; il ne se passait pas grand-chose à Coconut Cove avant l'aube.

« Ni même après, d'ailleurs », rêvassait l'agent Delinko.

Il gara son véhicule près de la caravane de Leroy Branitt et attendit que le soleil se lève. La matinée promettait d'être belle ; le ciel était clair avec une touche de rose à l'est.

L'agent Delinko regretta de ne pas avoir apporté un thermos de café, car il n'était guère habitué à se lever de si bonne heure. Il se surprit à s'affaler sur le volant, aussi se calotta-t-il vivement les joues pour rester éveillé.

En scrutant la grisaille du petit matin, l'agent Delinko crut apercevoir du mouvement dans le terrain vague devant lui. Il alluma les phares de son véhicule et là, sur un monticule herbeux marqué d'un jalon planté de frais, se tenait un couple de chouettes des terriers.

Le Frisé ne lui avait pas raconté de blagues. C'étaient les chouettes les plus menues que l'agent Delinko eût jamais vues – ne mesurant pas plus de vingt à vingt-cinq centimètres de haut. Elles étaient brun foncé avec des ailes tachetées, la gorge blanche et des yeux perçants couleur d'ambre. L'agent Delinko, sans être ornithologue amateur, fut intrigué par ces chouettes miniatures. Pendant quelques instants, elles fixèrent la voiture en clignant de leurs gros yeux avec incertitude. Puis elles s'envolèrent, papotant entre elles tout en planant à ras des broussailles.

Espérant ne pas avoir effrayé les oiseaux loin de leur nid, l'agent Delinko éteignit les phares. Il frotta ses paupières lourdes et appuya sa tête contre la vitre. Le verre était frais contre sa joue. Un moustique lui zonzonnait autour du nez, mais il avait trop sommeil pour le chasser.

Il s'assoupit bientôt en dodelinant et ce qu'il entendit ensuite fut le crachotement radio de la voix du standardiste, qui lui demandait sa position. La routine. L'agent Delinko chercha le micro à tâtons et récita l'adresse du futur chantier.

– Terminé, dit le standardiste.

L'agent Delinko se réveilla peu à peu. Il faisait chaud dans la voiture mais, étrangement, il avait l'air de faire plus noir dehors qu'à son arrivée – si noir, en fait, qu'il ne voyait plus rien, pas même la caravane.

L'agent Delinko connut un moment de flottement, redoutant que la nuit soit déjà retombée. Était-il possible qu'il ait dormi sans le vouloir toute la journée ?

C'est alors que quelque chose cogna la carrosserie de la voiture – « pan ! » –, suivi d'un autre choc, puis d'encore un autre… un martèlement invisible et régulier. L'agent Delinko saisit son arme mais sans réussir à la retirer de son étui – gêné par la ceinture de sécurité.

Alors qu'il se débattait pour se détacher, la portière s'ouvrit à la volée et le soleil, blanc, lui explosa en pleine figure. Il se protégea les yeux et, se rappelant ce qu'on lui avait appris à l'école de police, il se mit à crier :

– Police ! Police !

– Ah ouais ? J'aurais pu m'y tromper.

C'était le Frisé, le chef de chantier grognon.

– C'est quoi le problème ? M'avez pas entendu taper ?

L'agent Delinko tâchait de reprendre ses esprits.

– Je crois que je me suis endormi. Il est arrivé quelque chose ?

Le Frisé soupira.

– Sortez et venez voir par vous-même.

Le policier émergea sous un soleil éblouissant.

– Oh non, murmura-t-il.

– Oh si, renchérit le Frisé.

Pendant le roupillon de l'agent Delinko, quelqu'un avait bombé de peinture noire toutes les vitres de son véhicule.

– Quelle heure est-il ? demanda-t-il au Frisé.

– Neuf heures et demie.

L'agent Delinko lâcha un gémissement involontaire. Neuf heures et demie ! Il toucha du doigt le pare-brise – la peinture était sèche.

– Ma voiture, fit-il avec abattement.

– Votre voiture ?

Le Frisé se baissa et ramassa une brassée de piquets déterrés.

– On s'en bat l'œil de votre bagnole ! fit-il.

Roy passa la matinée l'estomac noué. Il fallait faire quelque chose et quelque chose de décisif – il ne pouvait pas passer le reste de l'année scolaire à se cacher de Dana Matherson et de Béatrice Leep.

Le cas de Dana se réglerait plus tard, mais celui de Béatrice le Bulldo ne pouvait pas attendre. Pendant le déjeuner, Roy l'aperçut à l'autre bout de la cafétéria. Elle était attablée avec trois filles de l'équipe de foot. Elles avaient l'air dégingandées et durailles, mais moins redoutables que Béatrice.

Respirant un bon coup, Roy alla s'installer à leur table. Béatrice lui jeta un œil noir chargé d'incrédulité tandis que ses amies le considérèrent avec amusement sans s'arrêter de manger.

– C'est quoi ton problème ? demanda Béatrice.

Elle garda son sandwich au rôti de porc en suspension entre son plateau et sa bouche à l'expression moqueuse.

– Je crois que c'est *toi* qui en as un, de problème.

Roy sourit, malgré sa nervosité. Les amies footeuses de Béatrice furent impressionnées. Elles reposèrent leur fourchette et attendirent la suite des événements.

Roy enfonça le clou péniblement.

– Béatrice, commença-t-il, je pige pas pourquoi ce qui s'est passé dans le bus t'a fichu les boules. C'est pas toi qu'on a essayé d'étrangler, ni toi qui as reçu un coup de poing dans le nez. Alors, je te le redirai pas deux fois : si j'ai fait quelque chose qui t'a gonflée, je m'en excuse. C'était pas exprès.

Il était évident que jamais personne jusque-là n'avait parlé aussi directement à Béatrice, car elle parut en état de choc. Elle resta avec son sandwich en l'air, la sauce barbecue lui dégoulinant sur les doigts.

– Tu pèses combien ? lui demanda Roy, sans vouloir être désagréable.

– Hein, que… quoi ? bafouilla Béatrice.

– Eh bien, moi, je pèse exactement quarante-sept kilos, dit Roy, et je parie que t'en fais au moins cinquante-deux…

L'une des amies de Béatrice pouffa et cette dernière la fusilla du regard.

– … ce qui veut dire que tu pourrais sans doute me dérouiller en me faisant faire le tour de la cafète. Mais ça prouverait que dalle, fit Roy. La prochaine fois que t'auras un problème, dis-le-moi et on en parlera autour d'une table comme des gens civilisés. D'accord ?

– Civilisés, répéta Béatrice, scrutant Roy par-dessus la monture de ses lunettes.

Roy jeta un coup d'œil sur la main de Béatrice, qui dégouttait maintenant de grumeaux de sauce barbecue. De gros morceaux de pain et de viande étaient visibles entre les doigts serrés – elle avait pressé le sandwich si violemment qu'il s'était désintégré.

L'une des footeuses se pencha vers Roy.

– Écoute, grande gueule, tu ferais mieux de te casser tant que tu peux. C'est pas cool du tout.

Roy se leva calmement.

– Béatrice, on est clairs là-dessus ? Si quelque chose te prend la tête, c'est le moment de me le dire.

Béatrice le Bulldo laissa choir les restes de son sandwich sur l'assiette et s'essuya les mains avec une liasse de serviettes en papier. Elle ne décrocha pas un mot.

– Bon...

Roy ne se priva pas de sourire encore une fois.

– ... Je suis content qu'on ait eu la chance de se connaître un peu mieux.

Puis gagnant l'autre extrémité de la cafétéria, il s'installa tout seul pour déjeuner.

Garrett se faufila en douce dans le bureau de sa mère et recopia l'adresse qui figurait sur le listing des professeurs. Ça coûta un dollar à Roy.

Ce dernier tendit le bout de papier à sa mère pendant qu'ils rentraient chez eux en voiture.

– Il faut que je m'arrête là, lui dit-il.

Mrs Eberhardt jeta un coup d'œil sur le papier et dit :

– D'accord, Roy. C'est sur notre chemin.

Elle supposa que l'adresse était celle d'un ami de Roy et qu'il passait prendre un manuel ou le texte d'un devoir.

Alors qu'ils s'arrêtaient dans l'allée de la maison, Roy dit :

– J'en ai pour une minute. Je vais et je reviens.

La mère de Dana Matherson ouvrit la porte. Elle ressemblait beaucoup à son fils, malheureusement pour elle.

– Dana est là ? demanda Roy.

– Qui êtes-vous ?

– Je suis dans sa classe.

Mrs Matherson rouspéta, se tourna et hurla le nom de Dana. Roy se réjouit qu'elle ne l'ait pas invité à entrer. Il entendit bientôt un pas lourd et

Dana en personne s'encadra sur le seuil. Il portait un grand pyjama bleu, taillé pour un ours polaire. Un monceau d'épaisse gaze, maintenu par un croisillon de sparadrap blanc, occupait le milieu de sa face porcine. Il avait les deux yeux méchamment gonflés et cernés de bleus violacés.

Roy en resta bouche bée. C'était dur de croire qu'un seul coup de poing ait causé tant de dégâts.

Dana le toisa d'un œil noir et, d'une voix nasale pincée, s'exclama :

– Non, mais j'y crois pas.

– T'en fais pas. Je suis juste passé te donner quelque chose.

Roy lui tendit l'enveloppe contenant sa lettre d'excuses.

– C'est quoi, ça ? demanda Dana, soupçonneux.

– Vas-y, ouvre.

La mère de Dana réapparut derrière lui.

– Qui est-ce ? demanda-t-elle à Dana. Qu'est-ce qu'il veut ?

– T'occupe, maugréa Dana.

Roy mit son grain de sel :

– C'est moi que votre fils a essayé d'étrangler, l'autre jour. Et c'est moi qui l'ai allumé.

Les épaules de Dana se raidirent. Sa mère pouffa, amusée.

– Non, mais quelle rigolade ! C'est ce petit crétin qui t'a démoli le portrait ?

– Je suis venu m'excuser. Tout est dans la lettre.

Roy montra l'enveloppe que Dana serrait dans sa main droite.

– Fais voir.

Mrs Matherson se pencha par-dessus l'épaule de son fils, mais il s'écarta et froissa l'enveloppe dans son poing.

– Barre-toi de là, cow-girl, fit-il à Roy avec hargne. On réglera ça, toi et moi, quand je reviendrai au bahut.

Quand Roy regagna la voiture, sa mère lui demanda :

– Tu peux m'expliquer pourquoi ces deux personnes se livrent à un pugilat sous la véranda ?

– Le garçon en pyjama, c'est celui qui a voulu m'étrangler dans le bus. L'autre, c'est sa mère. Ils se disputent ma lettre d'excuses.

– Ah.

Mrs Eberhardt observa, songeuse, l'étrange spectacle à travers la vitre de la portière.

– J'espère qu'ils ne vont pas se faire mal. Ils sont plutôt baraqués, tous les deux, hein ?

– Oui. On peut rentrer à la maison, maintenant, maman ?

Chapitre 5

Roy bâcla ses devoirs en une heure. En sortant de sa chambre, il entendit sa mère parler à son père au téléphone. Elle lui disait que Trace Middle avait décidé de ne pas sanctionner Dana Matherson à cause de ses blessures. Apparemment, le collège ne tenait pas à provoquer les parents de Dana, au cas où ils envisageraient d'intenter un procès.

Quand Mrs Eberhardt en vint au récit de la violente prise de bec entre Dana et sa mère, Roy s'éclipsa par la porte de derrière. Il sortit sa bicyclette du garage et l'enfourcha. Vingt minutes plus tard, il arriva à l'arrêt du bus de Béatrice Leep et, à partir de là, refit facilement l'itinéraire de sa malchanceuse poursuite à pied du vendredi.

Quand Roy atteignit le parcours de golf, il cadenassa sa bicyclette aux tuyaux d'un jet d'eau et se mit à courir le long du même fairway où il s'était fait mettre K.O. Il était tard dans l'après-midi, il faisait une chaleur humide et il y avait peu de golfeurs à l'horizon. Néanmoins, Roy courut tête baissée et un bras levé pour dévier les balles perdues au cas où une autre volerait dans sa direction. Il ralentit seulement en rejoignant le bouquet de pins d'Australie dans lequel avait disparu le garçon qu'il pourchassait.

Les pins cédaient la place à un fourré enchevêtré et dense de poivriers du Brésil et de broussailles, qui semblait impénétrable. Roy en battit les abords, cherchant un accès ou un signe de présence humaine. Il n'avait pas beaucoup de temps avant qu'il fasse noir. Abandonnant bientôt ses tentatives pour découvrir une trouée, il s'enfonça parmi les poivriers, qui lui griffèrent les bras et lui giflèrent les joues. Fermant les yeux, il se fraya un passage en gesticulant.

Petit à petit, les branches se clairsemèrent et le sol sous ses pas devint pentu. Il perdit l'équilibre et se mit à glisser le long d'un fossé qui courait tel un tunnel à travers le fourré.

Là, à l'ombre, l'air était frais et sentait la terre. Roy aperçut des pierres noircies qui encerclaient une couche de cendres : un feu de camp. Il s'accroupit près du petit cratère et examina la terre tassée autour. Il dénombra une demi-douzaine d'empreintes identiques, toutes dues à la même paire de pieds nus. Roy plaça sa chaussure dans l'une des empreintes et constata sans surprise qu'elles avaient à peu près la même pointure.

Sur un coup de tête, il s'écria :

– Eh oh ? T'es là ?

Pas de réponse.

Roy poursuivit lentement son chemin le long du fossé, à la recherche d'autres indices. Dissimulés sous un tapis de plantes rampantes, il découvrit trois sacs-poubelle, dûment ficelés. Le premier contenait des ordures courantes – bouteilles de boissons gazeuses, boîtes de soupe, sachets de chips vides, trognons de pommes. Le deuxième, un tas d'habits de garçon soigneusement pliés : T-shirts, blue-jeans et sous-vêtements.

Mais ni chaussettes ni chaussures, remarqua Roy.

Au contraire des deux autres, le troisième sac n'était pas plein. Roy défit le nœud, jeta un œil à l'intérieur mais ne distingua pas ce qu'il renfermait. Quoi que ce fût, c'était volumineux au toucher.

Sans réfléchir, il retourna le sac et en répandit le contenu sur le sol. Un tas de grosses cordes marron en tomba.

Puis les cordes se mirent à remuer.

– Euh-oh, fit Roy.

Des serpents – et pas n'importe lesquels.

Ils avaient une large tête triangulaire, comme les serpents à sonnette du Montana, mais leurs corps couleur de boue étaient d'un embonpoint qui ne disait rien qui vaille. Roy reconnut des mocassins « bouches-de-coton », très venimeux. Ils n'avaient pas de sonnette pour prévenir avant de mordre. Roy vit qu'on leur avait trempé le bout de la queue dans des paillettes bleu et argent, du genre qu'on emploie en cours d'expression artistique. C'était un plus très particulier.

Roy lutta pour rester immobile le temps que les serpents se démêlent à ses pieds. La langue frétillante, certains mocassins se déployèrent sur toute leur longueur tandis que d'autres se lovaient mollement. Roy en compta neuf en tout.

« Ça sent mauvais », songea-t-il.

Il faillit sauter en l'air quand une voix s'éleva du buisson de houx dans son dos.

– Bouge pas, lui commanda la voix.

– J'en avais pas l'intention, fit Roy. Je le jure.

Quand il vivait au Montana, Roy avait fait une fois une randonnée le long de la Pine Creek Trail jusqu'à l'Absaroka Range, qui domine Paradise Valley et la Yellowstone River.

C'était une excursion de l'école, comprenant quatre professeurs et trente élèves. Roy s'était laissé distancer exprès. Puis, une fois au bout de la file indienne et à l'insu des autres, il s'était détaché du groupe. Abandonnant le sentier trop fréquenté, il obliqua et remonta en zigzag la pente d'une crête boisée. Son plan était de couper en douce par le sommet et de redescendre tranquillement pour se retrouver en tête des randonneurs. Il pensait que ce serait rigolo si, en arrivant fourbus au campement, ils le découvraient en train de roupiller au bord du ruisseau.

Roy se fraya en hâte un chemin entre d'imposants pins parasols. La pente était jonchée de bois mort friable et de branches cassées, les débris de nombreux hivers froids et venteux. Roy grimpait prudemment, évitant de faire du bruit, car il ne voulait pas être entendu des randonneurs, un peu plus bas.

Il s'avéra que Roy était trop silencieux. En entrant dans une clairière, il se retrouva face à une énorme ourse grizzly et à ses deux oursons. Impossible de dire qui fut le plus surpris.

Roy avait toujours eu envie de voir un grizzly en liberté, mais ses potes à l'école lui disaient : « Tu peux toujours rêver ! Peut-être dans le parc de Yellowstone, mais pas par ici. » La majorité des adultes passent toute leur existence dans l'Ouest sans voir la griffe d'un seul.

Et pourtant, voilà Roy, et trente mètres plus loin, dans la clairière, trois ours, vrais de vrais, grognant, soufflant et se dressant sur leurs pattes de derrière pour mieux le toiser.

Roy se rappela que sa mère avait rangé dans son sac à dos une bombe lacrymogène, mais il se souvenait aussi de ce qu'il avait lu sur les rencontres avec des ours. Ces animaux ont une mauvaise vue et la meilleure chose qu'un homme ait à faire, c'est de rester parfaitement immobile et silencieux.

Ce que fit Roy.

L'ourse cligna, gronda, cherchant à flairer son odeur dans le vent. Puis elle émit un son de toux sèche et ses petits, obéissants, filèrent dans les bois.

Roy avait du mal à déglutir mais il ne bougea pas.

La mère ourse se dressa de toute sa hauteur, montra ses dents jaunes et fit mine de l'attaquer.

Intérieurement, Roy tremblait de terreur mais,

extérieurement, il demeura calme, sans faire le moindre mouvement. L'ourse l'observa attentivement. En la voyant changer d'expression, Roy s'imagina qu'elle en avait conclu qu'il était trop soumis et chétif pour représenter une menace. Après quelques instants très tendus, elle retomba à quatre pattes et, sur un dernier reniflement de défi dédaigneux, s'en alla d'un pas pesant retrouver ses oursons.

Roy ne bougea toujours pas d'un pouce.

Il ignorait si les ours s'étaient beaucoup éloignés et s'ils ne risquaient pas de revenir le pourchasser. Pendant deux heures et vingt-deux minutes, Roy demeura planté comme une statue de plâtre à flanc de montagne, jusqu'à ce que l'un de ses professeurs le découvre et le ramène en sécurité au sein du groupe.

Aussi Roy était-il passé maître en immobilité, en particulier quand il avait peur. Et il était pas mal effrayé maintenant, avec neuf serpents venimeux rampant à ses pieds.

— Respire un bon coup, lui conseilla la voix dans son dos.

— J'essaie, répondit Roy.

— O.K., maintenant tu vas reculer très lentement quand j'aurai compté jusqu'à trois.

— Ah non, j'crois pas.

— Un...

— Eh, attends une seconde.

— Deux...

— S'il te plaît ! supplia Roy.

— Trois !

70

– J'peux pas !

– Trois, répéta la voix.

Les jambes en caoutchouc, Roy recula en titubant. Une main l'attrapa par sa chemise et l'attira dans le fourré de poivriers. Au moment où les fesses de Roy touchaient la poussière, on lui glissa une cagoule sur la tête et on lui ramena les bras derrière le dos. Avant qu'il ait pu réagir, on lui enroula deux fois une corde autour des poignets qu'on noua au tronc d'un arbre. Roy sentit son écorce lisse et collante en remuant les doigts.

– Qu'est-ce que ça signifie ? demanda-t-il.

– C'est à toi de me le dire.

La voix était face à lui désormais.

– Qui tu es ? Qu'est-ce que tu fais ici ?

– Je m'appelle Roy Eberhardt. Je t'ai vu courir depuis le bus de l'école, l'autre jour.

– Je sais pas de quoi tu parles.

– En fait, deux jours différents, fit Roy. Je t'ai vu courir et ça m'a rendu curieux. Tu avais l'air… j'sais pas… speed.

– C'était pas moi.

– Si.

Le manipulateur de serpents contrefaisait une grosse voix – celle d'un garçon imitant celle d'un adulte.

– Je te jure, fit Roy, que j'suis pas venu t'embêter. Retire-moi cette cagoule qu'on puisse se voir, tu veux ?

Il entendit la respiration du garçon. Puis :

– Va falloir que tu te casses d'ici. Et tout de suite.

– Mais, et les serpents ?

– Ils sont à moi.

– Ouais, mais…

– Ils iront pas loin. Je les rattraperai plus tard.

– C'est pas ce que je voulais dire, fit Roy.

Le garçon éclata de rire.

– T'inquiète, je vais te raccompagner. T'as qu'à faire ce que je dis et tu seras pas mordu.

– Ah le mec, marmonna Roy entre ses dents.

Le garçon le détacha du poivrier du Brésil et le remit sur ses pieds.

– J'dois reconnaître que t'as assuré, fit le garçon. La plupart à ta place auraient pissé dans leur froc.

– C'est des bouches-de-coton ?

– Ouaip.

L'autre eut l'air ravi que Roy sache de quels serpents il s'agissait.

– Là où j'habitais avant, il y avait des tas de serpents à sonnette, fit Roy spontanément.

Il se disait que, s'il pouvait entamer une conversation amicale, le garçon pourrait changer d'avis et lui retirer la cagoule.

– Mais j'ai jamais entendu parler de bouches-de-coton à queue pailletée.

– Ils vont à une teuf. Allez, avance.

Le garçon attrapa Roy par-derrière et le guida en avant. Il avait une poigne solide.

– Je te dirai quand te baisser pour éviter les branches, ajouta-t-il.

La cagoule était noire ou bleu foncé et Roy ne voyait aucun trait de lumière à travers l'étoffe grossière. Il trébuchait à l'aveuglette et tanguait à travers le fourré, mais le garçon aux pieds nus l'empêchait de tomber. Roy sut qu'ils n'étaient plus sous les arbres quand l'air devint plus tiède et que, sous ses pieds, le sol redevint plat. Il sentait à nouveau l'odeur de fertilisant du gazon du parcours de golf.

Ils arrêtèrent bientôt leur marche et le gamin desserra les nœuds des poignets de Roy.

– Te retourne pas, dit-il.

– C'est quoi ton nom ? demanda Roy.

– J'ai plus de nom.

– Bien sûr que si. Tout le monde a un nom.

Le gamin grogna.

– On m'appelait Doigts de Mulet. Et pire encore.

– Tu vis pas ici pour de bon, hein ?

– C'est pas tes oignons. Et même si ?

– Tout seul ? Et ta famille ? demanda Roy.

Le garçon lui tapota la nuque.

– Tu poses trop de questions indiscrètes.

– Pardon.

Roy remarqua qu'il avait les mains libres, mais les garda derrière son dos.

– Te retourne pas avant d'avoir compté jusqu'à cinquante, lui recommanda le garçon. Sinon, un beau matin, tu te réveilleras avec un de ces bons vieux bouches-de-coton dans ton pieu. Pigé ?

Roy fit oui de la tête.

– Bien. Commence à compter.

– Un, deux, trois, quatre… énuméra Roy à haute voix.

Arrivé à cinquante, il ôta la cagoule en un tournemain et pivota sur lui-même. Il était seul au milieu du practice, entouré de balles de golf à perte de vue.

Le garçon aux pieds nus avait disparu, une fois de plus.

Roy retourna en courant jusqu'à sa bicyclette et revint chez lui en pédalant le plus vite qu'il put. Il n'était ni effrayé ni découragé. Il était excité comme une puce.

Chapitre 6

Le lendemain matin, pendant le petit déjeuner, Roy demanda si c'était interdit qu'un garçon de son âge n'aille pas en classe.

– Eh bien ! dit sa mère, j'ignore si c'est vraiment interdit par la loi, mais...

– Ah ! mais si, intervint son père. On appelle ça de l'absentéisme.

– On peut te mettre en prison ? demanda Roy.

– D'habitude, on se contente de te ramener dans ton établissement, dit Mr Eberhardt, avant d'ajouter en plaisantant à demi : tu n'as pas dans l'idée de sécher les cours, n'est-ce pas ?

Roy répondit que non, que l'école, c'était cool.

– Je parie que je sais ce que tu as derrière la tête, fit Mrs Eberhardt. Tu es inquiet de retomber sur le petit Matherson. Tu vois, je t'avais bien dit que cette lettre d'excuses était trop péremptoire.

– Sa lettre était très bien, fit le père de Roy en ouvrant le journal.

– Si elle était si bien que ça, pourquoi Roy a-t-il

tellement peur ? Pourquoi parle-t-il de faire l'école buissonnière ?

– J'ai pas peur, dit Roy. Et j'ai pas envie de sécher Trace Middle. C'est juste que...

Sa mère le scruta.

– Que quoi ?

– Rien, m'man.

Roy décida de ne pas parler à ses parents de sa rencontre avec Doigts de Mulet, l'étrange coureur. En tant qu'agent fédéral, le père de Roy était sans doute obligé de signaler tous les délits, même l'absentéisme scolaire. Roy ne voulait pas causer d'ennuis au garçon.

– Écoutez-moi ça, dit Mr Eberhardt en lisant à haute voix le journal : *« On a vandalisé une voiture de police de Coconut Cove, mardi en tout début de matinée, alors qu'elle stationnait près d'un chantier sur Oriole Avenue Est. L'agent dormait au volant quand les faits se sont produits, selon un porte-parole de la police. »* Incroyable, non ?

La mère de Roy fit claquer sa langue.

– Il s'est endormi pendant son service ? C'est scandaleux. On devrait virer ce bonhomme.

Roy trouvait l'histoire plutôt amusante.

– De mieux en mieux, fit son père. Écoutez ça : *« L'incident a eu lieu peu avant le lever du soleil : un plaisantin inconnu au bataillon s'est faufilé jusqu'au véhicule de patrouille dont il a bombé les vitres de peinture noire. »*

Roy, la bouche pleine de pain aux raisins, éclata de rire. Du lait lui dégoulina sur le menton.

Mr Eberhardt continua en souriant aussi :

– « *Merle Deacon, chef de la police de Coconut Cove, a refusé de donner le nom de l'agent endormi, en déclarant qu'il fait partie d'une équipe de surveillance spéciale enquêtant sur des déprédations de biens privés dans les quartiers est de la ville. Deacon a précisé que l'agent en question, récemment grippé, prend un médicament qui provoque des somnolences.* »

Le père de Roy releva la tête du journal.

– Médicament, ah bah !

– Que dit d'autre l'article ? demanda Mrs Eberhardt.

– Voyons… que c'est le troisième incident suspect qui survient en moins d'une semaine à cet endroit où s'élèvera bientôt une Maison des Crêpes 100 % Américaines de Maman Paula.

Le visage de la mère de Roy s'éclaira.

– On va avoir un Maman Paula, ici à Coconut Cove. Ça sera sympa.

Roy s'essuya le menton avec une serviette.

– P'pa, qu'est-ce qu'il s'est passé d'autre là-bas ?

– Je me demandais la même chose, fit Mr Eberhardt en survolant la fin de l'article. Voici : « *Lundi dernier, des intrus non identifiés ont arraché des jalons sur ce terrain. Quatre jours plus tard, des vandales se sont introduits sur le site et ont déposé des alligators vivants dans trois W.C. portatifs. Selon la police, la capture des reptiles s'est effectuée sans dommage pour eux ; on les a relâchés par la suite dans un canal voisin. On n'a procédé à aucune arrestation.* »

Mrs Eberhardt se leva et commença à débarrasser la table.

– Des alligators ! s'exclama-t-elle. Dieu du ciel, quoi encore ?

Mr Eberhardt plia le journal et le lança sur le comptoir de la cuisine.

– Ça va devenir une petite ville intéressante, après tout, n'est-ce pas, Roy ?

Roy prit le journal pour voir par lui-même. Le nom d'Oriole Avenue Est lui semblait familier. En lisant l'article, Roy se rappela quand il avait aperçu le panneau de la rue. L'arrêt de bus de Béatrice Leep, l'endroit où il avait repéré le garçon qui courait la première fois se trouvaient sur Oriole Avenue *Ouest*, juste de l'autre côté de l'artère principale.

– L'article ne dit pas s'ils étaient gros, ces alligators, observa Roy.

Son père pouffa.

– Je ne crois pas que ça soit important, fiston. Je pense que c'est l'idée qui compte.

– J'ai lu votre rapport, David, fit le capitaine de police. Vous aimeriez ajouter quelque chose ?

L'agent Delinko fit non de la tête. Il avait les mains croisées sur ses genoux. Que pouvait-il dire d'autre ?

Son sergent prit la parole :

– David comprend que l'affaire est grave.

– « Embarrassante » est le mot exact, dit le capitaine. Le chef m'a fait part de certains e-mails et messages téléphoniques. Ce n'est pas joli-joli. Vous avez jeté un coup d'œil sur le journal ?

L'agent Delinko opina. Il avait lu et relu l'article une dizaine de fois. Chaque lecture lui avait soulevé l'estomac.

– Vous avez probablement remarqué qu'on n'y mentionne pas votre nom, dit le capitaine. C'est parce que nous avons refusé de le révéler aux médias.

– Oui, et je vous en remercie, dit l'agent Delinko. Je suis vraiment désolé pour tout ça, chef.

– Et vous avez lu l'explication que le chef Deacon a donnée de l'incident ? Je suppose que vous n'y voyez pas d'inconvénient ?

– A vrai dire, chef, j'ai pas eu la grippe. Et j'avais pris aucun médicament hier…

– David, le coupa le sergent. Si le chef dit que vous preniez un médicament contre la grippe, vous en preniez un *sans discussion*. Et si le chef dit que c'est à cause de ça que vous dormiez dans votre voiture radio, alors c'est exactement ce qui s'est passé. Compris ?

– Ah oui ! chef.

Le capitaine agita en l'air un bordereau jaune.

– J'ai là une facture du concessionnaire Ford qui s'élève à quatre cent dix dollars. Ils ont enlevé la peinture noire des vitres, c'est la bonne nouvelle. Ça leur a pris toute la journée, mais ils y sont arrivés.

L'agent Delinko était sûr que le capitaine allait lui tendre la facture des réparations, mais non. Au lieu de ça, il la rangea dans le dossier personnel du policier, qui était ouvert sur son bureau.

– Delinko, je ne sais que faire de vous. Je ne sais vraiment pas.

Le ton du capitaine était celui d'un père déçu.

– Je m'excuse beaucoup. Ça ne se reproduira plus, chef.

Le sergent de Delinko dit :

– Capitaine, je dois vous dire que David s'était porté volontaire pour cette surveillance du site du chantier. Et il s'y est rendu le matin très tôt en dehors de ses heures de service.

– De sa propre initiative ?

Le capitaine croisa les bras.

– Eh bien, voilà qui est louable. Puis-je vous demander, David, pourquoi vous avez fait ça ?

– Parce que je voulais attraper les coupables, répliqua l'agent Delinko. Je savais que c'était une priorité pour vous et le chef.

– C'est la seule raison ? Vous n'avez pas d'enjeu personnel dans cette affaire ?

« Maintenant, si, songea l'agent Delinko. Maintenant qu'on m'a fait tourner en bourrique. »

– Non, chef, fit-il.

Le capitaine porta son attention sur le sergent.

– Eh bien, il va falloir qu'il y ait une sorte de sanction, que cela nous plaise ou non. Le chef l'a trop mal pris.

– Je suis d'accord, fit le sergent.

L'agent Delinko en eut le cœur serré. Toute mesure disciplinaire figurerait automatiquement sur ses états de service. Ça pourrait poser un problème pour une éventuelle promotion.

– Chef, je paierai cette facture de ma poche, pro-posa l'agent Delinko.

Quatre cent dix dollars entamaient sérieusement le montant de son salaire, mais que son dossier reste sans tache valait bien ça.

Le capitaine répondit à l'agent Delinko qu'il n'était pas obligé de régler la facture – et que ça ne satisferait pas le chef, de toute façon.

– Donc, je vous mets à l'accueil, fit-il, pour un mois.

– David y survivra très bien, dit le sergent.

– Et la surveillance du Maman Paula ? demanda l'agent Delinko.

– Ne vous en faites pas, elle sera assurée. On y affectera quelqu'un de l'équipe de nuit.

– Bien, chef.

L'agent Delinko fut déprimé à l'idée de se retrou-ver coincé derrière un bureau à ne rien faire : un long mois d'ennui en perspective. Cependant, ça valait mieux qu'être suspendu de ses fonctions. La seule chose pire que de rester les bras croisés au commissariat, c'était bien de rester les bras croisés à la maison.

Le capitaine se leva, signifiant par là que l'entre-tien était terminé.

– David, dit-il, si jamais quelque chose de ce genre se reproduisait…

– Ça ne se reproduira pas. Je vous le promets.

– La prochaine fois, vous aurez carrément votre nom imprimé dans le journal.

– Oui, chef.

– Sous un gros titre qui dira : AGENT LIMOGÉ. C'est clair ?

L'agent Delinko se crispa intérieurement.

– J'ai compris, chef, dit-il calmement au capitaine.

Il se demanda si les petits cons qui avaient bombé sa Crown Victoria avaient conscience de la somme d'ennuis qu'ils allaient lui occasionner. « Ma carrière est en péril, songeait l'agent Delinko avec colère, tout ça à cause d'une poignée de délinquants juvéniles jouant au plus malin. » Il était plus déterminé que jamais à les prendre la main dans le sac.

Dans le couloir, à l'extérieur du bureau du capitaine, le sergent lui dit :

– Vous pouvez prendre votre voiture au garage central. Mais n'oubliez pas, David, plus de patrouille. Ça signifie que vous pouvez aller chez vous et en revenir avec le véhicule, mais c'est tout.

– D'accord, dit l'agent Delinko. A la maison et retour.

Il avait déjà pensé à un itinéraire qui le ferait passer directement à l'angle d'Oriole Est et de Woodbury, lieu de la future Maison des Crêpes 100 % Américaines de Maman Paula.

Personne ne lui avait interdit de partir de chez lui super tôt, le matin. Personne ne lui avait interdit non plus de prendre tout son temps en se rendant au travail.

Aujourd'hui encore, Dana Matherson était absent du collège. Roy se sentit un peu soulagé, quoique pas suffisamment pour se détendre. Plus longtemps Dana devrait rester chez lui pour que son nez se remette du coup de poing de Roy, plus il l'aurait mauvaise quand il finirait par retourner à Trace Middle.

— T'as encore le temps de te casser de la ville, lui suggéra gentiment Garrett.

— Je vais pas m'enfuir. Arrivera ce qui arrivera.

Roy n'essayait pas de la jouer cool. Il avait beaucoup réfléchi au problème Dana. Un nouvel affrontement semblait inévitable et quelque chose en lui avait simplement envie d'en finir. Sans être crâneur, il avait un penchant très net pour la fierté. Il n'avait pas l'intention de passer le reste de l'année à se planquer dans les toilettes ou à se faufiler dans les couloirs, rien que pour éviter cette brute épaisse.

— Je devrais probablement pas te dire ça, fit Garrett, mais certains élèves prennent des paris.

— Super. Ils parient que Dana va réussir à me dérouiller ?

— Non, sur le nombre de fois qu'il va le faire.

— Cool, dit Roy.

En fait, deux bonnes choses avaient résulté de son altercation avec Dana Matherson. La première, c'était que Roy avait filé avec succès le garçon aux pieds nus jusqu'au parcours de golf. La deuxième, c'était que la sous-directrice lui avait interdit de prendre le bus pendant quinze jours.

C'était sympa que sa mère vienne le chercher à

l'école. Ils parlaient dans la voiture et Roy rentrait chez lui vingt minutes plus tôt.

Le téléphone sonnait quand ils franchirent la porte. C'était la sœur de sa mère qui appelait de Californie pour bavarder. Roy en profita pour récupérer une boîte à chaussures dans sa chambre et s'éclipser tranquillement par la porte de derrière.

Il se redirigea vers le parcours de golf en faisant un léger détour. Au lieu de prendre à gauche sur Oriole Ouest, en direction de l'arrêt du bus, Roy traversa la route à bicyclette jusqu'à Oriole Est. Il avait à peine roulé sur deux blocs qu'il arriva à un terrain vague envahi de broussailles, avec une caravane de chantier cabossée dans un coin.

Un pick-up bleu était garé près de la caravane. Non loin de là, il y avait trois engins genre bulldozer et une rangée de toilettes portatives. Roy se dit que ça devait être à cet endroit qu'on avait bombé la voiture de police et qu'on avait caché les alligators dans les latrines.

A peine Roy arrêtait-il sa bicyclette que la porte de la caravane s'ouvrit à la volée et qu'un type chauve et trapu se précipita dehors. Il portait un pantalon de travail mastic, une chemise assortie avec un nom cousu sur la poitrine. Mais Roy était trop loin pour le lire.

– Qu'est-ce que tu veux ? aboya l'homme, rouge de colère. Eh, gamin, c'est à toi que je parle !

« C'est quoi son problème ? » se dit Roy.

Le type s'avança, pointant le doigt sur lui.

– Y a quoi dans cette boîte ? hurla-t-il. Qu'est-ce que toi et tes p'tits copains z'avez prévu pour ce soir, hein ?

Roy effectua un demi-tour à vélo et s'éloigna en pédalant. Le type avait l'air d'un vrai dingue.

– T'as raison, et t'avise pas de revenir ! beugla le chauve, le menaçant du poing. La prochaine fois, y aura des chiens de garde qui t'attendront. Les clebs les plus méchants que t'aies jamais vus !

Roy pédala plus vite. Sans se retourner. Les nuages s'assombrissaient et il crut sentir une goutte de pluie sur sa joue. Dans le lointain, le tonnerre grondait.

Même après avoir traversé la route pour rejoindre Oriole Ouest, Roy ne ralentit pas l'allure. Le temps qu'il arrive au golf, une bruine persistante tombait. Il sauta de sa bicyclette et, protégeant la boîte à chaussures de ses bras, parcourut au trot les greens et les fairways déserts.

Il atteignit bientôt le fourré de poivriers où il avait rencontré le dénommé Doigts de Mulet. Roy s'était mentalement préparé à ce qu'on lui bande les yeux et qu'on l'attache à nouveau – il avait même composé un petit discours pour l'occasion. Il était déterminé à persuader Doigts de Mulet qu'il était digne de confiance, qu'il n'était pas venu jouer les trouble-fête mais plutôt pour l'aider, si Doigts de Mulet avait besoin de l'être.

Tout en se faufilant dans le fourré, Roy ramassa une branche morte sur le sol. Elle était assez grosse pour impressionner un mocassin bouche-de-coton, même s'il espérait que ce ne serait pas nécessaire.

En arrivant au fossé, il ne vit aucun signe des serpents venimeux à la queue pailletée. Le campement de l'étrange coureur avait disparu – on avait nettoyé, embarqué tous les sacs plastique et recouvert le foyer de terre. Roy piqua du bout de la branche morte le sol meuble, qui ne livra aucun indice. Morose, il chercha des empreintes de pas et n'en trouva aucune.

Doigts de Mulet s'était envolé sans laisser de traces.

Au moment où Roy émergea sur le fairway, le ciel violet s'ouvrit. La pluie le cingla en rafales poussées par le vent qui lui piquaient le visage et la foudre tomba tout près. Roy, frissonnant, se mit à courir. Pendant un orage, le pire endroit où se trouver, c'était sur un parcours de golf, près des arbres.

En courant, tressaillant au moindre coup de tonnerre, il se sentit coupable de s'être enfui de la maison en cachette. Sa mère allait se rendre malade d'inquiétude quand elle s'apercevrait qu'il était dehors par ce temps. Elle pourrait même prendre la voiture et partir à sa recherche, éventualité qui inquiétait Roy. Il n'avait pas envie que sa mère conduise dans des conditions aussi dangereuses ; il pleuvait si fort qu'elle n'aurait pas une très bonne visibilité.

Tout trempé et fatigué qu'il était, Roy se força à

courir plus vite. Plissant les yeux sous le déluge, il n'arrêtait pas de penser : « Ça ne peut plus être bien loin. »

Il cherchait le jet d'eau où il avait laissé son vélo. Enfin, alors qu'un nouvel éclair illuminait violemment le fairway, il l'aperçut à vingt mètres devant lui. Mais sa bicyclette n'était plus là.

Roy pensa d'abord qu'il s'était trompé de jet d'eau. Il avait dû se perdre sous l'orage. Puis il reconnut une cabane de jardinier près de là et un kiosque en bois avec un distributeur de boissons.

Il était bien au bon endroit. Roy se tenait sous la pluie et fixait, malheureux, le lieu où il avait laissé sa bécane. D'habitude, il prenait soin de la cadenasser, mais il avait été trop pressé aujourd'hui.

Et maintenant, elle n'était plus là. On l'avait volée, probablement.

Pour s'abriter de la pluie, Roy fila dans le kiosque. La boîte à chaussures trempée partait en morceaux entre ses mains. Rentrer à pied à la maison, c'était une sacrée trotte et Roy savait qu'il ne pourrait y arriver avant la tombée de la nuit. Ses parents allaient grimper aux rideaux.

Pendant dix minutes, Roy demeura dans le kiosque, dégoulinant sur le sol, attendant que l'averse diminue. Le tonnerre et les éclairs semblèrent rouler vers l'est, mais la pluie ne cessait pas. Roy finit par sortir, tête baissée, et prit en pataugeant la direction de son quartier. Chaque pas provoquait une gerbe d'éclaboussures. Des gouttes de pluie sillonnaient son front et s'accrochaient à ses cils. Il aurait aimé porter une casquette.

En atteignant le trottoir, il essaya de courir, mais autant barboter dans les hauts-fonds d'un lac interminable. Roy avait remarqué ça à propos de la Floride : le paysage était si peu élevé et si plat que les flaques mettaient une éternité à se résorber. Tout en cheminant, il arriva bientôt à l'arrêt de bus où il avait aperçu pour la première fois l'étrange coureur. Roy ne prit pas le temps de jeter un regard alentour. A chaque instant, il faisait de plus en plus sombre.

Au moment où il arrivait au coin d'Oriole Ouest et de la route, les lampadaires s'allumèrent en vacillant.

« Mince alors, se dit-il. Je suis vraiment en retard. » La circulation était continue dans les deux sens ; on roulait au pas dans l'eau stagnante. Roy attendit avec impatience. A chaque voiture, une vague venait lui éclabousser les mollets. Il s'en fichait pas mal. Il était déjà trempé jusqu'à l'os.

Repérant un trou dans le flux, Roy s'aventura sur la chaussée.

– Attention ! cria une voix dans son dos.

Roy recula d'un bond sur le trottoir et fit volte-face. Il aperçut Béatrice Leep, montée sur sa bicyclette.

– Qu'est-ce que t'as dans cette boîte à chaussures, cow-girl ?

Chapitre 7

Il n'y avait pas grand mystère là-dedans.

A l'image des autres élèves, Béatrice le Bulldo habitait à proximité de son arrêt de bus. Roy avait dû probablement passer devant sa porte d'entrée et en l'apercevant, Béatrice l'avait simplement filé jusqu'au parcours de golf.

– C'est mon vélo, lui dit-il.

– Ouais, je sais.

– Je peux le ravoir ?

– Plus tard, peut-être, répondit-elle. Grimpe.

– Quoi ?

– Sur le guidon, espèce de bouffon. Grimpe sur le guidon. On va faire une balade.

Roy fit ce qu'on lui disait. Il n'avait qu'une envie : récupérer sa bicyclette et rentrer chez lui.

Deux années passées à gravir et à descendre, dans l'air raréfié, les pentes raides des collines du Montana avaient fait de Roy un cycliste aguerri ; mais Béatrice Leep le battait de loin. Même en fendant les flaques profondes, elle pédalait sans effort et rapidement, comme si Roy ne pesait rien du tout. Perché inconfortablement sur le guidon, il agrippait la boîte en carton détrempée.

– Où on va ? cria-t-il.

– Chut, lui dit Béatrice.

Elle passa à toute allure devant l'élégante entrée en brique du parcours de golf et bientôt la route pavée devint un chemin de terre sans trottoirs ni lampadaires. Roy s'arc-bouta tandis que le vélo tressautait sur des nids-de-poule. La pluie s'était atténuée en brume et sa chemise humide lui faisait frais sur la peau.

Béatrice s'arrêta devant une haute clôture grilla-gée. Roy remarqua qu'on en avait cisaillé une petite partie, de façon à pouvoir la relever. Il descendit du guidon en tirant sur son jean qui lui était rentré dans les fesses.

Béatrice gara la bicyclette et fit signe à Roy de la suivre à travers le trou du grillage. Ils pénétrèrent dans une casse pleine d'épaves d'automobiles, qui s'étendait sur plusieurs hectares. Au clair de lune, Roy et Béatrice se faufilèrent, en faisant des sauts de puce d'une carcasse rouillée à l'autre. A voir l'at-titude de Béatrice, Roy supposa qu'ils n'étaient pas les seuls dans les parages.

Bientôt, ils atteignirent une vieille camionnette posée sur des parpaings. Roy eut de la peine à déchiffrer les lettres d'un rouge passé sur son auvent cabossé : GLACES ET CÔNES JO-JO.

Béatrice Leep grimpa dans la cabine, tirant Roy

après elle. Elle le fit passer par une étroite ouverture à l'arrière, encombrée de caisses, de cartons et de tas de vêtements. Roy remarqua un sac de couchage roulé dans un coin.

Quand Béatrice referma la portière, ils se retrouvèrent dans le noir le plus complet ; Roy ne voyait même plus ses doigts en les passant devant son visage.

Il entendit la voix de Béatrice :

– File-moi ta boîte.

– Non, fit Roy.

– Tu tiens à tes dents de devant, Eberhardt ?

– Tu me fais pas peur, mentit Roy.

Il faisait une humidité étouffante dans la vieille camionnette de crèmes glacées. Des moustiques zonzonnaient aux oreilles de Roy qui leur donnait des tapes à l'aveuglette. Il sentit une odeur qui ne lui parut pas à sa place et qui lui disait vaguement quelque chose – des cookies ? Le camion sentait le cookie au beurre de cacahuètes sortant du four, du genre de ceux que faisait la mère de Roy.

Le faisceau aveuglant d'une lampe électrique le frappa en plein visage et il détourna les yeux.

– Pour la dernière fois, le menaça Béatrice, qu'est-ce qu'il y a dans cette boîte à chaussures ?

– Des chaussures, dit Roy.

– C'est ça.

– C'est vrai.

Elle lui arracha la boîte des mains et l'ouvrit d'un coup sec, dirigeant la lampe sur son contenu.

– Qu'est-ce que je t'avais dit, fit Roy.

Béatrice souffla.

– Pourquoi tu te trimballes avec des baskets de rechange ? C'est vraiment bizarre, ça, cow-girl.

– Elles sont pas pour moi, dit Roy.

Elles étaient quasiment neuves ; il ne les avait mises que deux ou trois fois.

– Alors, elles sont pour qui ?

– Un garçon que j'ai rencontré.

– Quel garçon ?

– Celui dont je t'ai parlé à l'école. Celui qui courait près de ton arrêt de bus, ce fameux jour.

– Oh, fit Béatrice d'un ton caustique, celui que tu as poursuivi quand t'aurais dû t'occuper de tes affaires.

Elle éteignit la lampe électrique et tout redevint noir.

– J'ai fini par le rencontrer. Enfin, si on veut, dit Roy.

– Tu renonces jamais, hein ?

– Écoute, il a besoin de pompes, ce garçon. Il pourrait marcher sur du verre ou des clous rouillés... ou même un bouche-de-coton.

– Comment tu sais qu'il a *envie* de chaussures, Eberhardt ? Peut-être qu'il court plus vite sans.

Roy n'était pas sûr de comprendre la nature du problème de Béatrice Leep, mais il savait qu'il était sérieusement en retard pour le dîner et que ses parents devaient être aux cent coups. Il prévoyait de tenter sa chance dès que Béatrice rallumerait la lampe. S'il pouvait arriver avant elle à la bicyclette, il aurait peut-être une chance de s'échapper.

– Pas grave, dit Roy. S'il en veut pas, je les garderai pour moi. S'il les accepte, eh bien, elles devraient lui aller. Il a l'air aussi grand que moi.

Dans l'obscurité, rien que du silence.

Béatrice, si tu veux me dérouiller, tu pourrais te presser, qu'on en finisse ? Mon père et ma mère doivent être en train de prévenir la garde nationale à l'heure qu'il est.

Encore plus de silence pesant.

– Béatrice, tu dors ?

– Pourquoi tu t'intéresses à ce garçon, Eberhardt ?

C'était une bonne question mais Roy n'était pas certain de pouvoir répondre avec des mots. Ça avait quelque chose à voir avec l'air qu'il affichait en courant le long du bus ces jours-là ; dans l'urgence, avec quelque chose de décidé et d'inoubliable.

– Je sais pas, dit Roy à Béatrice Leep. Je sais pas pourquoi.

La torche se ralluma. Roy crapahuta vers la portière mais Béatrice le cueillit par le fond de son jean et le tira près d'elle, sur le plancher.

Roy s'assit, haletant, s'attendant à se faire démolir le portrait.

Elle n'avait pourtant pas l'air furieux.

– C'est quelle pointure ? demanda-t-elle en soulevant les baskets.

– Du quarante-trois, fit Roy.

– Hmm.

Éclairée par le halo de lumière, Béatrice posa un doigt sur ses lèvres et en pointa un autre par-dessus son épaule à elle. Alors Roy entendit des pas dehors.

Béatrice éteignit d'un déclic et ils attendirent. Les pas, lourds et pesants, faisaient crisser le gravier, tels ceux d'un colosse. Les déplacements du gardien de nuit étaient accompagnés d'un bruit de ferraille ; un trousseau de clés, peut-être, ou de la menue monnaie dans une poche. Roy retint son souffle.

L'homme s'approcha de la camionnette de crèmes glacées et cogna l'une des ailes avec un genre de tuyau de plomb, d'après le son. Roy tressaillit sans bruit. Heureusement, le type passa son chemin. De temps à autre, il frappait fort une autre épave de son tuyau, comme s'il essayait d'effrayer quelque chose et de le débusquer d'entre les ombres.

Une fois le gardien de nuit éloigné, Béatrice chuchota :

– Flic à gages.

– Qu'est-ce qu'on fait ici ? demanda Roy d'une petite voix.

Dans l'obscurité de la camionnette, il entendit Béatrice le Bulldo se lever.

– J'vais te dire ce que j'vais faire, cow-girl, annonça-t-elle. J'vais passer un p'tit marché avec toi.

– Vas-y, dit Roy.

– J'vais m'débrouiller pour que le garçon aux pieds nus reçoive ces godasses, mais seulement si tu me promets de lui fiche la paix. De ne plus l'espionner.

– Alors tu le connais !

Béatrice hissa Roy debout.

– Ouais, je le connais, dit-elle. C'est mon frère.

A quatre heures et demie de l'après-midi, heure à laquelle l'agent David Delinko quittait habituellement son travail, de la paperasse en pagaille s'empilait toujours sur son bureau. Il avait des tas de formulaires à remplir et de rapports à terminer concernant ce qui était arrivé à sa voiture radio. Il continua à écrire jusqu'à ce que son poignet lui fasse mal et, à six heures, décida d'en rester là.

Le garage central n'était qu'à quelques rues seulement, mais il pleuvait à verse quand l'agent Delinko, fatigué, sortit du commissariat. Il n'avait pas envie de tremper son uniforme, aussi attendit-il sous l'avant-toit, juste en dessous du P majuscule de Département de Sécurité Publique de Coconut Cove.

Beaucoup de villes s'étaient mises à désigner leurs forces de police comme des « départements de sécurité publique », une appellation destinée à en promouvoir une image moins rude, plus amicale. Comme la plupart de ses collègues, David Delinko trouvait ce changement de nom absurde. Un flic était un flic, point trait. Dans l'urgence, personne ne hurlait jamais : « Vite ! Appelez le département de sécurité publique ! »

On criait toujours : « Appelez la police ! » et on le crierait toujours.

David Delinko était fier d'être policier. Son père avait été inspecteur spécialisé dans le grand banditisme à Cleveland, Ohio, et son frère aîné, inspecteur de la criminelle à Fort Lauderdale – et inspecteur, David Delinko espérait de tout son cœur le devenir un jour.

Mais ce fameux jour, prenait-il conscience avec tristesse, était plus éloigné que jamais, grâce aux vandales du futur chantier de la crêperie.

L'agent Delinko ruminait sa situation, en regardant la pluie tomber à torrents, quand la foudre frappa un poteau électrique au bout de la rue. Il battit vivement en retraite dans l'entrée du commissariat, où les plafonniers clignotèrent deux fois avant de s'éteindre.

« Ah, mer... credi », grommela l'agent Delinko pour lui-même.

Il n'y avait rien d'autre à faire qu'à attendre la fin de l'orage.

Il ne pouvait s'empêcher de réfléchir aux bizarres incidents du terrain de Maman Paula. Primo, quelqu'un arrache les piquets qui le jalonnent, puis balance des alligators dans les cabinets ; deuzio, on bombe sa voiture radio pendant qu'il dort à l'intérieur. C'était l'œuvre de délinquants audacieux et provocateurs.

Immatures, certes, mais audacieux, tout de même.

D'après l'expérience de l'agent Delinko, les gamins n'étaient pas d'habitude aussi obstinés ni aussi hardis. Dans les affaires types de vandalisme dû à des mineurs, on pouvait rattacher les faits à une bande où chaque jeune essayait de surpasser l'autre pour se donner des sensations.

Mais il ne s'agissait pas d'une affaire type, songeait l'agent Delinko. Il était possible que ça ne soit l'ouvrage que d'une seule personne dotée d'une rancune tenace – ou d'une mission.

Au bout d'un certain temps, la bourrasque se mit à décroître et les nuées d'orage filèrent loin du centre-ville. L'agent Delinko se couvrit la tête d'un journal et courut d'une traite jusqu'au garage central. De l'eau giclait de ses chaussures cirées à la main quand il y arriva.

La Crown Victoria, l'air comme neuve, était à l'extérieur, devant le portail verrouillé. L'agent Delinko avait demandé au chef garagiste de cacher les clés du véhicule dans le bouchon du réservoir mais, au lieu de ça, elles étaient sur le contact où le premier passant venu pouvait les voir. Le chef garagiste pensait que personne ne serait assez taré pour voler une voiture de police non banalisée.

L'agent Delinko démarra et se dirigea vers son appartement. En chemin, il effectua une lente boucle autour du terrain de la future Maison des Crêpes, mais ne vit âme qui vive. Il n'en fut pas surpris. Les délinquants n'aiment pas plus le mauvais temps que les citoyens respectueux de la loi.

Même quand il n'était pas en service, l'agent Delinko laissait toujours branchée la radio de sa voiture. C'était l'une des règles strictes que devaient observer ceux qu'on autorisait à utiliser leur véhicule pour rentrer chez eux – il fallait garder l'oreille aux aguets au cas où un collègue aurait besoin d'un coup de main.

Ce soir, le standardiste signalait deux, trois tôles froissées et la disparition d'un gamin à bicyclette pendant l'orage. Roy machin chose. Un renvoi de friture rendit incompréhensible le nom de famille.

Ses parents devaient s'arracher les cheveux, se dit l'agent Delinko, mais le garçon rentrerait sûrement sain et sauf. Il avait dû aller rôder dans un centre commercial en attendant la fin de l'orage.

Dix minutes plus tard, l'agent Delinko songeait encore vaguement au jeune disparu quand il repéra une mince silhouette trempée de pluie à l'angle d'Oriole Ouest et de la route. C'était un garçon qui correspondait à la description fournie par le standardiste : un mètre cinquante environ, quarante-cinq kilos, cheveux châtain clair.

L'agent Delinko obliqua vers le trottoir, descendit la vitre et le héla à travers le carrefour :

– Eh, jeune homme !

Le garçon fit un signe de la main et s'approcha du bord de la route. L'agent Delinko s'aperçut qu'il poussait une bicyclette dont le pneu arrière semblait à plat.

– Vous vous appelez Roy ? demanda le policier.

– Oui.

– Et si je vous avançais ?

Le gamin traversa la rue avec son vélo, qu'on logea sans difficulté dans le coffre spacieux de la Crown Victoria. L'agent Delinko signala par radio au standardiste qu'il avait localisé le jeune disparu et que tout allait bien.

– Roy, vos parents vont être extrêmement contents de vous voir, dit l'agent de police.

Le garçon sourit avec nervosité.

– J'espère bien que vous avez raison.

L'agent Delinko se félicita en silence. Pas la pire des façons de finir sa journée pour un type réduit à des tâches administratives ! Peut-être que ça l'aiderait à sortir de la niche du capitaine.

Roy n'était jamais monté jusque-là dans une voiture de police. Il s'installa à l'avant près du jeune agent, qui fit quasiment tous les frais de la conversation. Roy tenta d'être poli et de lui renvoyer la balle, mais dans sa tête tourbillonnait ce que Béatrice Leep lui avait révélé sur le garçon qui courait.

– Mon demi-frère, en fait, lui avait-elle dit.

– C'est quoi son nom ?

– Il l'a laissé tomber.

– Pourquoi on l'appelle Doigts de Mulet ? C'est un Indien ?

Là-bas, à Bozeman, Roy était allé en classe avec un garçon du nom de Charlie Trois Corbeaux.

Béatrice Leep avait éclaté de rire.

– Non, c'est pas un Indien ! Je l'appelle Doigts de Mulet parce qu'il peut en attraper à mains nues. C'est difficile, tu sais ça ?

Le mulet est un poisson d'appât qui se déplace par bancs de plusieurs centaines d'individus. La baie près de Coconut Cove en grouillait au printemps. On les pêche d'habitude à l'épervier.

– Pourquoi il n'habite pas chez toi ? avait demandé Roy à Béatrice.

– C'est une longue histoire. Et en plus, ça ne te regarde pas.

– Et le collège ?

– On a expédié mon frère dans une école « spéciale ». Il y est resté deux jours avant de fuguer. Puis il est revenu en stop, depuis Mobile, en Alabama.

– Et tes parents ?

– Ils savent pas qu'il est ici et c'est pas moi qui irai leur dire. *Personne* le leur dira. Compris ?

Roy lui avait donné solennellement sa parole.

Après qu'ils se furent éclipsés de la casse automobile, Béatrice Leep avait donné à Roy un cookie au beurre de cacahuètes, qu'il avait dévoré avec appétit. Étant donné les circonstances, c'était le meilleur cookie qu'il avait jamais mangé.

Béatrice lui avait demandé comment il comptait expliquer à ses parents où il était passé et Roy avait reconnu qu'il ne s'était pas encore penché sur la question.

Là-dessus, Béatrice avait accompli un exploit étonnant – elle avait soulevé sa bicyclette par les pignons et troué le pneu arrière avec les dents, comme si elle mordait dans une pizza.

Roy ne put que la regarder faire, bouche bée, abasourdi. Cette fille avait des mâchoires de carcajou.

– Là ! Maintenant, t'es à plat, lui avait-elle dit. Et t'as une demi-bonne excuse pour avoir loupé l'heure du dîner.

– Merci. Je suppose.

– Alors, qu'est-ce que t'attends ? Barre-toi d'ici.

« Quelle famille bizarroïde ! » se dit Roy. Il se revisionnait mentalement la scène du coup de dents dans le pneu quand il entendit le policier qui disait :

– Je peux vous poser une question, jeune homme ?

– Bien sûr.

– Vous allez au collège à Trace Middle, hein ? Je me demandais si vous auriez pas entendu parler de trucs qui ont eu lieu là où on va construire la nouvelle crêperie.

– Non, dit Roy. Mais j'ai lu un article là-dessus dans le journal.

L'agent s'agita, mal à l'aise.

– On y parlait d'alligators, ajouta Roy, et d'une voiture de police qu'on a bombée.

Le policier fut secoué d'une brève crise de toux. Puis il reprit :

– Vous êtes sûr que personne n'en a parlé ? Parfois, les jeunes qui font ce genre de blagues aiment bien s'en vanter.

Roy dit qu'il n'en avait eu aucun écho.

– Ma rue, c'est ici, fit-il en la montrant du doigt. Notre maison est la sixième sur la gauche.

Le policier vira dans l'allée des Eberhardt et s'arrêta d'un coup de freins.

– Je peux vous demander un service, Roy ? Pourriez-vous me téléphoner si jamais vous surprenez quelque chose – n'importe quoi, même une rumeur – sur l'affaire Maman Paula ? C'est très important.

L'agent tendit une carte de visite à Roy.

– Là, c'est la ligne de mon bureau et ici, le numéro de mon mobile.

Au-dessus des deux numéros, on lisait sur la carte :

AGENT DAVID DELINKO

SERVICE DE PATROUILLE
Département de Sécurité Publique de Coconut Cove

– Vous pouvez m'appeler à toute heure, précisa l'agent Delinko. Il vous suffit de garder les yeux et les oreilles ouverts, d'accord ?

– D'accord, répondit Roy sans trop d'empressement.

Le policier lui demandait de jouer les informateurs : le mouchard de ses camarades de classe. Ça lui parut un prix exorbitant pour se faire simplement raccompagner chez soi.

Sans que Roy soit ingrat, il ne se sentait pas devoir quoi que ce soit au policier sauf un merci sincère. Est-ce que ça ne faisait pas partie du job de flic d'aider les gens ?

Roy descendit de la voiture et fit signe à ses parents qui se tenaient sur le perron. L'agent Delinko retira la bicyclette de Roy du coffre et la remit d'aplomb sur sa béquille.

– Et voilà le travail, dit-il.

– Merci, fit Roy.

– Ils vous mettront une rustine sur ce pneu chez Exxon. C'est un clou qui a fait ça ?

– Un truc de ce genre.

Le père de Roy s'avança et remercia le policier d'avoir ramené son fils chez lui. Roy, entendant les deux hommes échanger de menus propos sur la loi et l'ordre, s'imagina que son père avait dit à l'agent qu'il travaillait pour le ministère de la Justice.

Quand Mr Eberhardt s'éloigna pour ranger le vélo de Roy au garage, l'agent Delinko baissa la voix et dit :

– Hep, jeune homme.

« Quoi encore ? » songea Roy.

– Vous croyez que ça ennuierait votre papa d'écrire une lettre au chef de la police ? Ou même à mon sergent ? Rien qu'un petit mot sympa sur ce qui s'est passé ce soir. Quelque chose qu'on pourrait mettre dans mon dossier, fit l'agent Delinko. Les petites choses comme ça sont utiles, vraiment. C'est pas rien.

Roy opina d'une façon évasive.

– Je lui demanderai.

– Super. Vous êtes génial, jeune homme.

L'agent Delinko remonta en voiture. Mrs Eberhardt, entrée chercher une serviette de toilette, ressortit et serra la main du policier.

– On était terriblement inquiets. Merci beaucoup.

– Oh, c'est trois fois rien, dit l'agent Delinko en faisant un clin d'œil à Roy.

– Vous avez restauré ma confiance dans la police, poursuivit la mère de Roy. Franchement, je ne savais plus trop quoi penser après avoir lu cet article scandaleux dans le journal. Celui sur le policier dont on a peint les vitres en noir !

Roy eut l'impression que l'agent Delinko avait soudain la nausée.

– Bonne soirée à vous tous, dit-il aux Eberhardt en tournant la clé de contact.

– Vous connaissez ce collègue par hasard ? demanda la mère de Roy, innocemment. Celui qui s'est endormi dans sa voiture. Que va-t-il lui arriver ? On va le flanquer à la porte ?

L'agent Delinko recula dans l'allée en faisant crisser ses pneus et s'éloigna.

– Peut-être qu'il avait une urgence, dit Mrs Eberhardt, regardant les feux arrière du véhicule disparaître dans la nuit.

– Ouais, fit Roy en souriant. Peut-être.

Chapitre 8

Roy tint sa promesse. Il renonça à rechercher le demi-frère de Béatrice Leep, même si cela exigeait de lui un énorme effort de volonté.

Le temps qu'il faisait l'incita à rester chez lui. Les orages durèrent trois jours d'affilée. Selon les infos télévisées, une dépression tropicale était stationnaire au-dessus de la Floride du Sud. On attendait des précipitations de deux cents à trois cents millimètres.

Même s'il avait fait un soleil magnifique, Roy ne serait allé nulle part. Le type de la station-service déclara que son pneu de bicyclette était irréparable.

– Z'avez un singe apprivoisé, vous z'autres ? avait-il demandé au père de Roy. Parce que c'est à croire que c'est des marques de dents qu'il a dans le flanc.

Les parents de Roy ne demandèrent même pas à Roy ce qui s'était passé. Pour avoir vécu dans le Montana, ils étaient habitués aux crevaisons. On avait commandé un nouveau pneu mais, en attendant, le vélo de Roy paressait au garage. Ce dernier passa les après-midi gorgées d'eau à faire ses devoirs et à lire un roman de cow-boys. Quand il regardait par la fenêtre de sa chambre, il ne voyait que des flaques. Les montagnes lui manquaient plus que jamais.

Quand la mère de Roy vint le chercher à la fin des cours, le jeudi, elle lui dit qu'elle avait de bonnes nouvelles.

– On a levé ton interdiction de bus scolaire !

Roy n'était pas très disposé à sauter de joie.

– Pourquoi ? Que s'est-il passé ?

– A mon avis, Miss Hennepin a dû peser le pour et le contre.

– Comment ça se fait ? Tu l'as appelée ou quoi ?

– En fait, je lui ai parlé un certain nombre de fois, reconnut sa mère. C'était une simple question d'équité, mon chéri. Il n'était pas juste que tu sois sanctionné tandis que le garçon qui avait déclenché la bagarre s'en tirait sans un blâme.

– Ce n'était pas une bagarre, maman.

– Peu importe. Il semble que Miss Hennepin ait fini par adopter notre point de vue. Dès demain matin, tu peux reprendre le bus.

« Youpi, songea Roy. Merci tout plein, maman. »

Il soupçonnait qu'elle avait eu un autre motif pour harceler la sous-directrice : elle était impatiente de reprendre ses séances de yoga matinales au centre universitaire, auxquelles elle ne pouvait plus assister depuis qu'elle conduisait Roy en voiture à Trace Middle.

Il ne voulait pas se montrer égoïste, cependant. Il ne pouvait se reposer éternellement sur ses parents. Peut-être que les autres élèves du bus ne feraient pas toute une affaire de son retour parmi eux.

– Qu'est-ce qu'il y a, mon chéri ? Je croyais que ça te ferait plaisir de reprendre tes habitudes.

– Mais ça me fait plaisir, maman.

« Autant demain qu'un autre jour, se dit Roy. Autant en finir le plus vite possible. »

Leroy Branitt, le chauve qui se faisait appeler le Frisé, était soumis à une pression trop forte. Il papillotait des paupières par manque de sommeil et, toute la journée, il suait comme un porc de l'Arkansas.

Superviser un chantier était une grosse responsabilité et chaque matin apportait son lot de nouveaux obstacles et de sujets de migraines. Grâce aux mystérieux intrus, le projet de la crêperie avait pris deux semaines de retard sur le planning. Les délais coûtaient de l'argent et les gros bonnets du groupe Maman Paula étaient loin d'être satisfaits.

Le Frisé s'attendait à être viré si autre chose tournait mal. Un cadre très supérieur de Maman Paula ne le lui avait pas envoyé dire. Le poste qu'il occupait était celui de vice-président des relations d'entreprise et son nom, Chuck Muckle ; le Frisé trouvait qu'il aurait mieux convenu à un clown de cirque.

Chuck Muckle n'était pas un rigolo, pourtant, surtout après avoir lu dans le journal l'article sur la voiture de police bombée aux abords du terrain du

Maman Paula. L'une de ses responsabilités consistait à préserver des médias la précieuse marque de Maman Paula, à moins que le groupe n'ouvre un nouveau restaurant ou n'introduise au menu un nouveau plat (comme, par exemple, sa sensationnelle galette au citron vert des Keys).

Dans toute sa carrière de chef de chantier, le Frisé n'avait jamais reçu un coup de fil semblable à celui de Chuck Muckle après la parution de l'article. Jamais encore le vice-président d'un groupe ne lui avait passé un savon un quart d'heure non-stop.

— Eh, c'est pas de ma faute, avait pour finir réussi à placer le Frisé. C'est pas moi qui me suis endormi en bossant, c'est le flic !

Chuck Muckle lui avait conseillé de cesser de geindre et de faire face comme un homme.

— C'est bien vous le contremaître, n'est-ce pas, Mr Branitt ?

— Ouais, mais...

— Eh bien, vous serez un contremaître au chômage si un truc du même genre se reproduit. Maman Paula est une société anonyme avec une réputation à sauvegarder au plan mondial. Attirer l'attention de la sorte ne nous est d'aucun bénéfice en terme d'image. Vous me suivez ?

— Oui, avait répondu le Frisé, alors qu'il n'en était rien.

Les vrais amateurs de crêpes se moquaient bien de ce qui était arrivé à la voiture de police ou même de l'épisode des alligators dans les chiottes portatives. A l'ouverture du restaurant, toutes ces bizarreries seraient oubliées depuis longtemps.

N'empêche que Chuck Muckle n'avait pas été d'humeur à discuter raisonnablement.

– Écoutez-moi bien, Mr Branitt. Ces absurdités doivent cesser. Dès que nous aurons raccroché, vous allez me louer les plus gros et les plus sanguinaires chiens d'attaque que vous trouverez. Les rottweilers, c'est le mieux, mais des dobermans feront l'affaire.

– Oui, m'sieur.

– Le terrain est déjà déblayé ?

– Il pleut, avait dit le Frisé. Et c'est prévu pour durer toute la semaine.

Il supposa que Chuck Muckle trouverait le moyen de lui reprocher aussi les conditions météo.

– Incroyable, grommela le vice-président. Plus de retard, vous m'entendez ? Plus aucun retard.

Le plan, c'était de déblayer le site avant de convoquer personnalités et médias pour la cérémonie officielle du premier coup de pioche. Le clou devait en être l'apparition spéciale de la femme qui incarnait Maman Paula sur les affiches et dans les spots télé.

Elle s'appelait Kimberly Lou Dixon, finaliste du concours de Miss America en 1987 ou 1988. Elle était devenue actrice après ça, bien que le Frisé ne se rappelât pas l'avoir vue ailleurs que dans les publicités de la chaîne de crêperies. Elle y était affublée d'un tablier en calicot, d'une perruque grise et de lunettes de mère-grand pour la faire ressembler à une vieille dame.

– Laissez-moi vous expliquer pourquoi vous vous retrouverez à la rue si jamais ce projet est à nouveau bloqué, dit Chuck Muckle au Frisé. Le créneau de disponibilité de Miss Dixon est extraordinairement restreint. Elle doit démarrer le tournage d'un grand film de cinéma dans deux, trois semaines.

– Sans blague. C'est quoi le titre ?

Le Frisé et sa femme étaient des mordus du septième art.

– *Les Envahisseurs mutants de Jupiter VII*, lui apprit Chuck Muckle. Le problème est le suivant, Mr Branitt : si le premier coup de pioche est repoussé, Miss Kimberly Lou Dixon ne pourra pas y assister. Elle sera en route pour Las Cruces, au Nouveau-Mexique, se préparant à tenir son rôle de reine des sauterelles mutantes.

« Wouah, se dit le Frisé, elle joue la reine ! »

– Sans la présence de Miss Dixon, nous n'aurons plus d'événement massue en termes publicitaires. Elle est l'icône de la compagnie, Mr Branitt. C'est notre Mamie Nova, notre...

– Monsieur Propre ? lui souffla le Frisé.

– Je suis heureux que vous compreniez l'enjeu.

– Je le comprends tout à fait, Mr Muckle.

– Excellent. Si tout marche sur des roulettes, nous n'aurons plus à nous reparler. Ça serait pas sympa ?

– Si, m'sieur, tomba d'accord le Frisé.

La première chose à faire, c'était de clôturer le terrain de grillage. Trouver quelqu'un pour travailler sous la pluie n'était pas du gâteau, mais le

Frisé finit par faire affaire avec une équipe de Bonita Springs. A présent la clôture était terminée et il suffisait d'attendre l'arrivée du dresseur de chiens de garde.

Le Frisé était un tantinet nerveux. Il n'aimait pas vraiment les chiens. En fait, sa femme et lui n'avaient jamais eu d'animal domestique, à moins de compter le chat de gouttière qui dormait de temps à autre sur la véranda derrière chez eux. Ce chat n'avait même pas de nom, ce qui ne posait pas de problème au Frisé. Il avait assez de mouron à se faire comme ça avec les humains dans l'existence.

A quatre heures et demie, un camion rouge bâché roula jusqu'à la caravane. Le Frisé tira un poncho jaune sur son crâne luisant et sortit sous le crachin persistant.

Le dresseur était un moustachu bien en chair qui se présenta sous le nom de Kalo. Il avait un accent étranger, celui que les soldats allemands ont toujours dans les films sur la Seconde Guerre mondiale. Le Frisé entendait les chiens aboyer férocement sur la plate-forme bâchée, les pattes posées sur le hayon du camion.

– Fous bardez maindenant chez fous, *ja*? dit Kalo.

Le Frisé jeta un coup d'œil à sa montre-bracelet et fit oui de la tête.

– Che vermerai la glôture. Che refiens temain madin de bonne heure brendre les chiens.

– Ça me va, fit le Frisé.

111

– Z'il ze basse guelgue chose, fous abbelez dout de zuite. Douchez bas aux chiens, l'avertit Kalo. Ne leur barlez bas, ne leur tonnez bas à mancher. Imbortant, *ja* ?

– Oh *ja*.

Le Frisé n'était que trop content de rester à l'écart de ces molosses. Il fit reculer son pick-up et en descendit pour fermer le portail.

Kalo lui fit un signe amical de la main puis lâcha les chiens. Ils étaient extrêmement gros, rien que des rottweilers. Ils partirent d'un bond, ventre à terre le long de la clôture, se jetant à travers les flaques. En arrivant au portail, ils sautèrent tous les quatre en l'air et, droits contre le grillage, grondèrent en montrant les dents au Frisé de l'autre côté.

Kalo accourut, lançant des ordres en allemand. Aussitôt les rottweilers cessèrent d'aboyer et se mirent en position couchée, leurs oreilles noires dressées.

– Il faut beut-être mieux gue fous bardiez maindenant, dit Kalo au Frisé.

– Ils ont des noms ?

– Oh *ja*. Zelui-là, z'est Max. Zelui-là, Klaus. Zelui-là, Karl. Et ze gros-là, c'est Pookie.

– Pookie ? répéta le Frisé.

– Z'est la brunelle te mes yeux. Che l'ai vait zuifre tebuis München.

– La pluie ne les gênera pas ?

Kalo se fendit d'un grand sourire.

– Même *ein* zyclone les chênerait bas. Rendrez chez fous maintenant, fous inquiédez bas. Zes chiens, ils font z'occuber de fotre broblème.

En regagnant son pick-up, le Frisé s'aperçut que les rottweilers épiaient le moindre de ses mouvements. Ils haletaient légèrement, le museau moucheté de bave écumante.

Le Frisé supposa qu'il pourrait finalement dormir sur ses deux oreilles. Les vandales n'avaient aucune chance contre deux cent cinquante kilos de chair canine dure-dure.

« Il faudrait être fou pour sauter la clôture, songeait le Frisé. Complètement maboul. »

Le lendemain matin, la mère de Roy proposa de le déposer à l'arrêt de bus en allant à son cours de yoga. Roy répondit non merci. La pluie avait fini par diminuer et il avait envie de marcher.

Une brise fraîche soufflait depuis la baie et l'air salé et piquant faisait du bien. Des mouettes tournaient en rond au-dessus de sa tête tandis que deux balbuzards babillaient à qui mieux mieux dans un nid au sommet d'un pylône en béton. Sur le sol, à la base du pylône, il y avait des débris blanchis d'arêtes de mulet que les oiseaux avaient picorées puis jetées par-dessus bord.

Roy prit le temps d'examiner les arêtes de poisson. Puis il recula et leva les yeux vers les balbuzards, dont les têtes dépassaient à peine du fouillis du nid. Il distingua que l'un était plus gros que l'autre ; une mère, sans doute, apprenant à chasser à son oisillon.

Au Montana, les balbuzards vivent dans les peupliers de Virginie le long des grandes rivières, d'où ils plongent en piqué sur truites et corégones. Roy avait eu l'heureuse surprise de découvrir qu'il y avait aussi des balbuzards en Floride. Il était remarquable que la même espèce d'oiseaux soit capable de vivre et de prospérer en des lieux si éloignés et si complètement différents.

« S'ils y arrivent, se disait Roy, peut-être que je peux, moi aussi. »

Il s'attarda si longtemps à observer le nid qu'il faillit rater le bus scolaire. Il dut courir sur un pâté de maisons pour l'attraper avant qu'il ne redémarre. Il fut le dernier à monter.

Les autres élèves devinrent étrangement silencieux tandis que Roy avançait dans la travée. Quand il s'assit, la fille près de la vitre se leva rapidement et changea de place.

Roy eut un mauvais pressentiment mais ne voulut pas se retourner pour vérifier qu'il ne se trompait pas. Il se tassa sur son siège et fit mine de lire sa B.D.

Il entendit des gamins chuchoter derrière lui, puis rassembler en hâte livres et cartables. En un éclair, ils disparurent et Roy sentit une présence imposante se couler dans son dos.

– Salut, Dana, fit-il, en se tordant lentement sur son siège.

– Zalut, cow-girl.

Au bout d'une semaine, le nez de Dana Matherson était encore légèrement violacé et enflé, mais ne lui jaillissait carrément pas du milieu du front, comme l'avait prétendu Garrett.

La seule chose surprenante dans l'apparence de Dana, c'était sa lèvre du haut gonflée et rougeâtre, ce qu'elle n'était pas quand Roy avait déposé sa lettre chez lui. Roy se demanda si la mère de Dana lui avait tapé sur le bec.

Cette nouvelle ecchymose dotait le gros balourd d'un zozotement déconcertant.

– Toi z'et moi, on a des z'affaires z'à régler, Zeberhardt.

– Quelles « affaires » ? dit Roy. Je me suis excusé. On est quittes.

Dana plaqua une main moite, de la taille d'un jambon, sur la figure de Roy.

– On est loin d'être quittes, toi z'et moi.

Roy ne pouvait plus parler parce qu'on lui couvrait la bouche, non pas qu'il eût grand-chose à dire. Il fusilla Dana du regard entre ses doigts boudinés, qui empestaient la cigarette.

– Tu vas regretter zérieusement de m'avoir zerzé, grogna Dana. Ze vais devenir ton pire cauzemar.

Le bus s'arrêta soudain. Dana lâcha vite fait le visage de Roy et croisa les mains tel un petit saint, au cas où le chauffeur regarderait dans le rétro. Trois camarades de classe de Roy montèrent dans le bus et, en apercevant Dana, se disputèrent, bien avisés, des sièges tout à l'avant.

A peine le bus se remit-il en branle que Dana agrippa à nouveau Roy qui, calmement, repoussa son bras d'une tape. Dana chancela en arrière, le dévisageant avec incrédulité.

– T'as pas lu ma lettre ou quoi ? lui demanda Roy. Tout baignera tant que tu me ficheras la paix.

– Tu viens de me frapper ? T'as frappé mon bras ?

– T'as qu'à me faire un procès, dit Roy.

Dana écarquilla les yeux.

– Qu'est-ze que tu dis ?

– Ze dis que tu devrais te faire vérifier les zoreilles, mon pote, et ton Q.I. pendant que t'y es.

Roy ne savait pas trop ce qui le prenait de faire la leçon à un mec aussi violent. Il n'appréciait pas particulièrement de se faire tabasser, mais l'alternative était de se coucher et de supplier, ce qu'il ne pouvait s'abaisser à faire.

Chaque fois que les Eberhardt déménageaient, Roy se coltinait un nouveau contingent de brutes épaisses et d'abrutis. Il se jugeait un expert de cette engeance. S'il tenait le choc, ils faisaient d'habitude machine arrière ou cherchaient sur qui d'autre se rabattre. Les insulter, cependant, pouvait être risqué.

Roy remarqua qu'une paire de crétins, potes de Dana, observaient la scène du fond du bus. Ce qui signifiait que Dana allait se sentir obligé de montrer quel macho dur à cuire il était.

– Frappe-moi, dit Roy.

– Quoi ?

– Vas-y. Purge-toi le système.

– T'es z'un zinglé de première bourre, Zeberhardt.

– Et toi aussi débile qu'un tas de boue, Matherson.

Cette pique-là fit son effet. Dana plongea par-dessus le siège et en allongea une à Roy sur la tempe.

Après s'être redressé, Roy lui dit :

– Là. Tu te sens mieux, maintenant ?

– Tu l'as dit, bouffi ! s'exclama Dana.

– Bien.

Roy lui tourna le dos et ouvrit sa B.D.

Dana l'alluma encore une fois. Roy bascula de côté sur le siège. Dana eut un rire cruel et cria un truc à ses potes.

Roy se redressa aussitôt. Sa tête lui faisait vraiment mal mais il voulait que personne ne le sache. Il ramassa nonchalamment sa B.D. par terre et la posa sur ses genoux.

Cette fois, Dana le cogna de l'autre main, aussi grasse et aussi moite. Roy s'abattit en poussant un cri involontaire qui fut noyé par le sifflement gazeux et bruyant des freins du bus.

Plein d'espoir pendant un instant, Roy se dit que le chauffeur avait aperçu ce qui se passait et s'arrêtait au bord de la route pour intervenir. Ce n'était malheureusement pas le cas – le chauffeur était aussi peu conscient du mauvais comportement de Dana que d'habitude. Le bus avait simplement atteint l'arrêt suivant.

Tandis qu'une autre file d'élèves montaient à bord, Dana se fabriqua une attitude de citoyen modèle. Roy gardait les yeux fixés sur sa B.D. Il savait que la baston allait reprendre dès que le bus se remettrait à rouler ; morose, il s'arma de courage contre le prochain coup de Dana.

Mais il ne le reçut jamais.

Les rues défilaient et Roy, raide comme un piquet, attendait d'être renversé une fois de plus. Sa curiosité finit par l'emporter et il regarda par-dessus son épaule gauche.

Roy eut du mal à en croire ses yeux. Dana était affalé avec aigreur contre la vitre. Le plaisir de ce gros débile avait été gâché par l'un des élèves montés au dernier arrêt, qui avait eu le cran de venir s'asseoir à côté de lui.

– Qu'est-ce que t'as à mater comme ça ? aboya le nouveau venu à l'adresse de Roy.

En dépit des élancements douloureux de son crâne, Roy fut contraint de sourire.

– Salut, Béatrice, lui dit-il.

Chapitre 9

Pour Roy, le bahut était devenu une véritable épreuve pour les nerfs. Chaque fois qu'il entrait en classe, les autres élèves cessaient leurs activités pour le dévisager. Comme s'ils étaient surpris de le voir encore en vie, muni de tous ses membres.

En quittant le cours d'algèbre, Roy entendit un bruit de pet prodigieusement bidon derrière lui, dans le couloir – Garrett. Il attrapa Roy par la manche et l'entraîna dans les toilettes.

– T'as l'air mal. Tu devrais rentrer de bonne heure, lui conseilla Garrett.

– Je me sens bien, répondit Roy, ce qui n'était pas vrai.

Il avait toujours la migraine due à la castagne que Dana lui avait filée pendant le trajet en bus.

– Écoute-moi, mec, fit Garrett. J'en ai rien à battre de *comment* tu te sens. T'es mal. Vraiment mal, O.K.? Faut que t'appelles ta mère et que tu rentres.

– T'as entendu dire quoi?

– Qu'il t'attendra à la fin des cours.

– Ben, qu'il attende, fit Roy.

Garrett tira Roy dans l'un des W.-C. dont il ferma la porte de l'intérieur.

– C'est trop nul, fit Roy.

Garrett lui posa un doigt sur les lèvres.

– Je connais un mec qui est en gym avec Dana, lui chuchota-t-il tout excité. Il m'a dit que Dana va te choper avant que tu montes dans le bus de retour.

– Et me faire quoi ?

– Bof !

– Ici, au collège ? Comment ? demanda Roy.

– A ta place, mon pote, je traînerais pas pour le savoir. Eh, tu m'avais pas dit que tu lui avais aussi allumé la gueule.

– Ça, c'est pas moi. Désolé.

Roy rouvrit la porte des W.-C. et poussa gentiment son ami dehors.

– Alors qu'est-ce que tu vas faire ? cria Garrett de l'autre côté du battant.

– Pisser un coup.

– Non. Je te parle de qui-tu-sais.

– Je trouverai un truc.

Oui, mais quoi ? Même si Roy s'arrangeait pour éviter Dana Matherson cet après-midi, cette comédie recommencerait dès le lundi. Dana repartirait sur le sentier de la guerre et Roy devrait échafauder un nouveau plan pour lui échapper. Et comme ça indéfiniment, chaque jour, jusqu'à la fin de l'année scolaire, en juin.

Roy avait d'autres possibilités, mais aucune ne lui souriait en particulier. S'il dénonçait Dana à Miss Hennepin, elle se bornerait à le convoquer dans son bureau pour le réprimander, ce qui ferait bien rigoler Dana. Qui pouvait prendre au sérieux une sous-directrice au poil follet lui jaillissant de la lèvre ?

Si Roy parlait à ses parents du problème Dana, ils pourraient s'inquiéter suffisamment pour le retirer de Trace Middle. Alors il finirait dans une école privée quelconque, où on le forcerait à porter le même uniforme ringard tous les jours et, selon Garrett, à apprendre le latin.

Une troisième solution s'offrait à Roy : tenter à nouveau de s'excuser auprès de Dana, tout dégoulinant de remords et de sincérité, cette fois. Non seulement, ça serait se montrer servile, mais ça n'aurait sans doute pas l'effet escompté ; et Dana continuerait à le harceler sans pitié.

Sa dernière possibilité était de faire front et de se battre. Roy était un garçon pragmatique ; il savait que toutes les chances étaient contre lui. Il avait la rapidité et l'intelligence de son côté, mais Dana était assez grand et gros pour le fouler aux pieds comme du raisin.

Roy se rappela le jour où son père et lui avaient discuté du bien-fondé de se battre.

– C'est important de le faire pour une juste cause, avait dit Mr Eberhardt, mais la frontière est parfois mince entre le courage et la bêtise.

Roy soupçonnait que se battre avec Dana Matherson entrait dans la seconde catégorie.

Tout en jugeant déplaisante la perspective de se faire réduire en chair à pâté, ce qui l'inquiétait encore plus, c'était l'effet que ça aurait sur sa mère. Il était très conscient du fait qu'il était fils unique et il savait que sa maman serait anéantie s'il lui arrivait quelque chose de grave.

Roy avait failli avoir une petite sœur, même s'il n'était pas censé être au courant. Sa mère avait porté le bébé cinq mois, puis une nuit, elle avait été affreusement malade et une ambulance l'avait emmenée à toute vitesse à l'hôpital. Quand elle était rentrée à la maison, quelques jours plus tard, le bébé n'était plus là et personne ne lui avait vraiment expliqué pourquoi. Roy n'avait que quatre ans à l'époque et ses parents étaient si bouleversés qu'il avait eu peur de leur poser des questions. Quelques années plus tard, une cousine plus âgée lui avait expliqué ce que c'était qu'une fausse couche en lui révélant que sa mère avait perdu une petite fille.

Depuis lors, il avait essayé de ménager ses parents, en évitant de leur donner des raisons de s'inquiéter. Que ce soit à cheval, à bicyclette ou en snowboard, il refrénait son envie de faire des super acrobaties casse-cou comme les autres garçons de son âge – non pas parce qu'il craignait pour sa sécurité mais parce qu'il sentait que c'était son devoir sacré de fils unique.

Pourtant, il avait, le matin même, dans le bus scolaire, insulté la brute au petit pois dans le ciboulot qui avait déjà une dent mortelle contre lui. Parfois,

Roy ne savait pas ce qui lui passait par la tête. Parfois, sa fierté lui coûtait cher.

Le dernier cours de la journée était celui d'histoire américaine. Après la sonnerie, Roy attendit que les autres élèves sortent avant lui. Puis, prudemment, il jeta un œil dans le couloir : pas de Dana Matherson à l'horizon.

– Quelque chose ne va pas, Roy ?

C'était Mr Ryan, le professeur d'histoire, qui se tenait dans son dos.

– Non, non, tout va bien, fit Roy d'un ton désinvolte, en quittant la salle de classe.

Mr Ryan ferma la porte derrière eux.

– Vous rentrez, vous aussi ? lui demanda Roy.

– J'aimerais bien. J'ai des devoirs à corriger.

Roy ne connaissait pas très bien Mr Ryan, mais il l'accompagna jusqu'à la salle des professeurs. Roy alimenta la conversation en tâchant de paraître détaché mais en vérifiant constamment derrière lui si Dana ne rôdait pas dans les parages.

Mr Ryan avait joué au foot à l'université et, depuis lors, n'avait pas perdu son gabarit, aussi Roy se sentait-il relativement en sécurité. C'était presque aussi bien que de se promener avec son père.

– Tu prends le bus pour rentrer ? demanda Mr Ryan.

– Bien sûr, dit Roy.

– Mais la zone de ramassage n'est pas de l'autre côté de l'établissement ?

– Oh, je me dégourdis un peu les jambes.

Arrivé à la porte de la salle des professeurs, Mr Ryan dit :

– N'oublie pas qu'il y a un contrôle lundi.

– Oui. La guerre de 1812, dit Roy. Je suis prêt.

– Ah oui ? Qui a remporté la bataille du lac Érié ?

– Le contre-amiral Perry.

– Lequel, Matthew ou Oliver ?

– Matthew ? hasarda Roy.

Mr Ryan lui fit un clin d'œil.

– Potasse encore un peu, dit-il. Mais passe un bon week-end.

Roy se retrouva seul dans le couloir. C'était stupéfiant comme le collège se vidait rapidement après la dernière sonnerie, comme si quelqu'un ôtait la bonde d'un jacuzzi géant. Roy tendit l'oreille : pas de pas furtif – rien que le tic-tac de l'horloge au-dessus de la porte du labo de sciences.

Roy observa qu'il lui restait exactement quatre minutes pour rejoindre la zone de ramassage scolaire. Cela ne l'inquiétait pas, pourtant, car il avait déjà prévu de couper à travers le gymnase. Son plan était de monter à bord du bus parmi les derniers. De cette façon, il pourrait accaparer l'un des sièges libres de devant et en sauter vite fait à son arrêt. Dana et ses potes occupaient d'habitude les derniers rangs et embêtaient rarement ceux qui étaient assis près du chauffeur.

« Quoique Mr Kesey ne remarque jamais rien », songea Roy.

Il fonça au bout du couloir et tourna à droite, en direction des doubles portes qui marquaient l'entrée du gymnase. Il ne s'en fallut pas de beaucoup qu'il les atteigne.

– Soyons bien clairs là-dessus, Mr Branitt. Vous ne l'avez pas signalé à la police ?

– Non, m'sieur, dit le Frisé au téléphone, catégorique.

– Donc, il ne devrait pas y avoir de paperasserie, exact ? Aucune possibilité que ce tout dernier incident grotesque finisse dans la presse ?

– Je vois pas comment, Mr Muckle.

Pour le Frisé, la journée avait été longue et décourageante, une fois de plus. Le soleil avait fini par percer les nuages mais, après ça, tout avait été en empirant. Le site du futur chantier n'était toujours pas déblayé, les engins de terrassement étaient toujours au repos.

Le Frisé avait reculé le plus longtemps possible avant de téléphoner au siège de l'entreprise de Maman Paula.

– Vous me faites une sale blague ou quoi ? avait grondé Chuck Muckle.

– C'est pas une blague.

– Répétez-moi ça, Mr Branitt. Jusqu'au moindre et minable détail.

Alors le Frisé avait tout répété, à commencer par son arrivée tôt sur les lieux, le matin même. Le premier mauvais signe avait été Kalo qui agitait un parapluie en lambeaux en poursuivant ses quatre chiens le long du périmètre intérieur de la clôture. Il poussait des cris hystériques en allemand.

Ne désirant pas être déchiqueté par les chiens (ni éventré par le parapluie), le Frisé était resté de l'autre côté du portail, observant la scène avec stupéfaction. Une voiture de police de Coconut Cove s'était arrêtée pour enquêter – celle de l'agent Delinko, le même flic qui avait piqué un roupillon pendant qu'il « gardait » le site du chantier. C'était à cause de lui que le fiasco du bombage avait paru dans le journal et mis le Frisé sur la sellette auprès du groupe Maman Paula.

– J'allais au commissariat et puis j'ai aperçu ce cirque, avait dit l'agent Delinko, haussant la voix pour couvrir les aboiements des rottweilers. Ils ont un pet de travers, ces chiens ?

– Que dalle, lui avait répondu le Frisé. C'est juste un exercice d'entraînement.

Le flic avait gobé son histoire et filé plus loin, au grand soulagement du Frisé. Une fois les rottweilers en laisse, Kalo les avait enfournés dans le camion bâché dont il avait verrouillé le hayon. Il s'était retourné, furieux, vers le Frisé en cinglant l'air de coups de parapluie.

– Ze fous rediens, fous ! Fous afez ézayé de duer mes chiens !

Le contremaître avait levé les mains en signe d'apaisement.

– Qu'est-ce que vous racontez ?

126

Kalo avait ouvert le portail à la volée et foncé sur le Frisé qui envisagea de ramasser une pierre pour se défendre. Kalo était trempé de sueur, les veines de son cou saillaient.

– Les zerbents ! avait-il littéralement craché.

– Quels serpents ?

– *Ja !* Fous zafez lesguels ! L'entroit grouille te zerbents. Et tes fenimeux !

Là, Kalo avait tortillé l'un de ses doigts rosâtres.

– Des zerbents fenimeux afec des gueues brillandes.

– Le prenez pas mal, mais vous êtes raide dingue.

Le Frisé n'avait jamais vu un seul serpent sur le terrain de Maman Paula ; dans le cas contraire, il ne l'aurait pas oublié : les serpents lui flanquaient la trouille.

– Tingue, fous dites ?

Kalo, saisissant le Frisé sous le bras, l'avait conduit à la caravane qui lui servait de bureau. Là, lové confortablement sur la seconde marche, se trouvait un spécimen gras et tacheté que le Frisé reconnut être un mocassin d'eau bouche-de-coton, espèce commune en Floride du Sud.

Kalo avait raison : il était vraiment venimeux. Et sa queue était pailletée.

Le Frisé avait fait front, à sa grande surprise.

– Je crois que vous vous montez le bourrichon, avait-il dit à Kalo.

– *Ja ?* Fous benzez za ?

Le dresseur de chiens l'avait alors traîné vers la

clôture pour lui désigner un autre mocassin, puis un autre et encore un autre – neuf en tout. Le Frisé en était resté complètement baba.

– Alors fous benzez guoi, maindenant? Kalo, il est raite tingue?

– Je me l'explique pas, avait admis le Frisé, d'une voix mal assurée. Peut-être que toute cette pluie les a fait sortir des marais.

– Ouais, zûrement za.

– Écoutez, je…

– Non, fous, égoudez. Chagun tes chiens faut drois mille tollars. Za nous fait touze mille tollars gui aboient tans ze gamion. Gu'est-ze gui arrive si un chien est mortu bar un zerbent? Z'il meurt, *ja*?

– J'étais pas au courant pour ces serpents, je le jure…

– Z'est un miracle gue les chiens zoient O.K. Pookie, le zerbent lui est fenu auzi brès gue za!

Kalo lui avait indiqué une distance de un mètre environ.

– J'ai bris le barabluie et je l'ai fait bardir.

C'est à peu près à ce moment-là que Kalo avait marché accidentellement sur un terrier de chouette et s'était tordu la cheville. Repoussant l'aide du Frisé, le dresseur de chiens était revenu en boitillant sur une jambe jusqu'à son camion.

– Je m'en fais maindenant. M'abbelez blus chamais, avait-il fulminé.

– Écoutez, je me suis excusé. Combien je vous dois?

128

– Je fous enferrai teux facdures. Une bour les chiens, l'audre bour ma chambre.

– Allez… ça va !

– O.K., beut-être bas. Beut-être che barlerai à l'afogat à la blace.

Les yeux clairs de Kalo jetaient des étincelles.

– Beut-être que je beux blus tresser tes chiens, ma chambe me fait drop mal. Beut-être que che me mets en, comment fous dites, en infalidité !

– Bon sang de bois.

– Maman Baula est une drès grante gombagnie avec blein d'archent, *ja* ?

Une fois Kalo parti en trombe, le Frisé regagna prudemment la caravane. Le mocassin d'eau ne prenait plus le soleil sur les marches, mais le Frisé ne voulut courir aucun risque. A l'aide d'un escabeau, il entra par une fenêtre.

Par bonheur, il avait conservé le numéro du coach de reptiles qui avait réussi à retirer les alligators des toilettes. Le type était retenu par une « urgence iguane », mais sa secrétaire promit qu'il viendrait sur le site du futur chantier dès que possible.

Le Frisé était resté terré dans la caravane presque trois heures avant que le coach de reptiles ne s'arrête devant le portail. Armé seulement d'une taie d'oreiller et d'un fer cinq de golf modifié, le type avait méthodiquement ratissé le secteur à la recherche de bouches-de-coton à queue pailletée.

Incroyablement, il n'en trouva aucun.

– C'est impossible ! s'était exclamé le Frisé. Il y en avait partout ce matin.

Le coach de reptiles avait haussé les épaules.

– Les serpents sont imprévisibles. Qui sait où ils sont allés ?

– C'est pas ce que j'ai envie d'entendre.

– Vous êtes sûr que c'était des mocassins ? J'en ai jamais vu à queue brillante.

– Merci de votre aide, avait fait le Frisé, narquois, en claquant la porte de la caravane.

C'était maintenant son tour d'être la cible d'un sarcasme bougon.

– Peut-être que vous pourriez dresser les serpents pour garder le terrain, lui disait Chuck Muckle, puisque les chiens, ça n'a pas marché.

– C'est pas très drôle.

– Là, vous avez raison, Mr Branitt. Pas drôle du tout.

– Ces mocassins, ça vous tue quelqu'un comme rien, dit le Frisé.

– Vraiment. Ils peuvent tuer un bulldozer aussi ?

– Ben… probablement pas.

– Alors qu'est-ce que vous attendez ?

Le Frisé soupira.

– Oui, m'sieur. Dès demain matin.

– Douce musique à mes oreilles, dit Chuck Muckle.

Le local du concierge empestait l'eau de Javel et les produits de nettoyage. Il faisait nuit noire à l'intérieur.

130

Dana Matherson n'avait eu qu'à tendre le bras pour intercepter Roy pendant qu'il courait vers le gymnase, puis l'attirer dans le placard en claquant la porte. Roy avait prestement giclé hors de la prise moite de Dana et, maintenant, il s'était recroquevillé sur le sol encombré tandis que l'autre trébuchait de-ci de-là, en cognant à l'aveuglette.

Glissant sur le fond de son pantalon, Roy s'avança vers une bande de lumière fine comme une feuille de papier à cigarette qui, supposa-t-il, filtrait par l'interstice sous la porte. Quelque part au-dessus de sa tête retentit un « bang » et un glapissement de douleur – apparemment, Dana avait filé un sauvage uppercut dans un seau en alu.

Sans savoir comment, Roy repéra la poignée de la porte dans le noir. Il l'ouvrit à la volée et s'élança vers la liberté. Il eut à peine le temps de passer la tête dans le couloir que Dana le coinçait à nouveau. Le bout de ses doigts crissa sur le linoléum alors qu'on le tirait en arrière ; la porte se referma sur ses appels au secours.

Alors que Dana l'arrachait du sol, Roy cherchait désespérément à tâtons quelque chose avec quoi se défendre. Sa main droite rencontra ce qui, au toucher, avait l'air d'un manche à balai.

– Maint'nant, ze te tiens, cow-girl, murmura Dana d'une voix rauque.

Il le pressa farouchement entre ses bras, à l'étouffer, lui vidant l'air des poumons comme d'un accordéon. Roy avait les bras cloués au corps et les jambes ballantes, aussi molles que celles d'une poupée de chiffon.

– Hein que tu regrettes maint'nant de m'avoir zerzé ? jubila Dana.

Roy eut un étourdissement : ses doigts lâchèrent le manche à balai et ses oreilles s'emplirent du fracas des vagues sur la grève. La prise de Dana avait beau être paralysante, Roy découvrit qu'il pouvait encore remuer le bas des jambes. Avec ce qui lui restait de force, il se mit à ruer des deux pieds.

Pendant un instant, rien ne se passa – puis Roy se sentit tomber. Il atterrit sur le dos, si bien que son sac atténua le choc. Il faisait toujours trop sombre pour y voir, mais Roy déduisit des halètements geignards de Dana qu'un de ses coups de pied avait atteint une partie très sensible de son anatomie.

Roy savait qu'il ne devait pas traîner. Il tenta de rouler sur lui-même mais, faible et le souffle coupé après la brutale étreinte de Dana, il resta étendu, impuissant comme une tortue retournée sur le dos.

En entendant beugler Dana, Roy ferma les yeux et se prépara au pire. Dana lui tomba dessus de tout son poids, le serrant à la gorge de ses grosses pognes.

« Ça y est, se dit Roy. Cette brute débile va me tuer pour de bon. » Roy sentit de chaudes larmes couler sur ses joues.

« Désolé, m'man. Peut-être que toi et p'pa pouvez essayer encore une fois... »

Soudain la porte du local s'ouvrit à la volée et le

132

poids qui écrasait la poitrine de Roy parut s'évaporer. Il ouvrit les yeux juste au moment où Dana Matherson, suspendu dans les airs, battait des bras, une expression ahurie sur sa face de carlin.

Roy demeura sur le sol, reprenant son souffle et tâchant de démêler ce qui venait de se passer. Peut-être Mr Ryan avait-il surpris le bruit de la bagarre ; il était assez costaud pour soulever Dana comme une balle de foin.

Bientôt, Roy bascula sur le flanc puis se releva. Il chercha à tâtons le commutateur électrique et se réarma du manche à balai, au cas où. En passant la tête hors du local, il vit que le couloir était désert.

Roy laissa tomber le manche à balai et fila jusqu'à la sortie la plus proche. Il s'en fallut d'un cheveu qu'il l'atteigne, là encore.

Chapitre 10

– J'ai raté le bus, marmonna Roy.

– Tu parles d'une affaire. Moi, c'est l'entraînement de foot que je rate, lui dit Béatrice.

– Et Dana ?

– Il en mourra pas.

Ce n'était pas Mr Ryan qui avait sauvé Roy d'une dérouillée dans le placard, mais Béatrice Leep. Elle avait abandonné Dana Matherson en sous-vêtements, ligoté au mât du drapeau devant le bâtiment administratif du collège. Là, Béatrice avait « emprunté » une bicyclette, installé de force Roy sur le guidon et pédalait maintenant comme une folle furieuse vers une destination inconnue.

Roy se demanda s'il s'agissait d'un rapt, au sens légal du terme. Il devait sûrement y avoir une loi contre un élève en kidnappant un autre dans le périmètre de l'établissement.

– Où on va ?

Il s'attendait à ce que Béatrice ignore sa question, ça ne ferait que la troisième fois.

Mais cette fois, elle répondit.

– Chez toi.

– Quoi ?

– Tu te calmes, d'acc ? Je suis pas d'humeur, cow-girl.

Roy pouvait dire au ton de sa voix qu'elle était énervée.

– Faut que tu me rendes service, lui dit-elle. Tout de suite.

– D'accord. Tout ce que tu veux.

Que pouvait-il lui dire d'autre ? Il se cramponnait, tenant à sa chère existence, pendant que Béatrice ziguait à travers des carrefours animés et zaguait à travers les files de la circulation. Elle était une cycliste douée, mais Roy était quand même nerveux.

– Des pansements, du sparadrap. Une crème désinfectante, énumérait Béatrice. Ta mère a tout ça ?

– Bien entendu.

La mère de Roy avait assez de produits pharmaceutiques pour diriger un miniservice des urgences.

– Bon plan. Il faut trouver maintenant ce qu'on va raconter.

– Qu'est-ce qui se passe ? Pourquoi tu peux pas prendre de pansements chez toi ?

– Parce que ça te regarde pas.

Béatrice la boucla et pédala de plus belle. Roy eut la désagréable impression qu'il était arrivé quelque chose au demi-frère de Béatrice, l'étrange coureur.

Mrs Eberhardt les accueillit sur le seuil de la porte d'entrée.

– Je me faisais du souci, mon chéri. Le bus avait du retard ? Oh ! Qui est-ce ?

– Béatrice, m'man. Elle m'a raccompagné.

– Enchantée de vous connaître, Béatrice !

La mère de Roy n'était pas simplement polie. Elle était manifestement ravie que Roy ait ramené une amie à la maison, même si c'était un garçon manqué.

– On va aller chez Béatrice finir un devoir. Tu veux bien ?

– Vous êtes la bienvenue pour travailler ici. La maison est calme...

– On doit faire une expérience de sciences, la coupa Béatrice. Ça risque d'être pas mal salissant.

Roy réprima un sourire. Béatrice avait cadré sa mère à la perfection : Mrs Eberhardt tenait sa maison de façon impeccable. Elle se rembrunit à l'idée de tubes à essais bouillonnant sous l'effet puissant des produits chimiques.

– Ce n'est pas dangereux ? demanda-t-elle.

– Oh, on enfile des gants de caoutchouc, dit Béatrice pour la rassurer. Et on porte aussi des lunettes de protection.

Roy n'eut plus aucun doute : Béatrice avait l'habitude de baratiner les adultes. Mrs Eberhardt mordit à l'hameçon.

Pendant qu'elle leur préparait un sandwich, Roy s'éclipsa de la cuisine et fonça dans la salle de bains de ses parents. La pharmacie de premiers secours était dans le placard sous le lavabo. Roy en retira une boîte de gaze, un rouleau de sparadrap blanc et un tube de pommade antibiotique qui ressemblait à de la sauce barbecue. Il cacha ces divers articles dans son sac à dos.

Quand il revint à la cuisine, Béatrice et sa mère bavardaient, attablées, une assiette de cookies au beurre de cacahuètes entre elles. Béatrice avait la bouche pleine, ce que Roy jugea un signe prometteur. Alléché par l'odeur tiède et sucrée, il tendit la main et rafla deux cookies sur le dessus de la pile.

– Allons-y, fit Béatrice, se levant d'un bond de sa chaise. On a beaucoup de travail.

– Je suis prêt, dit Roy.

– Oh, attends… tu sais ce qu'on a oublié ?

Il ne voyait pas du tout de quoi parlait Béatrice.

– Non. Qu'est-ce qu'on a oublié ?

– Le bœuf haché, dit-elle.

– Euh… ?

– Tu sais bien. Pour l'expérience.

– Ah ouais, fit Roy, jouant le jeu. C'est vrai.

Immédiatement sa mère intervint :

– Mon chéri, j'en ai un kilo au frigo. Il t'en faut combien ?

Roy regarda Béatrice, qui sourit d'un air innocent.

– Un kilo, ça suffira largement. Merci, Mrs Eberhardt.

La mère de Roy s'empressa d'aller au réfrigérateur et d'en sortir le paquet de viande.

– Quel genre d'expérience allez-vous faire avec ça ? demanda-t-elle.

Sans laisser à Roy le temps de répondre, Béatrice dit :

– On étudie la décomposition des cellules.

Mrs Eberhardt fronça le nez, comme si elle sentait déjà pourrir quelque chose.

– Vous feriez mieux de vous dépêcher, tous les deux, tant que ce hamburger est encore frais, leur dit-elle.

Béatrice Leep vivait avec son père, un ancien joueur de basket professionnel aux genoux en compote, à la panse de buveur de bière et tout sauf enthousiaste d'un travail régulier. Léon « Lurch » Leep avait été un arrière à hauts scores des Cleveland Cavaliers et ensuite du Miami Heat mais, douze ans après avoir pris sa retraite de la N.B.A., il n'avait toujours pas décidé quoi faire du reste de sa vie.

Sans être d'une impatience chronique, la mère de Béatrice avait bientôt divorcé de Léon afin de poursuivre sa propre carrière de dresseuse de cacatoès à *La Jungle des Perroquets*, une attraction touristique de Miami. Béatrice avait choisi de rester avec son père, primo parce qu'elle était allergique aux perroquets, et secundo parce qu'elle doutait que Léon Leep, livré à lui-même, puisse s'en sortir. Il était devenu tellement empoté.

Pourtant, moins de deux ans après le départ de son épouse, Léon surprit tout le monde en se fiançant à une femme rencontrée lors d'un tournoi de golf pros-célébrités amateurs. Lonna était l'une des hôtesses en maillot de bain qui conduisaient des voiturettes sur le parcours, servant des bières ou autres boissons aux joueurs. Béatrice ne sut même pas le nom de famille de Lonna jusqu'au jour du mariage. Le même jour, elle découvrit qu'elle allait avoir un demi-frère.

Lonna arriva à l'église en traînant en remorque un garçon à la mine sombre et aux épaules osseuses, très bronzé de peau et les cheveux décolorés par le soleil. Il avait l'air malheureux en costume cravate et il n'assista pas à la réception. A peine Léon eut-il glissé l'alliance au doigt de Lonna que le garçon se débarrassa d'un coup de pied de ses souliers vernis et s'enfuit à toutes jambes. Scène qui devait devenir récurrente dans les annales de la famille Leep.

Lonna ne s'entendait pas avec son fils, qu'elle tarabustait constamment. Pour Béatrice, on aurait dit que Lonna avait peur que le comportement atypique de son fils déplaise à son nouveau mari, alors que Léon Leep ne semblait rien remarquer. De temps à autre, il tentait sans grande conviction de nouer des liens avec le gamin, mais ils avaient trop peu de choses en commun. Le garçon ne s'inté-ressait pas du tout aux passions principales de Léon –le sport, la malbouffe et le câble – et passait son temps libre à courir les bois et les marais. Quant à Léon, il n'avait rien d'un amateur de plein air et se méfiait de tout animal sans collier ni timbre de vaccin antirabique.

Un beau soir, le fils de Lonna ramena à la maison un bébé raton laveur orphelin qui, se glissant prestement dans l'une des pantoufles de feutre préférées de Léon, s'y soulagea. Ce dernier parut plus inquiet que fâché, mais Lonna perdit complètement les pédales. Sans consulter son mari, elle s'arrangea pour que son fils soit expédié dans une école de préparation militaire – première et vaine tentative de toute une série pour « normaliser » le garçon.

Il tenait rarement plus de deux semaines avant de fuguer ou d'être renvoyé. La dernière fois que cela arriva, Lonna n'en dit volontairement rien à Léon. A la place, elle continua de faire semblant de croire que son fils se débrouillait très bien, que ses notes étaient bonnes et sa conduite, en progrès.

En réalité, Lonna ignorait où était passé son fils et n'avait aucune envie de le rechercher. Elle en avait « ras le bol de ce petit monstre » ou quelque chose d'approchant, c'est ce que Béatrice la surprit à dire au téléphone. Quant à Léon Leep, il ne manifesta aucune curiosité au-delà de ce que sa femme lui avait raconté de sa tête de mule de rejeton. Il ne remarqua même pas que l'école militaire cessait de lui réclamer les frais de scolarité.

Bien avant que sa mère l'envoie au loin pour la dernière fois, le garçon et sa demi-sœur avaient noué une alliance tranquille. A son retour à Coconut Cove, Béatrice fut la seule personne que contacta le fils de Lonna. Elle accepta de garder le secret sur le lieu où il se cachait, sachant que Lonna préviendrait la brigade des mineurs si jamais elle le découvrait.

C'était cette inquiétude qui avait poussé Béatrice Leep à affronter Roy Eberhardt après l'avoir vu poursuivre son demi-frère ce fameux premier jour. Elle avait fait ce que toute grande sœur aurait fait.

Pendant la balade à vélo, Béatrice partagea suffisamment de bribes de l'histoire familiale avec Roy pour qu'il comprenne la difficulté de la situation. Et en voyant les blessures du demi-frère de Béatrice, il sut pourquoi elle avait couru chercher du secours après l'avoir retrouvé tout gémissant dans la vieille camionnette de crèmes glacées Jo-Jo.

Pour la première fois, il était permis à Roy de voir l'étrange coureur de près et face à face. Il était couché, une boîte en carton défoncée en guise d'oreiller. Ses cheveux blond paille étaient collés par la transpiration et son front était chaud au toucher. Dans les yeux du garçon, il y avait une lueur d'animal aux abois que Roy avait déjà vue.

– Tu as très mal ? demanda Roy.

– Neûn.

– Menteur, fit Béatrice.

Le bras gauche du garçon était enflé et violacé. D'abord, Roy pensa qu'un serpent l'avait mordu et il lança des coups d'œil inquiets autour de lui. Par bonheur, le sac de bouches-de-coton n'était nulle part en vue.

– Je suis passée ce matin en allant à l'arrêt de bus et je l'ai trouvé comme ça, expliqua Béatrice à Roy.

Puis se tournant vers son demi-frère : Vas-y, raconte à cow-girl ce qui t'est arrivé.

– Un chien m'a chopé.

Le garçon retourna son bras et montra plusieurs trous rouges et enflammés sur sa peau.

C'était une vilaine morsure, mais Roy avait vu pire. Une fois, son père l'avait emmené dans une foire où un cheval pris de panique avait mordu un clown de rodéo. Ce dernier saignait tellement qu'on l'avait évacué à l'hôpital en hélicoptère.

Roy ouvrit la fermeture éclair de son sac à dos et en sortit les produits de pharmacie. Il savait un peu comment traiter ce genre de blessures grâce à un cours élémentaire de secourisme qu'il avait suivi en camp de vacances d'été à Bozeman. Béatrice avait déjà nettoyé le bras de son demi-frère à l'eau minérale, si bien que Roy enduisit de pommade antibiotique une bande de gaze qu'il appliqua solidement avec du sparadrap autour du bras du garçon.

– Il faut qu'on te fasse une piqûre antitétanique, dit Roy.

Doigts de Mulet refusa de la tête.

– Ça va aller.

– Le chien se balade toujours dans le coin ?

Le garçon se tourna, l'air inquisiteur, vers Béatrice qui répondit :

– Vas-y. Dis-lui.

– T'es sûre ?

– Ouais, il est réglo.

Elle jeta un regard d'estime à Roy.

143

– En plus, il a une dette envers moi. Il a failli se faire écrabouiller dans un placard aujourd'hui – pas vrai, cow-girl ?

Les joues de Roy s'empourprèrent.

– Parlons pas de ça. Et ce chien ?

– En fait, y en avait quatre, dit Doigts de Mulet, derrière une clôture grillagée.

– Alors, comment tu t'es fait mordre ? demanda Roy.

– Mon bras est resté coincé.

– En faisant quoi ?

– Pas grave, dit le garçon. Béatrice, t'as apporté du hamburger ?

– Ouais. La mère de Roy nous en a donné.

Le gamin se redressa.

– Alors vaut mieux qu'on se bouge.

– Non, faut que tu te reposes, dit Roy.

– Plus tard. Venez – ils vont bientôt avoir faim.

Roy regarda Béatrice Leep, qui ne lui fournit aucune explication.

Ils suivirent Doigts de Mulet, descendirent de la camionnette de crèmes glacées et se retrouvèrent dans la casse automobile.

– On se rejoint là-bas, dit-il en démarrant au quart de tour.

Roy n'arrivait pas à imaginer l'effort que cela devait lui demander, avec cette blessure douloureuse.

Alors que Doigts de Mulet détalait, Roy remarqua avec satisfaction qu'il était chaussé de baskets –celles que Roy avait apportées pour lui quelques jours plus tôt.

144

Béatrice enfourcha la bicyclette et lui désigna le guidon.

– Saute là-dessus.

– Tu rigoles, fit Roy.

– Joue pas les trouillards.

– Eh, je veux pas tremper là-dedans, moi. Pas s'il fait du mal à ces chiens.

– De quoi tu parles ?

– C'est pour ça qu'il voulait la viande, non ?

Roy croyait avoir tout deviné. Il pensait que le garçon voulait se venger des chiens en saupoudrant le hamburger de quelque chose de nocif, peut-être même d'empoisonné.

Béatrice éclata de rire en levant les yeux au ciel.

– Il est pas fou à ce point. On y va maintenant.

Un quart d'heure plus tard, Roy se retrouva sur Oriole Avenue Est, devant la même caravane où le contremaître l'avait engueulé quelques jours plus tôt. Il était presque cinq heures du soir et le site du chantier semblait désert.

Roy remarqua qu'on avait ceinturé la parcelle d'une clôture grillagée. Il se rappela que le contre-maître hargneux avait menacé de lâcher des chiens méchants, et il supposa que c'étaient eux qui avaient mordu Doigts de Mulet.

Sautant à bas de la bicyclette, Roy dit à Béatrice :

– Ça a un truc à voir avec cette voiture de flic qu'on a bombée ?

Béatrice ne dit rien.

145

– Ou avec les alligators dans les chiottes portatives ? demanda Roy.

Il connaissait la réponse, mais l'expression de Béatrice disait tout : *Occupe-toi de tes affaires.*

Malgré la fièvre et l'infection qui faisait rage, son demi-frère était arrivé le premier sur le site de la future crêperie.

– File-moi ça, dit-il, arrachant le paquet de viande des mains de Roy.

Ce dernier le lui reprit aussi sec.

– Dis-moi d'abord ce que tu veux faire avec.

Le garçon réclama l'aide de Béatrice du regard, mais elle fit non de la tête.

– Finissons-en, on a pas toute la journée.

Son bras blessé pendant mollement, Doigts de Mulet escalada le grillage et passa de l'autre côté. Béatrice le suivit, balançant sans effort ses longues jambes par-dessus le sommet de la clôture.

– Qu'est-ce que t'attends ? cria-t-elle à Roy, qui n'avait pas bougé.

– Et ces chiens ?

– Ils sont loin depuis longtemps, fit Doigts de Mulet.

Plus déconcerté que jamais, Roy escalada la clôture à son tour. Il suivit Béatrice et son demi-frère jusqu'à un bulldozer garé là. Ils se blottirent à l'ombre de sa lame incurvée, en sécurité et invisibles depuis la rue. Roy était assis entre Béatrice à sa gauche et Doigts de Mulet à sa droite.

Roy, le paquet de viande hachée sur ses genoux,

le protégeait de ses deux bras comme un *fullback*, le ballon.

– C'est toi qui as bombé cette bagnole de flic? demanda-t-il au garçon sans prendre de gants.

– Sans commentaire.

– Et caché ces alligators dans les toilettes?

Doigts de Mulet regardait droit devant lui, les yeux plissés.

– Je pige pas, dit Roy. Pourquoi tu t'amuses à faire des trucs aussi dingues? Qu'est-ce qu'on en a à battre s'ils sont assez bêtes pour construire une crêperie de plus par ici?

Le garçon, tournant la tête d'un coup sec, interrompit Roy d'un regard glacial.

Béatrice prit la parole.

– Mon frère a été mordu par les chiens parce que son bras s'est coincé quand il l'a passé à travers la clôture. Maintenant, demande-moi pourquoi il faisait ça.

– D'acc. Pourquoi? fit Roy.

– Il lâchait des serpents.

– Les mêmes que ceux du parcours de golf? Les bouches-de-coton! s'exclama Roy. Mais pourquoi? Tu cherches à tuer quelqu'un?

Doigts de Mulet eut un sourire entendu.

– Feraient pas de mal à une mouche, ces serpents-là. Je leur ai scotché la gueule.

– C'est ça, fit Roy.

– En plus, je leur ai collé des paillettes sur la queue, ajouta le garçon. Pour qu'on les repère plus facilement.

– Il te dit la vérité, Eberhardt, fit Béatrice.

En effet, Roy avait vu de ses yeux les queues pailletées.

– Mais, allez, explique-moi un peu : comment tu fais pour scotcher la gueule d'un serpent ?

– Avec beaucoup de précautions, dit Béatrice pince-sans-rire.

– Bah, c'est pas si dur, ajouta Doigts de Mulet, si on sait ce qu'on fait. Tu vois, je leur voulais pas de mal à ces chiens – rien que leur fiche les boules.

– Les chiens aiment pas les serpents, expliqua Béatrice.

– Ça les fait paniquer. Ils aboient, ils hurlent, ils tournent en rond, fit son demi-frère. Je savais que leur dresseur les embarquerait dès qu'il verrait les bouches-de-coton. Ces rottweilers coûtent un max de blé.

C'était le plan le plus fou que Roy avait jamais entendu.

– Le seul truc que j'avais pas prévu, dit Doigts de Mulet en jetant un œil sur son bras bandé, c'était de me faire mordre.

– J'ai presque peur de te le demander, fit Roy, mais qu'est-ce qui est arrivé à tes serpents ?

– Oh, ils vont bien, déclara le garçon, je suis revenu et je les ai tous récupérés. Je les ai emmenés dans un coin sûr et je les ai libérés.

– Mais il a dû d'abord les déscotcher, fit Béatrice en pouffant.

– Stop !

148

Roy était au comble de l'exaspération.

– On s'arrête là.

Doigts de Mulet et Béatrice le regardèrent d'un air détaché. Des questions faisaient tourner la tête de Roy. Ces deux-là devaient venir d'une autre planète.

– Est-ce que l'un de vous, s'il vous plaît, pourrait m'expliquer ce que tout ça a à voir avec des *crêpes* ? Peut-être que je suis lourd, mais vraiment, je pige rien.

Avec une grimace, le garçon frotta son bras enflé.

– C'est simple, mec, fit-il à Roy. Ils peuvent pas installer un Maman Paula ici pour la même raison qu'ils peuvent pas laisser courir en liberté ces grands méchants rottweilers.

– Montre-lui pourquoi, dit Béatrice à son demi-frère.

– O.K. File-moi le hamburger.

Roy lui tendit le paquet. Doigts de Mulet retira l'emballage plastique et roula une poignée de bœuf haché en six parfaites boulettes.

– Suis-moi, dit-il. Mais tâche de pas faire de bruit.

Le garçon mena Roy jusqu'à un trou dans une bande herbeuse du sol. A l'entrée du trou, Doigts de Mulet déposa deux boulettes de viande.

Ensuite, il gagna un trou identique à l'autre extrémité du terrain et y laissa encore deux boulettes. Il se livra au même rituel devant un autre trou dans un coin écarté du site.

Jetant un œil dans l'une de ces galeries obscures, Roy demanda :

— Y a quoi là-dedans ?

Au Montana, les seuls animaux à creuser des trous pareils étaient les écureuils spermophiles et les blaireaux ; or, Roy savait de source sûre qu'on n'en trouvait pas beaucoup en Floride.

— Chut, fit le garçon.

Roy retourna avec lui jusqu'au bulldozer où Béatrice était restée à nettoyer ses lunettes, perchée sur la lame.

— Eh bien ? fit-elle à Roy.

— Eh bien, quoi ?

Doigts de Mulet lui tapota le bras.

— Écoute.

Roy entendit un bref « hou-hou » haut perché. Puis, de l'autre côté du terrain vague, un second s'éleva. Le demi-frère de Béatrice se dressa furtivement, se débarrassa de ses baskets neuves et avança à pas de loup. Roy le suivit de près.

Malgré la fièvre, le garçon souriait en leur faisant signe de s'arrêter.

— Regarde !

Il pointa le doigt vers le premier terrier.

— Wouah, fit Roy entre ses dents.

Là, près du trou et scrutant avec curiosité l'une des boulettes de viande, se tenait la plus petite chouette qu'il eût jamais vue.

Doigts de Mulet lui tapota gentiment l'épaule.

— O.K. Tu piges, maintenant ?

— Ouais, fit Roy. Je pige.

Chapitre 11

L'agent David Delinko avait pris l'habitude de passer en voiture devant le site du chantier chaque matin en se rendant au commissariat et à nouveau, chaque après-midi, en rentrant chez lui. Parfois, il y passait même tard le soir s'il allait s'acheter à manger ; détail pratique, il y avait une supérette à quelques rues de là.

Jusque-là, le policier n'avait pas vu grand-chose sortant de l'ordinaire, sauf un drôle de spectacle un peu plus tôt dans la journée : un homme aux yeux fous poursuivait plusieurs grands chiens noirs sur la propriété, en brandissant un parapluie rouge. Le contremaître du projet Maman Paula lui avait dit qu'il s'agissait d'un exercice de dressage canin, pas de quoi s'inquiéter. L'agent Delinko n'avait aucune raison d'en douter.

Même s'il avait espéré capturer lui-même les vandales, le policier reconnut que la chaîne de crêperies avait eu une excellente idée de clôturer et de poster des chiens de garde – ça effraierait sûrement les intrus potentiels, qui se tiendraient à l'écart.

Cet après-midi-là, après ces huit tristes heures de bureau, l'agent Delinko décida de faire un nouveau crochet par le site de Maman Paula. Il restait encore deux heures de jour et il était impatient de voir ces chiens d'attaque en action.

En arrivant sur place, il s'attendait à être accueilli par un chœur d'aboiements démentiels, mais l'endroit était étrangement silencieux ; aucun signe des chiens. Longeant la clôture par l'extérieur, le policier tapa dans ses mains et cria, au cas où les bêtes se cacheraient sous la caravane du Frisé ou roupilleraient à l'ombre des engins de terrassement.

– Bouh ! beugla l'agent Delinko. Yo, Fido !

Rien.

Il ramassa un bout de planche et en frappa un piquet de la clôture métallique. A nouveau, rien.

L'agent Delinko revint au portail et vérifia le cadenas, qui était mis.

Il essaya les sifflets et, cette fois-ci, obtint une réponse inattendue : « Hou-hou, hou-hou. »

Rien à voir avec un rottweiler.

Le policier vit bouger quelque chose de l'autre côté de la clôture et s'efforça de distinguer ce que c'était. D'abord, il crut que c'était un lapin, à cause de la couleur mais, soudain, ça s'éleva du sol et balaya à tire-d'aile le terrain d'un bout à l'autre avant de fondre en piqué sur le capot d'un bulldozer.

L'agent Delinko sourit – c'était l'une de ces entêtées petites chouettes des terriers dont s'était plaint le Frisé.

Mais où étaient les chiens de garde ?

Le policier recula en se grattant le menton. Demain, il ferait un saut à la caravane et demanderait au contremaître ce qui se passait.

Alors qu'une brise tiède se levait, l'agent Delinko remarqua que quelque chose voletait au sommet du grillage. Ça ressemblait au ruban de l'un des jalons, mais non. C'était un lambeau de tissu vert.

Le policier se demanda si quelqu'un n'avait pas accroché sa chemise au grillage en passant par-dessus la clôture.

Il se dressa sur la pointe des pieds et récupéra le morceau d'étoffe déchiré, qu'il rangea soigneusement dans l'une de ses poches. Puis il remonta dans sa voiture de patrouille et se dirigea vers Oriole Est.

– Accélère ! cria Béatrice Leep.

– J'peux pas, haleta Roy qui courait derrière elle.

Béatrice chevauchait la bicyclette qu'elle avait empruntée à Trace Middle. Doigts de Mulet était affalé sur le guidon, à peine conscient. Il avait eu un malaise et était tombé du haut de la clôture quand ils avaient quitté en hâte le site du chantier.

Roy voyait que le garçon souffrait de plus en plus des morsures de chiens, qui s'infectaient. Il lui fallait un médecin au plus vite.

– Il voudra pas y aller, avait affirmé Béatrice.

– Alors, il faut prévenir sa mère.

– Pas question !

Et elle avait démarré.

A présent, Roy tentait de ne pas la perdre de vue. Il ne savait pas où Béatrice emportait son demi-frère et il avait le sentiment qu'elle n'en savait rien, elle non plus.

– Il va comment ? lui cria Roy.

– Pas bien.

Roy entendit une voiture et tourna la tête. A deux blocs à peine, un véhicule de police arrivait derrière eux. Roy pila automatiquement et se mit à agiter les bras. Il n'avait qu'une idée en tête, emmener Doigts de Mulet à l'hôpital le plus tôt possible.

– Qu'est-ce que tu fais ? lui cria Béatrice Leep.

Roy entendit la bicyclette tomber sur l'asphalte avec fracas. Il se retourna et vit filer Béatrice, son demi-frère jeté comme un sac de grain sur son épaule. Sans un regard en arrière, elle coupa entre deux maisons au bout du bloc et disparut.

Roy resta planté au milieu de la route. Il avait une décision importante à prendre, et vite. D'un côté arrivait la voiture de police ; de l'autre s'enfuyaient ses deux amis...

Enfin, ce qui ressemblait le plus à des amis depuis qu'il était à Coconut Cove.

Roy prit une profonde inspiration et fonça sur leurs traces. Il entendit klaxonner, mais continua d'avancer, espérant que le policier ne bondirait pas de son véhicule pour le poursuivre à pied. Roy ne croyait pas avoir fait quelque chose de mal, mais il se demanda s'il pouvait avoir des ennuis pour avoir aidé Doigts de Mulet, un fugueur du système scolaire.

Le garçon essayait seulement de prendre soin de quelques chouettes – quel crime pouvait-il y avoir à ça ?, songeait Roy.

Cinq minutes plus tard, il retrouva Béatrice Leep à l'ombre d'un acajou dans un jardin privé. La tête de son demi-frère reposait sur ses genoux ; il avait les yeux mi-clos et le front luisant.

Les profondes morsures de son bras enflé étaient à l'air libre : le pansement avait été arraché (en même temps que la manche de son T-shirt vert) quand il avait dégringolé du haut de la clôture.

Béatrice lui caressait la joue et releva tristement les yeux vers Roy :

– Qu'est-ce qu'on va faire maintenant, cow-girl ?

Plus question pour le Frisé de fricoter avec des chiens d'attaque. Et tout en ne trouvant pas folichon de passer ses nuits dans la caravane, il voyait là le moyen radical d'empêcher les délinquants – ou qui que ce soit qui sabotait le futur chantier – de sauter la clôture et de faire les quatre cents coups.

Si quelque chose se passait pendant le week-end qui devait entraîner un nouveau retard pour le projet du Maman Paula, le Frisé serait viré de son poste de contremaître. Chuck Muckle avait été très clair là-dessus.

Quand le Frisé parla à sa femme de ses obligations de gardien de nuit, elle reçut la nouvelle sans manifester de contrariété ni d'inquiétude. Sa mère était en visite en ville et toutes deux avaient prévu de nombreuses excursions de shopping pour le samedi et le lundi. La charmante présence du Frisé ne leur manquerait pas.

L'humeur morose, il entassa dans une trousse de toilette sa brosse à dents, son fil dentaire, son rasoir, sa crème à raser et un maxi-tube d'aspirine. Il plia quelques vêtements de travail et des sous-vêtements propres dans un sac de voyage et rafla l'oreiller de son côté du lit. Au moment où il sortait, sa femme lui tendit deux gros sandwichs au thon, l'un pour le dîner, l'autre pour le petit déjeuner.

– Tu fais gaffe là-bas, Leroy, lui dit-elle.

– Mais ouais, bien sûr.

A son retour sur le site, le Frisé cadenassa le portail derrière lui et gagna à grands pas la sécurité de la caravane. Tout l'après-midi, il s'était fait du mouron au sujet de ces mocassins bouches-de-coton insaisissables, se demandant pourquoi le coach de reptiles avait été incapable de les retrouver.

Comment autant de serpents pouvaient-ils disparaître d'un seul coup ?

Le Frisé avait peur que les mocassins ne soient tapis non loin de là dans quelque repaire souterrain secret, attendant l'obscurité pour se glisser audehors et entreprendre une invasion mortelle.

– Je suis prêt. Ils n'ont qu'à bien se tenir, fit le Frisé à haute voix dans l'espoir de se convaincre.

Après avoir poussé le verrou de la porte de la caravane, il se posa devant la télévision portable et zappa sur E.S.P.N. Les Devil Rays jouaient contre

les Orioles plus tard dans la soirée et le Frisé attendait ce match avec impatience. Pour l'instant, il était
parfaitement satisfait de regarder un match de foot
qui se déroulait à Quito, Équateur – où que ça se
trouve sur le globe.

Il se carra sur son siège, desserrant sa ceinture
pour faire de la place au renflement du calibre .38
qu'il avait fait suivre pour sa protection. En fait, il
ne s'était jamais resservi d'une arme depuis son
séjour dans les Marines trente ans plus tôt ; mais il
gardait un pistolet caché chez lui et demeurait
confiant en ses capacités de tireur.

De toute façon, est-ce que ça pouvait être difficile
d'atteindre un très gros serpent ?

Au moment même où le Frisé faisait un sort à son
premier sandwich au thon, une pub pour la Maison
des Crêpes 100 % Américaines de Maman Paula
passa à la télévision. Déguisée en cette bonne vieille
Maman Paula, qui était-ce sinon Kimberly Lou
Dixon en personne, l'ex-finaliste au titre de Miss
America ? Elle faisait sauter des crêpes sur une
plaque chauffante en fredonnant une espèce de truc
débile.

Malgré le super bon boulot des maquilleurs, le
Frisé pouvait voir que la vieille dame de la pub était
beaucoup plus jeune et qu'elle était jolie. Se rappelant ce que Chuck Muckle lui avait dit du nouveau
rôle de Kimberly Lou Dixon au cinéma, le Frisé
tenta de se la représenter en reine des sauterelles
mutantes. Sans nul doute, le département des effets

spéciaux la doterait de six pattes vertes et d'une paire d'antennes, ce que le Frisé trouvait fascinant à imaginer.

Il se demanda si on le présenterait personnellement à Kimberly Lou Dixon quand elle viendrait à Coconut Cove assister au premier coup de pioche de la nouvelle crêperie. Cette éventualité n'était pas si tirée par les cheveux, étant donné son poste d'ingénieur superviseur du projet – le grand chef sur le terrain.

Le Frisé n'avait jamais rencontré de star de cinéma, de vedette de télé, de Miss America ni de Miss N'importe Quoi. Est-ce que ça serait bien de lui demander un autographe ? se disait-il. Est-ce qu'elle verrait un inconvénient à poser avec lui pour une photo ? Et s'adresserait-elle à lui avec sa voix bidon de Maman Paula ou avec celle de Kimberly Lou Dixon ?

C'étaient là les questions qui turlupinaient le Frisé alors que, sur l'écran, l'image se dissolvait en neige grésillante devant ses yeux incrédules. La bile échauffée, il balança un coup de poing plein de mayonnaise dans le côté du poste, sans résultat.

Le câble l'avait lâché en plein milieu d'une pub de Maman Paula ! « Pas un bon signe », songea le Frisé avec aigreur.

Il eut recours à force gros mots pour maudire sa malchance. Ça faisait des années qu'il n'avait pas passé une soirée sans télé et il ne savait plus trop comment se distraire dans ce cas. Il n'y avait pas de radio dans la caravane, et la seule lecture à sa disposition était un journal du bâtiment avec des articles à périr d'ennui sur les revêtements de toit anticyclone ou les traitements antitermites pour le contreplaqué.

Le Frisé envisagea de faire un saut à la supérette pour louer deux ou trois vidéos, mais ça exigeait qu'il traverse le terrain pour atteindre son pick-up. Avec le crépuscule, il ne put trouver le cran de s'aventurer à l'extérieur – pas avec ces bouches-de-coton mortels rôdant dans le coin.

Il tassa l'oreiller derrière sa tête, inclinant son fauteuil contre la mince cloison de bois. Seul dans le silence, il se demandait si un serpent pouvait se faufiler dans la caravane. Il se rappelait avoir entendu l'histoire d'un boa constrictor qui avait rampé dans la tuyauterie et surgi par la bonde d'une baignoire dans un appartement de New York.

En se représentant la scène, le Frisé sentit son estomac se nouer. Il se leva et gagna à pas furtifs l'entrée de la petite salle de bains de la caravane. Posant son oreille contre le battant de la porte, il écouta...

Son imagination lui jouait-elle des tours ou bien entendait-il un frôlement de l'autre côté ? Le Frisé tira son calibre de sa ceinture et l'arma.

Oui, maintenant, il en était certain. Quelque chose bougeait là-dedans !

A l'instant où le Frisé ouvrait la porte d'un coup de pied, il comprit qu'il n'y avait pas de serpent venimeux dans la salle de bains, aucune raison de paniquer. Malheureusement, son cerveau ne transmit pas assez rapidement le message à son doigt posé sur la détente.

Le « boum » du pistolet fit sursauter le Frisé presque autant que le mulot qui vaquait à ses affaires sur le carrelage sans rien demander à personne. Quand la balle siffla au-dessus de sa petite tête moustachue, fracassant la cuvette des W.-C., le rongeur détala – une traînée grise et couinante qui fila par la porte, entre les pieds du Frisé.

Les mains tremblantes, ce dernier abaissa son pistolet et contempla, piteux, ce qu'il venait de faire. Il avait flingué les cabinets.

Le week-end promettait d'être long.

Mr Eberhardt, dans son bureau, lisait à sa table de travail, quand sa femme apparut à la porte, l'air inquiet.

– Il y a ce policier qui est ici, dit-elle.

– Quel policier ?

– Celui qui a ramené Roy l'autre soir. Il vaudrait mieux que tu viennes lui parler.

L'agent Delinko se trouvait au salon, sa casquette à la main.

– Quel plaisir de vous revoir, dit-il au père de Roy.

– Quelque chose ne va pas ?

– Il s'agit de Roy, abrégea Mrs Eberhardt.

– Peut-être, répondit l'agent Delinko. Je n'en suis pas certain.

– Asseyons-nous, suggéra Mr Eberhardt.

Il était entraîné à garder son calme tout en triant les bribes de renseignements qu'il soutirait à ses interlocuteurs.

– Racontez-nous ce qui s'est passé, fit-il.

– Où est Roy ? Il est là ? demanda le policier.

– Non, il est allé chez une amie faire une expérience de sciences, dit Mrs Eberhardt.

– La raison pour laquelle je vous pose cette question, fit l'agent Delinko, c'est que j'ai aperçu, il y a très peu de temps de ça, deux ou trois gamins sur Oriole Est. Il m'a semblé que l'un d'eux était votre fils. Le truc bizarre, c'est qu'il a commencé par faire signe à la voiture de police et puis que, tout à coup, il s'est sauvé.

Mr Eberhardt tiqua.

– Il s'est sauvé ? Ça ne ressemble pas à Roy.

– Certainement pas, renchérit Mrs Eberhardt. Pourquoi ferait-il une chose pareille ?

– Ces gamins ont abandonné une bicyclette au milieu de la rue.

– Eh bien, ce n'est pas celle de Roy. Son vélo a un pneu crevé, déclara la mère de Roy.

– Oui, je me rappelle, fit le policier.

– On a dû commander un pneu neuf, ajouta Mr Eberhardt.

L'agent Delinko opina avec patience.

– Je sais que ce n'est pas la bicyclette de Roy. On a volé celle dont je parle au collège de Trace Middle en début d'après-midi, un peu après la fin des cours.

– Vous en êtes sûr ? demanda Mr Eberhardt.

– Oui, m'sieur. Je l'ai découvert en communiquant le numéro de série par radio.

Le silence régna dans la pièce. La mère de Roy regarda avec gravité le père de Roy, puis fixa le policier dans les yeux.

– Mon fils n'est pas un voleur, déclara-t-elle nettement.

– Je ne porte pas d'accusation, dit l'agent Delinko. Le garçon qui s'est sauvé ressemblait à Roy, mais je ne peux pas l'affirmer. Je viens juste vérifier auprès de vous parce que vous êtes ses parents et que, ben, ça fait partie de mon boulot.

Le policier se tourna vers le père de Roy pour obtenir son soutien.

– En tant qu'agent fédéral, Mr Eberhardt, je suis sûr que vous me comprenez.

– Oui, marmonna le père de Roy, distraitement. Combien d'enfants avez-vous vus dans la rue ?

– Au moins deux, trois peut-être.

– Et ils se sont tous enfuis ?

– Oui, monsieur.

L'agent Delinko tâchait de se montrer le plus professionnel possible. Peut-être qu'un jour ou l'autre, il présenterait sa candidature au poste d'agent du F.B.I. et que Mr Eberhardt pourrait dire un mot en sa faveur.

– Et combien de bicyclettes ? demanda Mr Eberhardt.

– Une seule. Je l'ai dans la voiture si vous voulez jeter un coup d'œil.

Les parents de Roy suivirent le policier à l'extérieur, dans l'allée, où il ouvrit le coffre de la Crown Victoria.

– Vous voyez ?

L'agent Delinko désigna le vélo volé, qui était un modèle de plage bleu.

– Je ne l'ai jamais vu, dit Mr Eberhardt. Et toi, Lizzy ?

La mère de Roy eut du mal à avaler sa salive. Ça avait l'air d'être la bicyclette sur laquelle roulait Béatrice, la nouvelle amie de Roy, quand elle l'avait raccompagné de l'école.

Avant que Mrs Eberhardt ait pu rassembler ses idées, l'agent Delinko ajouta :

– Ah, j'ai failli oublier. Qu'est-ce que vous dites de ça ?

Il sortit de sa poche une manche de T-shirt déchirée, semblait-il.

– Vous avez trouvé ça avec la bicyclette ? demanda Mr Eberhardt.

– Pas très loin.

L'agent Delinko poussait un petit peu. Le site du chantier était en fait à plusieurs pâtés de maisons de l'endroit où il avait aperçu les gamins.

– Ça vous rappelle quelque chose ? demanda-t-il aux Eberhardt, en brandissant le lambeau de tissu.

– A moi, pas, répondit le père de Roy. Et à toi, Lizzy ?

Mrs Eberhardt parut soulagée.

– Eh bien, ça n'est pas à Roy, je vous le dis tout net. Il n'a rien de vert, apprit-elle à l'agent Delinko.

163

– De quelle couleur était le T-shirt du garçon qui s'est enfui ? demanda Mr Eberhardt.

– Je saurais pas le dire, reconnut le policier. Il était trop loin.

Ils entendirent la sonnerie du téléphone et la mère de Roy rentra précipitamment pour répondre.

L'agent Delinko se rapprocha du père de Roy et lui dit en se penchant :

– Je m'excuse de vous avoir embêtés avec ça, tous les deux.

– Comme vous l'avez dit, ça fait partie de votre boulot.

Mr Eberhardt demeura poli, même s'il savait que le policier ne lui disait pas tout concernant le lambeau de tissu vert.

– Puisqu'on parle boulot, fit l'agent Delinko, vous vous rappelez l'autre soir quand j'ai ramené Roy chez vous avec son pneu crevé ?

– Bien entendu.

– Par ce sale temps.

– Oui, je m'en souviens, dit Mr Eberhardt avec impatience.

– Il a pas fait allusion au fait que vous écriviez une lettre pour moi ?

– Quel genre de lettre ?

– A notre chef de la police, précisa l'agent Delinko. Pas une grande lettre – juste un petit mot pour mon dossier, disant que vous me remerciez d'avoir donné un coup de main à votre garçon. Quelque chose dans ce goût-là.

– Et ce « mot » devrait être envoyé au chef ?

– Ou au capitaine. Même à mon sergent, ça serait au poil. Roy ne vous en a pas parlé ?

– Pas que je me souvienne, dit Mr Eberhardt.

– Ben, vous savez comment sont les gosses. Il a probablement oublié.

– Quel est le nom de votre sergent ? Je verrai ce que je peux faire.

Le père de Roy ne faisait aucun effort pour dissimuler son manque d'enthousiasme. Son indulgence pour le jeune flic arriviste était presque épuisée.

– Merci un million de fois, dit l'agent Delinko en secouant vigoureusement la main de Mr Eberhardt. Le moindre petit rien aide pour l'avancement. Et un truc comme ça, venant d'un agent fédéral tel que vous…

Mais il n'eut pas l'occasion de donner le nom de son sergent à Mr Eberhardt, car, au même moment, Mrs Eberhardt franchissait en trombe la porte d'entrée, son sac dans une main et un trousseau de clés de voiture cliquetant dans l'autre.

– Qu'est-ce qu'il y a, Lizzy ? lui cria Mr Eberhardt. C'était qui au téléphone ?

– Le service des urgences ! s'exclama-t-elle, essoufflée. Roy est blessé !

Chapitre 12

Roy était épuisé. Il lui semblait que ça faisait un siècle que Dana Matherson avait voulu l'étrangler dans le local du concierge, mais ça s'était passé pas plus tard que cet après-midi.

– Merci. Maintenant, on est quittes, lui dit Béatrice Leep.

– Peut-être, fit Roy.

Ils patientaient aux urgences du centre médical de Coconut Cove, qui tenait plus d'une grande clinique que d'un hôpital. C'était là qu'ils avaient amené le demi-frère de Béatrice après l'avoir porté sur près de un kilomètre, chacun d'eux lui soutenant une épaule.

– Ça va aller, fit Roy.

Un instant, il crut que Béatrice allait pleurer. Il se pencha et lui pressa la main, qui était nettement plus grande que la sienne.

– Il est solide, ce morpion, fit Béatrice en reniflant. Il s'en tirera.

Une femme en blouse bleu layette, armée d'un

stéthoscope, s'approcha d'eux. Elle se présenta comme le Dr Gonzalez.

– Dites-moi exactement ce qui est arrivé à Roy, leur fit-elle.

Béatrice et le vrai Roy échangèrent un regard anxieux. Le demi-frère de la fillette leur avait interdit de donner son nom à l'hôpital, de peur qu'on avertisse sa mère. Le garçon était devenu si agité que Roy n'avait pas discuté. Quand, à l'accueil des urgences, on réclama à Béatrice le nom, l'adresse et le numéro de téléphone de son demi-frère, Roy s'était avancé et avait donné spontanément les siens. Ça lui avait paru le moyen le plus rapide de faire admettre Doigts de Mulet à l'hôpital.

Roy savait qu'il se fourrait dans le pétrin. Béatrice Leep le savait aussi. C'est pour ça qu'elle l'avait remercié.

– Mon frère s'est fait mordre par un chien, dit-elle au Dr Gonzalez.

– Plusieurs chiens, précisa Roy.

– Quelle race de chiens ? demanda le médecin.

– Des gros.

– Comment est-ce arrivé ?

Ici, Roy laissa Béatrice prendre le relais et raconter l'histoire, puisqu'elle avait davantage l'habitude de baratiner les adultes.

– Ils l'ont chopé à l'entraînement de foot, fit-elle. Il est revenu en courant à la maison tout mâchouillé, alors on l'a amené ici le plus vite qu'on a pu.

– Hum, fit le Dr Gonzalez en tiquant légèrement.

– Quoi ! Vous me croyez pas ?

L'indignation de Béatrice avait l'air authentique. Roy en fut impressionné.

Mais le Dr Gonzalez n'était pas non plus née de la dernière pluie.

– Oh si, je crois que des chiens ont attaqué votre demi-frère, fit-elle. En revanche, je ne crois pas que ce soit arrivé aujourd'hui.

Béatrice se raidit. Roy savait qu'il devait inventer quelque chose, vite fait.

– Les blessures de son bras ne sont pas récentes, expliqua le Dr Gonzalez. A en juger par les progrès de l'infection, j'estime qu'il a été mordu il y a environ dix-huit à vingt-quatre heures.

Béatrice avait l'air dépassée. Roy n'attendit pas qu'elle se ressaisisse.

– Ouais, dix-huit heures. Ça m'a l'air d'être ça, dit-il à la doctoresse.

– Je ne comprends pas.

– Vous voyez, il s'est évanoui après avoir été mordu, dit Roy. Il n'a repris conscience que le lendemain et c'est là qu'il est rentré en courant à la maison. Alors Béatrice m'a appelé et m'a demandé si je pouvais l'aider à l'emmener à l'hôpital.

Le Dr Gonzalez fixa Roy d'un œil sévère, bien qu'il y eût un soupçon d'amusement dans sa voix.

– Quel est votre nom, mon garçon ?

Roy eut la gorge serrée. Elle l'avait pris au dépourvu.

– Tex, répondit-il faiblement.

169

Béatrice le poussa du coude, comme pour lui dire : T'aurais pas pu trouver mieux ?

Le médecin croisa les bras.

– Bon, Tex, résumons-nous. Votre ami Roy se fait attaquer sur le terrain de foot par plusieurs molosses. Personne ne lui porte secours et il reste inconscient toute la nuit et une bonne partie du lendemain. Tout à coup, il se réveille et revient au trot chez lui. Je me trompe ?

– Neûn.

Roy baissa la tête. Il était un piètre menteur et il le savait.

Le Dr Gonzalez tourna son attention glaciale vers Béatrice.

– Pourquoi était-ce à vous d'accompagner votre demi-frère ici ? Où sont vos parents ?

– Au travail, répondit Béatrice.

– Ne les avez-vous pas appelés pour leur dire qu'il y avait une urgence ?

– Ils sont pêcheurs de crabes. Sans téléphone sur le bateau.

« Pas mal », se dit Roy. La doctoresse, pourtant, ne marcha pas.

– C'est difficile à comprendre, dit-elle à Béatrice, comment votre demi-frère a-t-il pu disparaître si longtemps sans que personne dans la famille ne s'inquiète ni ne prévienne la police ?

– Il fait parfois des fugues, dit Béatrice tranquillement, et on ne le revoit plus pendant un certain temps.

C'était la réponse la plus proche de la vérité

qu'elle ait donnée et, ironiquement, ce fut celle qui fit que le Dr Gonzalez n'insista plus.

– Je vais examiner Roy, maintenant, leur dit-elle. Pendant ce temps, vous aurez peut-être envie de peaufiner votre histoire, tous les deux.

– Comment il va au fait ? demanda Béatrice.

– Mieux. On lui a fait une piqûre de sérum antitétanique et maintenant on le bourre d'antibiotiques et d'analgésiques. C'est costaud comme traitement, aussi il est un peu vaseux.

– On peut le voir ?

– Pas tout de suite.

A peine le médecin parti, Roy et Béatrice se précipitèrent à l'extérieur où il était moins risqué de parler. Roy s'assit sur les marches du service des urgences ; Béatrice resta debout.

– Ça marchera pas, cow-girl. Une fois qu'ils s'apercevront qu'il est pas toi...

– Y a comme un problème, approuva Roy.

« L'euphémisme de l'année », songea-t-il.

– Et si Lonna entend parler de ça, tu sais qu'il va finir en éducation surveillée, fit Béatrice maussade, jusqu'à ce qu'elle déniche une nouvelle école militaire. Probablement un endroit loin d'ici, comme Guam, d'où il pourra pas s'enfuir.

Si Roy ne comprenait pas comment une mère pouvait rayer son propre enfant de sa vie, il savait que des choses tragiques comme ça arrivaient. Il avait entendu parler de pères qui agissaient pareil. C'était déprimant d'y penser.

– On va trouver quelque chose, promit-il à Béatrice.

– Tu sais quoi, Tex ? T'es O.K.

Elle lui pinça la joue et bondit en bas des marches.

– Eh, où tu vas ? lui cria-t-il.

– Préparer le dîner pour mon père. Comme chaque soir.

– Tu rigoles, hein ? Tu vas pas me laisser tout seul ici.

– Excuse, fit Béatrice. Papa va flipper si je me pointe pas. Il peut pas se faire griller du pain sans se brûler les doigts.

– Lonna pourrait pas lui faire à dîner, pour une fois ?

– Neûn. Elle tient le bar à Elk's Lodge.

De la main, Béatrice fit un bref signe d'au revoir à Roy.

– Je reviens dès que je peux. Les laisse pas opérer mon frère ni rien.

– Attends !

Roy sauta sur ses pieds.

– Dis-moi son véritable nom. C'est le moins que tu puisses faire après tout ce qui s'est passé.

– Désolé, cow-girl. J'peux pas. Je le lui ai promis sur ma tête, il y a très longtemps.

– S'il te plaît ?

– Si tu veux le savoir, fit Béatrice, il te le dira lui-même.

Puis elle s'enfuit et le bruit de ses pas disparut dans la nuit.

Roy revint aux urgences en traînant les pieds. Il savait que sa mère allait s'inquiéter, aussi demanda-t-il à la personne de l'accueil s'il pouvait se servir du téléphone. Ça sonna une demi-douzaine de fois à l'autre bout de la ligne avant que le répondeur des Eberhardt ne se déclenche. Roy laissa un message disant qu'il rentrerait dès que Béatrice et lui auraient fini de nettoyer la pagaille suite à leur expérience de sciences.

Seul dans la salle d'attente, Roy piocha dans une pile de magazines où il trouva un numéro de *La Vie en plein air*, avec un article sur la pêche à la truite saumonée dans les montagnes Rocheuses. Le meilleur du reportage, c'étaient les photos : des pêcheurs pataugeant jusqu'aux genoux dans des rivières bleues bordées de grands peupliers de Virginie, des pics de montagnes enneigés visibles dans le lointain.

La nostalgie du Montana envahissait Roy quand il entendit une sirène approcher à l'extérieur. Il décida que c'était un excellent moment pour se mettre en quête d'un distributeur de Coca, même s'il n'avait que deux pièces de dix cents en poche.

A vrai dire, Roy n'avait pas envie de se trouver là pour voir ce que cachait cette sirène. Il n'était pas prêt à voir amener un blessé grave sur une civière, peut-être même sur le point de mourir. D'autres ados auraient pu se montrer curieux de ces trucs gore, mais pas Roy. Une fois – il avait sept ans et sa famille vivait près de Milwaukee – un chasseur soûl avait emplafonné un vieux bouleau en motoneige. L'accident eut lieu à une centaine de mètres d'une pente où Roy faisait de la luge avec son père.

Mr Eberhardt avait remonté la colline pour tenter d'apporter de l'aide, suivi de Roy, suant et soufflant. Quand ils atteignirent l'arbre, ils s'aperçurent qu'il n'y avait plus rien à faire. Le mort baignait dans son sang, démantibulé comme un pantin, un G.I. Joe cassé. Roy sut qu'il n'oublierait jamais ce qu'il voyait là et n'avait aucune envie de revoir un jour la même chose.

Par conséquent, il n'avait pas l'intention de traîner dans la salle d'attente à l'arrivée d'une nouvelle urgence. Il s'esquiva par une porte latérale et rôda dans l'hôpital un bon quart d'heure jusqu'à ce qu'une infirmière l'intercepte.

– Je crois que je me suis perdu, lui dit Roy, faisant de son mieux pour paraître déboussolé.

– Ah ça, complètement.

L'infirmière le guida par un couloir de service jusqu'à la salle des urgences où, à son grand soulagement, Roy ne trouva ni chaos ni carnage. L'endroit était aussi tranquille qu'il l'avait laissé.

Troublé, Roy alla à la fenêtre et regarda dehors. Il n'y avait pas d'ambulance devant l'entrée, rien qu'une voiture de police de Coconut Cove. « Peut-être que ce n'était rien », se dit-il, et il se replongea dans son magazine

Peu après, Roy entendit des voix derrière les portes à double battant qui menaient au service où l'on avait soigné Doigts de Mulet. Une discussion animée s'y déroulait et Roy tendit l'oreille pour distinguer ce que l'on disait.

Une voix en particulier dominait les autres et Roy fut affligé de la reconnaître. Il resta assis à sa place, malheureux et nerveux, tâchant de décider quoi faire ensuite. Puis en entendant une autre voix familière, il sut qu'il n'avait plus le choix.

Il s'avança vers les portes à double battant et les ouvrit d'une poussée.

– M'man ! P'pa ! s'écria-t-il. Je suis là !

L'agent Delinko avait insisté pour conduire les Eberhardt à l'hôpital. C'était la chose convenable à faire – et aussi une occasion de première de marquer des points auprès du père de Roy.

Le policier espérait que le fils de Mr Eberhardt n'était pas impliqué dans les méfaits continuels commis sur le site de la future crêperie. Quelle situation épineuse ce serait !

Pendant le trajet vers l'hôpital, les parents de Roy, assis à l'arrière, parlèrent tranquillement entre eux. La mère du garçon disait qu'elle n'arrivait pas à imaginer comment il avait pu se faire mordre par un chien alors qu'il travaillait à une expérience de sciences.

– Peut-être que ça a un rapport avec toute cette viande hachée, spécula-t-elle.

– De la viande hachée ? fit le père de Roy. Quel genre d'expérience nécessite du hamburger ?

Dans le rétroviseur, l'agent Delinko aperçut Mr Eberhardt passer un bras autour des épaules de sa femme. Elle avait les yeux humides et se mordait la lèvre. Mr Eberhardt avait l'air aussi remonté qu'un ressort de pendule.

En arrivant aux urgences, le préposé à l'accueil leur déclara que Roy dormait et qu'on ne pouvait le déranger. Les Eberhardt tentèrent de le raisonner mais l'homme ne voulut rien entendre.

– Nous sommes ses parents, dit Mr Eberhardt sans élever la voix, et nous avons l'intention de le voir immédiatement.

– Ne m'obligez pas à appeler mon chef, monsieur.

– Appelez le Magicien d'Oz si ça vous chante, dit Mr Eberhardt. Nous entrons.

L'employé suivit les parents de Roy quand ils franchirent les portes battantes.

– Vous ne pouvez pas faire ça ! objectait-il, se faufilant devant eux et leur barrant le couloir menant à la salle commune.

L'agent Delinko s'avança, supposant que la vue d'un uniforme de police amadouerait l'individu. Il se trompait lourdement.

– Toute visite est absolument interdite. C'est inscrit ici de la main même du médecin.

L'employé agita avec solennité une planchette.

– J'ai bien peur que vous ne deviez retourner en salle d'attente. Vous compris, monsieur l'agent.

L'agent Delinko fit machine arrière. Pas les Eberhardt.

– Écoutez, notre fils est hospitalisé, rappela la mère de Roy au préposé. C'est vous qui nous avez appelés, vous avez oublié ? En nous demandant de venir !

– Oui, et vous pourrez voir Roy dès que la doctoresse le permettra.

– Alors bipez-la. Tout de suite.

Si la voix de Mr Eberhardt demeurait égale, son ton avait changé.

– Décrochez et composez son numéro. Si vous avez oublié comment on fait, on sera heureux de vous montrer.

– La doctoresse fait une pause. Elle sera de retour dans vingt-cinq minutes, dit le préposé avec brusquerie.

– Alors, elle nous rejoindra directement, pendant qu'on rend visite à notre fils blessé, conclut Mr Eberhardt. Maintenant, si vous ne me débarrassez pas le plancher, je vous expédie à Chokoloskee d'un coup de pied dans les fesses. Compris ?

Le préposé blêmit.

– Je vous si… si… signalerai à mon chef.

– C'est une chouette idée.

Mr Eberhardt passa outre et enfila le couloir, guidant sa femme par le coude.

– Arrêtez-vous tout de suite ! aboya fermement une voix de femme derrière eux.

Les Eberhardt, stoppés dans leur élan, se retournèrent. Une femme en blouse bleu layette et stéthoscope émergeait d'une porte où on lisait : RÉSERVÉ AU PERSONNEL.

– Je suis le Dr Gonzalez. Où allez-vous comme ça ?

– Voir notre fils, répondit Mrs Eberhardt.

– J'ai essayé de les en empêcher, intervint le préposé d'une voix flûtée.

– Vous êtes les parents de Roy ? demanda la doctoresse aux Eberhardt.

– Oui.

Le père de Roy remarqua que le Dr Gonzalez les détaillait avec une étrange curiosité.

– Excusez-moi si c'est hors de propos, dit-elle, mais vous n'avez pas l'air de travailler sur un bateau de pêche aux crabes, c'est certain.

– De quoi parlez-vous, bon sang ? fit la mère de Roy. Est-ce que tout le monde est complètement zinzin dans cet hôpital ?

– Il doit y avoir une erreur, intervint l'agent Delinko. Mr Eberhardt est un agent fédéral de la force publique.

Le Dr Gonzalez soupira.

– Nous éluciderons ça plus tard. Venez, allons jeter un coup d'œil à votre fils.

La salle des urgences avait six lits pour les patients, dont cinq étaient inoccupés. Le sixième était séparé des autres par un rideau blanc qui était tiré tout autour.

– On l'a mis sous perfusion d'antibiotiques et il va plutôt bien, fit le Dr Gonzalez à voix basse. Mais, à moins que l'on ne retrouve ces chiens, il faudra lui faire une série de piqûres antirabiques. Et ce ne sera pas une partie de plaisir.

Les Eberhardt, se tenant par le bras, s'approchèrent du lit clos. L'agent Delinko se tenait derrière eux, se demandant de quelle couleur était le T-shirt que portait Roy. Dans sa poche, le policier gardait le morceau de tissu vert vif, resté accroché à la clôture de Maman Paula.

— Ne soyez pas surpris qu'il dorme, chuchota la doctoresse, écartant doucement le rideau.

Pendant un moment, personne ne pipa mot. Les quatre adultes se tenaient là, le visage inexpressif, à fixer le lit vide.

Sur un pied métallique, une poche plastique contenait un liquide couleur gingembre ; la perfusion débranchée pendouillait jusqu'au sol.

Mrs Eberhardt finit par dire, suffoquée :

— Où est Roy ?

Le Dr Gonzalez battit l'air de ses bras en signe d'impuissance.

— Je viens... vraiment, je... je ne sais pas.

— Vous ne savez pas ? explosa Mr Eberhardt. Vous laissez un garçon blessé dans ce lit et, l'instant d'après, il a disparu ?

L'agent Delinko s'interposa entre Mr Eberhardt et la doctoresse. Le policier redoutait que le père de Roy, sous le coup de l'énervement, ne fasse quelque chose qu'il pourrait regretter ensuite.

— Où est notre fils ? redemanda Mrs Eberhardt.

La doctoresse sonna une infirmière et se mit à fouiller comme une folle la salle des urgences.

— C'était le seul patient présent, disait avec colère

179

Mr Eberhardt. Comment avez-vous pu perdre le seul et unique patient que vous ayez ? Que s'est-il passé ? Est-ce que des extraterrestres l'ont enlevé d'un coup de rayon dans leur vaisseau spatial pendant votre pause-café ?

– Roy, Roy, où es-tu ? cria Mrs Eberhardt.

Le Dr Gonzalez et elle se mirent à regarder sous les cinq autres lits de la salle. L'agent Delinko dégaina sa radio portable en disant :

– J'appelle du renfort.

Là-dessus les portes à double battant menant à la salle d'attente s'ouvrirent à la volée,

– M'man ! P'pa ! Je suis là !

Les Eberhardt faillirent étouffer leur fils sous leurs embrassades.

– Petit diable, pouffa l'agent Delinko, en rengainant sa radio.

Il était ravi de voir que Roy ne portait pas de T-shirt vert déchiré.

– Oh là ! fit le Dr Gonzalez en tapant dans ses mains sèchement. Une minute, tout le monde.

Les Eberhardt relevèrent la tête, interloqués. La doctoresse ne semblait pas super enchantée d'avoir retrouvé son patient.

– C'est *lui*, Roy ? demanda-t-elle, braquant un doigt sur leur fils.

– Bien sûr que c'est lui. Qui d'autre serait-il ?

Mrs Eberhardt lui embrassa le sommet du crâne.

– Mon chéri, tu te recouches dans ce lit d'hôpital tout de suite...

– Pas si vite, fit Mr Eberhardt. Je ne sais pas très bien ce qui se passe ici, mais j'ai l'impression que l'on doit des excuses à Mme la doctoresse. Mille excuses, probablement.

Il posa les mains sur les épaules de Roy.

– Voyons un peu ces morsures, collègue.

Roy baissa les yeux.

– J'ai pas été mordu, p'pa. C'était pas moi.

Mrs Eberhardt gémit.

– O.K., maintenant, je vois. C'est moi la folle, hein ? C'est moi la siphonnée de service...

– S'il vous plaît ? Veuillez m'excuser, mais il reste toujours un gros problème, fit le Dr Gonzalez. Il reste que mon patient a disparu.

L'agent Delinko était totalement dépassé. Une fois encore, il tendit la main vers sa radio dans l'intention d'appeler le commissariat.

– Avant que mon cerveau n'explose, dit Mrs Eberhardt, quelqu'un aurait-il l'amabilité de m'expliquer ce qui se passe ?

– Une seule personne ici peut le faire.

Mr Eberhardt désigna Roy qui eut soudain envie de ramper dans un trou et de s'y cacher. Son père le tourna face au Dr Gonzalez.

– Alors, Tex ? dit-elle en haussant le sourcil.

Roy se sentit rougir.

– Je regrette vraiment.

– C'est un hôpital ici, pas un terrain de jeux.

– Je le sais. Je m'excuse.

– Si vous êtes le vrai Roy, dit le médecin, alors qui

181

était le jeune homme alité et où est-il allé ? Je veux la vérité.

Roy fixa le bout de ses baskets. Il ne se souvenait pas d'un autre jour de sa vie où tant de choses avaient si mal tourné.

– Fiston, dit son père, réponds à la doctoresse.

Sa mère lui pressa le bras.

– Allons, mon chéri, c'est important.

– Tu peux être sûr qu'on le retrouvera, renchérit l'agent Delinko, tôt ou tard.

L'air désolé, Roy releva les yeux pour s'adresser aux adultes.

– Je connais pas le nom de ce garçon et je sais pas où il est, leur dit-il. Je regrette, mais c'est la vérité vraie.

Et, strictement parlant, ça l'était.

Chapitre 13

Pendant que Roy prenait une douche, sa mère prépara des spaghettis. Il en reprit trois fois, bien que le dîner se déroulât dans un silence de championnat d'échecs.

Reposant sa fourchette, Roy se tourna vers son père.

– Je devine que je suis bon pour ton bureau, hein ?

– Tu devines bien.

Roy n'avait pas reçu de fessée depuis des années et doutait que ce soit ce qui l'attendait. Son père le convoquait dans son bureau chaque fois qu'une explication sérieuse s'imposait. Ce soir, Roy était si fatigué qu'il n'était pas sûr que tout ce qu'il avait à dire tiendrait debout.

Son père l'attendait, assis derrière son grand bureau en noyer.

– Qu'est-ce que tu tiens là ? demanda-t-il à Roy.

– Un livre.

– Oui, je le vois bien. J'espérais plus de détails.

Le père de Roy pouvait se montrer sarcastique quand il pensait qu'il n'obtenait pas de réponse claire. Roy supposait que cela venait de ses années d'interrogatoire de personnages louches – gangsters, espions ou qui ou qu'est-ce, sur lesquels son père avait pour boulot d'enquêter.

– J'imagine, dit-il à Roy, que ce livre jettera quelque lueur sur les étranges événements de ce soir.

Roy le lui tendit à travers le bureau.

– Maman et toi, vous me l'avez offert, pas à Noël dernier, mais à celui d'avant.

– Je m'en souviens, dit son père, en examinant la couverture. *Le Guide Sibley des oiseaux*. Tu es sûr que ce n'était pas pour ton anniversaire ?

– Oui, papa, j'en suis sûr.

Roy avait mis le livre sur sa liste de cadeaux de Noël après un pari amical entre son père et lui. Un après-midi, ils avaient aperçu un grand rapace d'un brun rougeâtre fondre sur un écureuil dans un ranch d'élevage de la vallée de la Gallatin River. Le père de Roy lui avait parié un milk-shake que l'oiseau était un jeune aigle à tête blanche dont les plumes n'avaient pas encore pris leur vraie couleur, tandis que Roy lui avait soutenu que c'était un aigle doré adulte, plus commun en terrain sec. Par la suite, après une visite à la bibliothèque de Bozeman où il avait consulté le *Sibley*, le père de Roy concéda que Roy avait eu raison.

Mr Eberhardt brandit le livre et demanda :

– Qu'est-ce que ça a à voir avec cette absurdité à l'hôpital ?

– Regarde page 278, lui répondit Roy. J'ai fait une marque pour toi.

Son père ouvrit le livre à la page indiquée.

– « *La chouette des terriers*, lut-il à haute voix, Athene cunicularia, *haute sur pattes et à queue courte, aux ailes relativement longues et étroites, à tête plate. Seul petit nocturne susceptible d'être aperçu perchant à découvert et en plein jour.* »

Son père lui lança un œil interrogateur par-dessus le bouquin.

– Ça a un rapport avec cette « expérience de sciences » sur laquelle tu étais censé bosser cet après-midi ?

– Il n'y a pas d'expérience, reconnut Roy.

– Et la viande hachée que ta mère t'a donnée ?

– C'était pour nourrir les chouettes.

– Continue, fit Mr Eberhardt.

– C'est une longue histoire, p'pa.

– J'ai tout mon temps.

– Bon, d'accord, dit Roy.

« A certains égards, songea-t-il avec lassitude, recevoir une fessée serait plus facile. »

– Tu vois, d'abord il y a ce garçon, commença-t-il, qui est à peu près du même âge que moi...

Roy raconta tout à son père – enfin, *presque* tout. Il ne précisa pas que les serpents disséminés par le demi-frère de Béatrice Leep étaient très venimeux ni que le garçon leur avait scotché la gueule. De tels détails auraient pu inquiéter davantage Mr Eberhardt que les actes de vandalisme mineur.

Roy choisit aussi de ne pas révéler que Béatrice avait surnommé son demi-frère Doigts de Mulet, juste au cas où son père se sente légalement tenu de le signaler à la police ou de le ficher dans une banque de données gouvernementale.

Cela mis à part, Roy raconta ce qu'il savait de l'étrange coureur. Son père l'écouta sans l'interrompre.

– C'est vraiment pas un mauvais mec, p'pa, dit Roy en finissant. Tout ce qu'il essaie de faire, c'est de sauver les chouettes.

Mr Eberhardt demeura silencieux quelques instants. Il rouvrit le *Sibley* et regarda les dessins en couleurs des petits oiseaux.

– Tu vois, si les types de chez Maman Paula passent ce terrain au bulldozer, ils vont combler tous les trous, expliqua Roy.

Son père posa le livre et regarda Roy avec affection, bien qu'avec un soupçon de tristesse.

– Roy, ce terrain leur appartient. Ils peuvent en faire tout ce qui leur chante.

– Mais…

– Ils ont probablement obtenu toutes les paperasses et tous les permis nécessaires.

– Ils ont l'autorisation d'enterrer les chouettes ? demanda Roy avec incrédulité.

– Les chouettes s'envoleront plus loin. Elles se trouveront de nouveaux trous quelque part ailleurs.

– Et s'il y a des petits ? Comment ils vont faire pour s'envoler ? répliqua Roy avec colère. Comment, p'pa ?

– Je ne sais pas, admit son père.

– Ça vous plairait, à maman et à toi, qu'une bande d'inconnus se pointent un de ces quatre matins avec des bulldozers pour aplatir cette maison ? fit Roy avec insistance. Et il leur suffirait de dire : « Vous en faites pas, Mr et Mrs Eberhardt, vous prenez pas la tête. Faites vos bagages et allez voir ailleurs si on y est. » Quel effet ça vous ferait ?

Le père de Roy se leva lentement, comme si un sac de briques lui pesait sur les épaules

– Allons faire une balade, dit-il.

C'était une soirée calme et sans nuages, un pâle croissant de lune jetait un coup d'œil furtif par-dessus les toits. Des insectes de la taille d'un confetti tourbillonnaient autour des lampadaires. A l'extrémité du pâté de maisons, on entendait deux chats se miaulant l'un à l'autre.

Le père de Roy marchait le menton légèrement baissé, les mains fourrées dans les poches.

– Tu grandis vite, remarqua-t-il, prenant Roy par surprise.

– Je suis l'un des trois plus petits de ma classe, p'pa.

– Ce n'est pas ce que je voulais dire.

Alors qu'ils poursuivaient leur chemin, Roy sautillait de rainure en rainure sur le trottoir. Ils parlèrent de sujets qui ne fâchaient pas – l'école, le sport, le sport à l'école – jusqu'à ce que Roy ramène la conversation sur le sujet délicat de Doigts de Mulet. Il avait besoin de savoir dans quel camp était son père.

– Tu te rappelles l'été dernier quand on a descendu le canyon de Madison ?

– Bien sûr, lui répondit son père, en canot pneumatique.

– C'est ça, dit Roy. Et tu te rappelles qu'on a compté cinq grands ducs dans un peuplier de Virginie ? Cinq !

– Oui, je m'en souviens.

– Et que tu as essayé de les prendre en photo, mais que l'appareil est tombé dans la rivière ?

– Pas exactement. Je l'ai fait tomber à l'eau, se souvint le père de Roy, l'air penaud.

– Bah, c'était un appareil jetable.

– Ouais, mais ça aurait fait une super photo. Cinq sur le même arbre.

– Ouais, c'était assez étonnant.

Ce souvenir des hiboux fut le déclic. Son père saisit la perche.

– Ce garçon dont tu m'as parlé, tu ne connais vraiment pas son nom ?

– Il n'a pas voulu me le dire. Béatrice, non plus, fit Roy. C'est la vérité vraie.

– Il n'a pas pris le nom de son beau-père ?

– Leep ? Non, pas selon Béatrice.

– Et tu me dis qu'il ne va pas en classe.

Le moral de Roy était au plus bas. A l'entendre,

on aurait dit que son père s'apprêtait à dénoncer Doigts de Mulet pour absentéisme.

– Ce qui me tracasse, dit Mr Eberhardt, c'est sa situation de famille. Elle ne m'a pas l'air bonne.

– Elle ne l'est pas, concéda Roy. C'est pour ça qu'il ne vit plus chez lui.

– Il n'a aucun parent, même éloigné, qui pourrait s'occuper de lui ?

– Il se sent en sécurité là où il est, fit Roy.

– Tu en es sûr ?

– S'il te plaît, papa, ne le livre pas à la police. Je t'en prie.

– Comment le pourrais-je si je ne sais pas où le trouver ?

Et le père de Roy lui fit un clin d'œil.

– Mais laisse-moi te dire ce que je vais faire. Je vais prendre le temps de réfléchir sérieusement à tout ça. Tu devrais, toi aussi.

– D'accord, fit Roy.

Comment pouvait-il penser à autre chose ? Même sa guéguerre avec Dana Matherson lui semblait un rêve brumeux et lointain.

– On ferait mieux de rentrer, dit son père. Il se fait tard et tu as eu une longue journée.

– Vraiment très longue, accorda Roy.

Pourtant, après s'être mis au lit, il n'arriva pas à trouver le sommeil. Son corps était épuisé mais son esprit, lui, tout à fait éveillé, bourdonnait des turbulences de la journée. Il décida de lire et prit un livre intitulé *A Land Remembered*, de Patrick D. Smith, qu'il avait emprunté au collège. Il racontait l'histoire d'une famille vivant en Floride autour des années 1850, quand c'était encore la jungle. Il y avait peu d'habitants, bois et marais pullulaient de faune sauvage – c'était probablement une belle époque pour les chouettes des terriers, rêvassait Roy.

Une heure plus tard, il sommeillait à moitié quand il entendit un « toc-toc » à la porte de sa chambre. C'était sa mère qui venait lui souhaiter bonne nuit. Elle lui retira le livre des mains et éteignit sa lampe de chevet. Puis elle s'assit sur le lit et lui demanda comment il se sentait.

– Crevé, lui répondit Roy.

Elle lui remonta tendrement les couvertures sous le menton. Même s'il avait beaucoup trop chaud, Roy ne marqua pas d'objection. C'était un tic de sa mère ; elle ne pouvait s'en empêcher.

– Mon chéri, lui dit-elle, tu sais combien je t'aime.

« Aïe, se dit Roy. Nous y voilà. »

– Mais ce que tu as fait ce soir à l'hôpital en laissant cet autre garçon utiliser ton nom pour qu'il soit admis aux urgences...

– C'est moi qui ai eu cette idée, m'man, pas lui.

– Et je suis sûre que ça partait d'une bonne intention, lui dit-elle. Mais c'était quand même un mensonge, à proprement parler. C'était fournir de faux renseignements ou je ne sais quoi. C'est grave, mon chéri...

– Je sais.

– ... et c'est juste, eh bien, qu'on n'a pas envie,

190

ton père et moi, que tu aies des ennuis. Même pour aider un ami.

Roy se souleva sur un coude.

– Il se serait enfui plutôt que de donner son vrai nom, je pouvais pas laisser faire. Il était malade et il fallait qu'il voie un médecin.

– Je te comprends, il faut me croire.

– On lui a posé des tas de questions indiscrètes, m'man, et pendant ce temps, il a failli tomber dans les pommes tellement il avait la fièvre, dit Roy. Peut-être que j'ai mal agi, mais je le referais si c'était à refaire. Et je ne plaisante pas.

Roy s'attendait à de légers reproches, mais sa mère se contenta de sourire. Lissant la couverture des deux mains, elle lui dit :

– Mon chéri, parfois, on se retrouve dans des situations où la frontière n'est pas claire entre le bien et le mal. Ton cœur te dicte de faire une chose et ta tête, une autre totalement différente. Au final, tout ce qu'il te reste, c'est d'examiner les deux aspects du problème et de te fier à ton jugement pour le mieux.

« Eh bien, songea Roy, c'est un peu ce que j'ai fait. »

– Ce garçon, dit sa mère, pourquoi ne voulait-il pas donner son vrai nom ? Et pourquoi il s'est sauvé de l'hôpital comme ça ?

Doigts de Mulet s'était enfui par l'une des fenêtres des toilettes pour dames, qui jouxtaient le service des rayons X. Il avait accroché son T-shirt vert déchiré à l'antenne de la voiture radio de l'agent Delinko, garée devant les urgences.

– Il s'est échappé, dit Roy, probablement parce qu'il a eu peur que quelqu'un ne prévienne sa mère.

– Ah bon ?

– Oui, parce qu'elle ne veut plus de lui. Elle le fera enfermer en centre d'éducation surveillée.

– Quoi ?

– Sa mère l'a envoyé dans une école militaire, expliqua Roy, et maintenant elle ne veut pas qu'il revienne à la maison. Elle l'a dit elle-même devant Béatrice.

La mère de Roy dressa la tête comme si elle n'était pas certaine d'avoir bien entendu.

– Sa mère ne veut pas de lui ?

Roy vit un éclair passer dans ses yeux. Il n'aurait su dire si c'était du chagrin ou de la colère – ou les deux.

– Elle ne veut pas de *lui* ? répéta sa mère.

Roy opina, l'air sombre.

– Ah, ça alors, fit-elle.

Elle prononça ces mots si bas que Roy tressaillit. En percevant de la peine dans la voix de sa mère, il se sentit mal de lui avoir révélé cette partie de l'histoire de Doigts de Mulet.

– Pardon, maman, fit Roy. Je t'aime.

– Moi aussi, je t'aime, mon chéri.

Elle lui baisa la joue en le bordant encore une fois. Au moment où elle fermait la porte, il la vit hésiter, puis se retourner pour le regarder.

– On est fiers de toi, Roy. Il faut que tu le saches. Ton père et moi, on est extrêmement fiers, tous les deux.

– Est-ce que papa t'a parlé des chouettes ?

– Oui, il m'en a parlé. C'est trop dommage.

– Qu'est-ce qu'il faut que je fasse ?

– Que veux-tu dire ?

– Rien, dit Roy, s'enfonçant dans son oreiller. 'onne nuit, m'man.

Elle avait déjà répondu à sa question, de toute façon. Tout ce qu'il lui restait à faire, c'était de régler le différend entre sa tête et son cœur.

Chapitre 14

Par bonheur, le lendemain était un samedi, Roy ne devait donc pas se lever de bonne heure pour attraper le bus.

Au moment où il s'installait devant son petit déjeuner, le téléphone sonna. C'était Garrett. Il n'avait jamais appelé Roy jusque-là mais, à présent, il voulait qu'il vienne faire du skateboard au centre commercial.

— J'ai pas de planche, t'as oublié ? fit Roy.

— Fait rien. J'en ai une en rab.

— Non, merci. Aujourd'hui, j'peux pas.

La vraie raison de l'appel de Garrett, c'était, bien entendu, de découvrir ce qui s'était passé avec Dana Matherson à Trace Middle.

— Eh ! mec, quelqu'un l'a attaché au mât du drapeau !

— C'est pas moi, fit Roy, qui ne pouvait pas parler librement de ce sujet devant ses parents.

— C'est qui, alors ? Et comment ? demanda Garrett.

– Sans commentaire, dit Roy, faisant écho à Doigts de Mulet.

– Oh ! allez, Eberhardt !

– On se voit lundi.

Après le petit déjeuner, son père l'emmena chez le marchand de cycles prendre son pneu neuf et, à midi, Roy était à nouveau libre de ses déplacements. Il y avait l'adresse d'un « L. B. Leep » dans l'annuaire et Roy trouva la maison sans difficulté. C'était sur Oriole Avenue Ouest, dans la même rue que l'arrêt de bus où il avait aperçu pour la première fois l'étrange coureur.

Dans l'allée des Leep, il y avait une vieille Suburban cabossée et une nouvelle Camaro décapotable. Roy appuya sa bicyclette contre le poteau de la boîte aux lettres et remonta l'allée d'un pas pressé. En entendant des voix qui se chamaillaient à l'intérieur de la maison, il espéra qu'il s'agissait d'une émission de télé dont on avait monté le son trop fort.

Après qu'il eut frappé trois coups, la porte s'ouvrit à la volée sur Léon Leep et ses deux mètres et quelques. Il portait un short de gym rouge trop lâche et un débardeur en maille qui dévoilait un ventre pâlichon en bouilloire. Léon donnait l'impression de ne pas avoir passé cinq minutes en salle de muscu depuis qu'il n'était plus basketteur pro ; de son physique d'athlète de la N.B.A. ne lui restait que sa taille.

Roy se pencha en arrière sur ses talons pour apercevoir le visage de Léon. Il avait l'air perturbé et absorbé.

– Béatrice est là ? demanda Roy.

– Ouais, mais elle est comme qui dirait occupée en ce moment.

– J'en ai juste pour une minute, dit Roy. Ça concerne le collège.

– Ah, le collège, fit Léon, comme s'il avait oublié où allait sa fille cinq jours par semaine.

Avec un grognement bizarre, il disparut en traînant les pieds. Un instant plus tard, Béatrice fit son apparition. Elle semblait stressée.

– Je peux entrer ? demanda Roy.

– Non, murmura-t-elle. Tu tombes mal.

– Tu peux sortir alors ?

– Neûn-nêun.

Béatrice jeta un coup d'œil anxieux derrière elle.

– T'as appris ce qui s'est passé à l'hôpital ?

Elle acquiesça.

– Désolée de pas être revenue à temps pour t'aider.

– Ton frère va bien ? demanda Roy.

– Mieux, dit Béatrice.

– Qui est là ? Qui c'est ? fit une voix glaciale dans le couloir.

– Rien qu'un ami.

– Un garçon ?

– Ouais, un garçon, répondit Béatrice, levant les yeux au ciel à l'intention de Roy.

Une femme guère plus grande que Béatrice se

matérialisa sur le seuil derrière elle. Elle avait un nez pointu, des yeux suspicieux de fouine, plus une cascade de cheveux auburn frisés. Des volutes de fumée bleue s'échappaient d'une cigarette tenue entre deux doigts aux ongles rutilants.

Ça ne pouvait être que Lonna, la mère de Doigts de Mulet.

– Vous êtes qui, vous ? demanda-t-elle.

– Je m'appelle Roy.

– Vous voulez quoi, Roy ?

Lonna tira bruyamment sur sa cigarette.

– C'est à propos du collège, dit Béatrice.

– Ouais, eh bien quoi, c'est samedi, fit Lonna.

Roy tenta le coup.

– Je m'excuse vraiment de vous déranger, Mrs Leep. Béatrice et moi, on prépare une expérience de sciences ensemble…

– Pas aujourd'hui, en tout cas, le coupa Lonna. Miss Béatrice doit faire le ménage dans la maison. Nettoyer la cuisine et la salle de bains. Et tout ce qui me passera par la tête.

D'après Roy, Lonna marchait en terrain miné. Béatrice était la plus forte des deux, c'était évident, et elle bouillait de rage. Lonna aurait radouci le ton si elle avait vu ce que sa belle-fille avait fait au pneu de bicyclette de Roy avec ses dents.

– Demain, peut-être, dit Béatrice à Roy, en serrant les mâchoires, mécontente.

– Bien sûr. Quand tu veux.

Il redescendit les marches du perron.

– « Demain », on avisera, fit Lonna d'un ton sarcastique et ronchon. La prochaine fois, passez d'abord un coup de fil, rouspéta-t-elle. Un téléphone, vous savez ce que c'est ?

En s'éloignant à vélo, Roy conclut que Doigts de Mulet était mieux loti à traîner dans les bois qu'à vivre sous le même toit que sa sorcière de mère. Roy se demandait ce qui rendait un adulte d'aussi mauvais poil et aussi odieux. Ça ne l'aurait pas surpris d'apprendre un jour que Béatrice avait arraché la tête de Lonna, qui la lui prenait tellement.

L'arrêt suivant fut le domicile de Dana Matherson, où vivait un autre spécimen de mère à la fibre maternelle discutable. Roy avait le sentiment que le père de Dana n'était pas une lumière, lui non plus, et c'est lui qui ouvrit la porte. Roy s'était attendu à un autre pithécanthrope, mais Mr Matherson, sec et nerveux, n'avait pas une mine florissante.

– B'jour. J'm'appelle Roy.

– Je m'excuse, nous avons tout ce qu'il faut, répondit poliment le père de Dana qui refermait déjà la porte.

– Mais je ne vends rien, fit Roy à travers l'entrebâillement. Je viens voir Dana.

– Euh-oh. Ça va pas recommencer.

Mr Matherson rouvrit la porte et baissa la voix.

– Laissez-moi deviner. Il vous a engagé pour faire ses devoirs.

– Non, m'sieur. Je suis juste un camarade de classe.

– Un « camarade » ?

Dana n'avait pas beaucoup de camarades, Roy le savait, et les rares qu'il avait étaient tous plus costauds et d'une physionomie plus patibulaire que Roy.

– Je prends le bus avec lui, dit Roy qui décida de recycler l'astuce de Béatrice : on prépare une expérience de sciences ensemble.

Mr Matherson plissa le front.

– C'est une blague ou quoi ? Qui êtes-vous en réalité ?

– Je vous l'ai dit.

Le père de Dana sortit son portefeuille.

– Très bien, jeune homme, la plaisanterie a assez duré. Je vous dois combien ?

– Pour quoi ?

– Pour les devoirs de mon fils.

Mr Matherson brandit un billet de cinq dollars.

– Le tarif habituel ?

Il avait l'air défait et honteux. Il fit de la peine à Roy. C'était clairement un supplice d'élever un abruti comme Dana.

– Vous me devez pas un sou, fit Roy. Il est là ?

Mr Matherson demanda à Roy de patienter devant la porte. Quelques instants plus tard, Dana apparut, affublé d'un boxer-short informe et de chaussettes de tennis crades.

– C'est toi ! gronda-t-il.

– Ouaip, fit Roy. C'est moi.

– Qu'est-ce que tu mates comme ça, cow-girl ?

« Pas grand-chose », songea Roy. Il remarqua que

le zozotement de Dana avait disparu en même temps que l'enflure de sa lèvre du haut.

– Faut que tu sois malade pour être venu jusqu'ici, lui dit Dana, rien que pour te faire réduire en bouillie.

– Viens dehors. J'ai pas toute la journée.

– Qu'est-ce que t'as dit ?

Dana sortit sur la véranda en tirant la porte derrière lui, sans doute pour que son père n'assiste pas au carnage. Il se détendit, balançant un swing furieux vers la tête de Roy, mais ce dernier vit venir le coup. Il l'esquiva, et le poing de Dana entra violemment en contact avec une mangeoire à oiseaux en fibre de verre.

Une fois que Dana eut achevé de pleurnicher, Roy lui dit :

– Chaque fois que t'essaies de me cogner, il t'arrive une catastrophe. T'as pas remarqué ?

Dana, plié en deux, agitait sa main blessée. Il fusilla Roy d'un œil noir.

– Comme hier, continua Roy, quand t'as voulu me tuer dans le local du concierge. Tu te rappelles ? T'as fini par te faire dérouiller par une fille et ligoter à poil à un mât.

– J'étais pas à poil, aboya Dana. J'avais gardé mon slip.

– Quand tu reviendras lundi au bahut, tout le monde va bien rigoler. Tout le monde, Dana, et tu peux t'en prendre qu'à toi. Tout ce que t'avais à faire, c'était de me fiche la paix. C'est si dur que ça ?

– Ouais, ben, ça rigolera encore plus fort quand je botterai ton petit cul et que je t'expédierai dans un monde meilleur, cow-girl. Ils vont se marrer comme des baleines, sauf que tu seras plus là pour les entendre.

– En d'autres termes, fit Roy avec irritation, t'as pas du tout compris la leçon.

– Exact. Et c'est pas toi qui m'y forceras !

Roy soupira.

– La seule raison pour laquelle je suis venu ici, c'est pour tout mettre à plat. Et arrêter toutes ces bastons débiles.

Tel avait été son but. Si seulement il pouvait faire la paix avec Dana Matherson, même temporairement, alors il serait libre de concentrer son énergie à résoudre le dilemme Doigts de Mulet.

Mais Dana lui ricana au nez.

– Faut que tu sois dingue. Après toutes ces merdes qui me sont arrivées, t'es comme qui dirait mort, Eberhardt. Tellement mort que c'est même pas marrant.

Roy comprit que ça ne servait à rien.

– Un gros nul. Voilà ce que t'es, lui dit-il. Au fait, c'est cool, cette nuance de bleu.

Et il montra du doigt les jointures enflées de Dana.

– Casse-toi de là, cow-girl ! Fissa !

Roy le laissa sur la véranda, cognant au battant et beuglant à son père de le laisser rentrer. Évidemment, la porte s'était refermée derrière lui quand il était sorti flanquer une raclée à Roy.

C'était un spectacle amusant de voir Dana sautiller comme un cabri en boxer-short flapi, sauf que Roy n'était pas d'humeur à rire.

Il cacha sa bicyclette et se faufila par le trou dans la clôture. En plein jour, la casse faisait moins froid dans le dos ; elle paraissait encombrée, c'est tout. Roy n'eut pourtant aucune difficulté à repérer la vieille camionnette rouillée avec Glaces et Cônes Jo-Jo peint sur son auvent branlant.

Le demi-frère de Béatrice était à l'arrière, zippé dans un sac de couchage moisi. En entendant les pas de Roy, il s'agita et ouvrit un œil. Roy s'accroupit près de lui.

– Je t'ai apporté de l'eau.

– Merci, mec.

Doigts de Mulet tendit la main vers la bouteille en plastique.

– Et merci pour hier soir. T'as eu des problèmes ?

– Rien de grave, dit Roy. Comment tu te sens ?

– Comme une bouse.

– T'as meilleure mine qu'hier, lui dit Roy, ce qui était la vérité.

Les joues du garçon avaient retrouvé leurs couleurs et son bras mordu par les chiens paraissait moins boursouflé et moins raide. Un bleu de la taille d'un bouton était visible sur son autre bras, là où le garçon avait arraché la perfusion avant de s'enfuir de l'hôpital.

– J'ai plus de fièvre mais j'ai mal partout, fit-il en

sortant du sac de couchage en se tortillant. Roy regarda de l'autre côté pendant qu'il enfilait des vêtements.

– Je suis venu t'apprendre quelque chose. A propos de la nouvelle crêperie, fit Roy. J'en ai parlé à mon père et il m'a dit qu'ils peuvent construire tout ce qu'ils veulent sur ce terrain-là, tant qu'ils ont tous les papiers en règle. Y a rien qu'on peut faire.

Doigts de Mulet eut un grand sourire.

– On ?

– Tout ce que je veux dire, c'est que...

– ... c'est une cause perdue, c'est ça ? Allez, Tex, faut que tu commences à penser comme un hors-la-loi.

– Mais j'en suis pas un.

– Ah que ouais. Hier soir à l'hosto – t'as agi carrément en hors-la-loi.

– T'étais malade. T'avais besoin d'aide, fit Roy.

Doigts de Mulet termina l'eau et jeta la bouteille vide. Il se leva, en s'étirant comme un chat.

– T'es passé de l'autre côté de la barrière, et pourquoi ? Pasque tu te souciais de ce qui m'était arrivé, dit-il à Roy, tout juste comme je me soucie de ce qui va arriver à ces bizarres petites chouettes.

– Ce sont des chouettes des terriers. J'ai lu quelque chose sur elles, dit Roy. D'ailleurs, ça me rappelle qu'elles raffolent sans doute pas de la viande hachée. Elles mangent surtout des insectes et des vers, d'après les bouquins sur les oiseaux.

– Alors, je leur attraperai des insectes.

Le garçon parlait avec un soupçon d'impatience.

– N'empêche que c'est pas juste ce qui se passe là-bas. Ce terrain appartenait aux chouettes bien avant qu'il n'appartienne à la crêperie. Tu viens d'où, Tex ?

– Du Montana, répondit automatiquement Roy, avant d'ajouter : bon, en fait, je suis né à Detroit. Mais on a vécu au Montana juste avant de déménager ici.

– Chuis jamais allé dans l'Ouest, dit Doigts de Mulet, mais je sais qu'y a des montagnes là-bas.

– Ouais. Des super montagnes.

– Ça manque par ici, fit le garçon. La Floride est si plate, y a rien qui empêche qu'on la passe au bull-dozer d'une côte à l'autre.

Roy n'eut pas le cœur de lui dire que même les montagnes n'étaient pas à l'abri de ce genre d'engins.

– Depuis que je suis tout petit, dit Doigts de Mulet, j'ai regardé cet endroit disparaître – les pinèdes, les maquis, les bras de mer, les marécages. Même les plages, mec – ils ont construit tous ces hôtels géants où y a que ces blaireaux de touristes d'autorisés. Ça craint un max.

– C'est la même chose partout, fit Roy.

– Ça veut pas dire qu'il faut pas résister. Tiens, regarde ça.

D'une poche de son jean déchiré, le garçon sortit un bout de papier froissé.

– J'ai essayé, Tex, tu vois ? J'ai obligé Béatrice à

leur écrire une lettre pour leur parler des chouettes et tout. Voilà la réponse.

Roy lissa la feuille de papier, qui portait en haut le logo du groupe Maman Paula. Et lut ce qui suit :

Chère Miss Leep,

Merci beaucoup de votre lettre.

Nous, Maisons des Crêpes 100 % Américaines de Maman Paula Inc., sommes fiers de notre engagement déclaré en faveur de l'environnement. Nous ferons tous nos efforts pour répondre à vos inquiétudes.

Je vous assure personnellement que Maman Paula travaille en étroite concertation avec les autorités locales, conformément à toutes les lois, codes et réglementations en vigueur.

Sincèrement vôtre,
Chuck E. Muckle.
Vice-Président des Relations d'Entreprise.

– Nul, fit Roy, en rendant la feuille au demi-frère de Béatrice.

– Ouais, c'est juste une, comment déjà... une lettre type. Il parle même pas des chouettes.

Ils sortirent de la camionnette de glaces en plein soleil. Des ondes de chaleur s'élevaient des rangées d'épaves, qui s'alignaient à perte de vue.

– Tu vas te cacher ici combien de temps ? demanda Roy à l'autre garçon.

– Jusqu'à ce qu'on me chasse. Eh, tu fais quoi ce soir ?

– Mes devoirs.

A vrai dire, Roy n'avait qu'un bref chapitre à lire pour le cours d'histoire de Mr Ryan, mais il cherchait une excuse pour rester chez lui. Il pressentait que Doigts de Mulet préparait une nouvelle excursion illégale sur le site du Maman Paula.

– Eh bien, si tu changes d'avis, retrouve-moi où-tu-sais au coucher du soleil, fit le garçon, et apporte une clé à pipe.

Roy éprouvait un étrange mélange d'appréhension et d'excitation. Si, d'un côté, la tactique du demi-frère de Béatrice l'inquiétait, d'un autre côté, il l'approuvait des deux mains.

– Tu viens d'être malade, fit Roy. Il faut que tu récupères.

– Arrrh ! Pas le temps pour ça.

– Mais tout ce que tu fais, ça marche pas, persista Roy. Ça peut ralentir les choses mais ça les arrêtera pas. Maman Paula est une grosse compagnie. Ils vont pas renoncer comme ça et s'en aller.

– Moi non plus, Tex.

– Tôt ou tard, on va te choper, et tu finiras en centre d'éducation surveillée…

– Alors je fuguerai à nouveau. Comme toujours.

– Mais ça te manque pas, enfin, une vie normale ?

– Ce qu'on a jamais eu, ça manque pas, fit le demi-frère de Béatrice.

Roy ne décela pas de trace d'amertume dans sa voix.

– Peut-être qu'un jour, je retournerai à l'école, continua le garçon, mais pour le moment, j'en sais autant que j'ai besoin d'en savoir. Je suis peut-être nul en algèbre, je sais pas comment on dit : « Ah, le joli chien-chien » en espagnol ni te citer qui a découvert le Brésil, mais je sais faire un feu avec deux branches sèches et un caillou. Je sais grimper au tronc d'un cocotier et me procurer assez de lait frais pour tenir un mois...

Ils entendirent démarrer un moteur et se replanquèrent vite fait dans la camionnette de glaces.

– C'est le vieux qui est propriétaire de l'endroit, chuchota Doigts de Mulet. Il a un tout-terrain – c'est super cool. Il vient le piloter par ici comme s'il était le Schumacher des stock-cars.

Quand le grondement du tout-terrain disparut au loin, vers l'autre extrémité de la casse, le garçon fit signe qu'ils pouvaient quitter la camionnette en toute sécurité. Il fit prendre un raccourci à Roy jusqu'à la brèche dans la clôture, par laquelle ils se glissèrent tous deux à l'extérieur.

– Tu vas où maintenant ? demanda Roy.

– Chais pas. Peut-être en recon'.

– En recon' ?

– Tu sais bien. En reconnaissance, fit Doigts de Mulet. Repérer ma cible de ce soir.

– Ah.

– Tu me demandes pas ce que j'ai comme plan ?

– Vaut mieux que je sache pas, fit Roy.

Il envisagea de mentionner que son père faisait

partie des forces de l'ordre. Peut-être cela aiderait-il le garçon à comprendre la répugnance de Roy à participer, même en étant sympathisant de la cause, à la croisade pro-chouettes. Roy ne pouvait supporter l'idée de faire face à ses parents à travers les barreaux d'une cellule si jamais Doigts de Mulet et lui se faisaient prendre.

– Mon père travaille pour le gouvernement, fit Roy.

– Géant, répondit le garçon. Mon père, lui, il regarde E.S.P.N. toute la journée en se gavant de Hot Pockets. Allez, viens, Tex, j'ai un truc vachement cool à te montrer.

– Mon nom, c'est Roy.

– O.K., Roy. Suis-moi.

Puis il se mit à courir, une fois de plus.

Un été de la fin des années soixante-dix, bien longtemps avant la naissance de Roy Eberhardt, un petit – mais puissant – orage tropical, porté à ébullition dans le golfe du Mexique, vint toucher terre à quelques kilomètres au sud de Coconut Cove. Il n'y eut ni blessés ni tués, bien que la déferlante de trois mètres de haut causât de gros dégâts aux immeubles et routes du littoral.

Parmi les victimes, il y eut un bateau de pêche aux crabes de roche, appelé le *Molly Bell*, qui, arraché de son mouillage et balayé dans un bras de mer gonflé par le raz-de-marée, s'y vautra et sombra hors de vue.

La tempête s'essouffla d'elle-même, les eaux refluèrent et le bateau de pêche perdu réapparut, affleurant à demi à la surface. Et il resta sur place, car le bras de mer était si étroit, les courants si trompeurs et les bancs d'huîtres si périlleux qu'aucun capitaine ne voulut risquer son propre bateau pour récupérer l'épave du *Molly Bell*.

A chaque saison, il s'affaissait davantage de décrépitude, abandonnant sa coque robuste et son pont aux ravages des termites, des bernacles et des intempéries. Au bout de vingt ans, tout ce que le *Molly Bell* montrait au-dessus de la surface, c'était le toit en pente et délavé de la cabine de pilotage –juste assez large pour que deux garçons s'y assoient côte à côte, le visage tourné vers le soleil, jambes pendantes au-dessus de l'eau vert pâle.

Roy fut ébloui par le silence, merveilleux, et les vieilles mangroves touffues qui isolaient l'endroit des klaxons et du tintamarre de la civilisation. Le demi-frère de Béatrice ferma les yeux et aspira goulûment la brise salée.

Un balbuzard solitaire planait dans le ciel, attiré par le reflet d'un poisson dans les hauts-fonds. En amont, un banc de bébés tarpons passa, eux aussi avec leur déjeuner en tête. Près de là, un héron blanc était planté, royal, sur une patte, dans l'arbre même où les deux garçons avaient accroché leurs chaussures avant de rejoindre l'épave à la nage.

– Il y a quinze jours, j'ai vu un crocodile par ici Un de trois mètres, lança le demi-frère de Béatrice

– Excellent. Et c'est *maintenant* que tu me le dis, fit Roy en riant.

A vrai dire, il se sentait en totale sécurité. Le bras de mer était d'une beauté incroyable et sauvage ; un sanctuaire caché à vingt minutes à peine de son jardin.

« J'aurais pu découvrir cet endroit tout seul, se dit Roy, si j'avais pas perdu autant de temps à traîner ma nostalgie du Montana derrière moi. »

– C'est pas des crocos qu'il faut s'inquiéter, dit le garçon. Mais des moustiques.

– Tu as déjà amené Béatrice ici ?

– Rien qu'une fois. Un crabe bleu lui a pincé le gros orteil et point trait.

– Pauvre crabe, fit Roy.

– Ouais, c'était pas joli-joli.

– Je peux te demander quelque chose ?

– Tout sauf mon nom, répondit Doigts de Mulet. J'en veux pas et j'en ai pas besoin. Pas dans le coin.

– La question que je voulais te poser, poursuivit Roy, ça concerne toi et ta mère. C'est quoi le problème ?

– Chais pas. On a jamais accroché, fit le garçon terre à terre. Ça fait longtemps que je me prends plus la tête avec ça.

Roy trouva ça dur à avaler.

– Et ton vrai père ?

– Je l'ai jamais connu, dit-il en haussant les épaules. Je l'ai même jamais vu en photo.

Roy ne savait quoi dire, aussi laissa-t-il tomber le sujet. En aval, une turbulence agita l'eau et une demi-douzaine de poissons argentés de la taille d'un cigare sautèrent à l'unisson, tâchant d'échapper à quelque prédateur affamé.

– Cool ! Les voilà !

Le demi-frère de Béatrice montra du doigt le sillage en V. Il se jeta à plat ventre et donna l'ordre à Roy de le saisir par les chevilles.

– Pour quoi faire ?

– Grouille, mec, allez !

Roy lui ancrant les pieds, Doigts de Mulet se poussa par-dessus le bord de la cabine jusqu'à ce que son torse malingre surplombe le bras de mer.

– Me lâche pas ! cria-t-il, allongeant ses bras bronzés jusqu'à toucher l'eau du bout des doigts.

La prise de Roy commençant à glisser, il bascula en avant, pesant de tout son poids sur les jambes du garçon. Il s'attendait à ce qu'ils tombent tous les deux à l'eau, ce qui n'était pas grave tant qu'ils ne se prenaient pas un banc d'huîtres.

– Ils arrivent ! Prépare-toi !

– J'te tiens.

Roy se débrouilla pour tenir bon en sentant le garçon se propulser. Il entendit un grognement, une éclaboussure, puis un « Wouah-ah-ah » de triomphe.

L'agrippant par les passants de sa ceinture, Roy le tira en arrière et le ramena en sécurité sur la cabine. Doigts de Mulet se renversa sur le flanc puis se redressa, rayonnant, les mains en coupe devant lui.

– Jette-moi un coup d'œil là-dessus, dit-il à Roy.

Il tenait un poisson frétillant qui étincelait comme du chrome liquide. Comment avait-il attrapé un aussi petit fantôme glissant, dans l'eau et à mains nues, Roy n'en savait rien. Même un balbuzard aurait été impressionné.

– Alors, c'est ça un mulet, fit Roy.

– Ouaip.

Le garçon sourit fièrement.

– C'est de là que vient mon surnom.

– Tu fais ça comment, exactement ? C'est quoi l'astuce ?

– La pratique, répliqua-t-il. Et fais-moi confiance, ça vaut tous les devoirs.

Le poisson scintillait, bleu et vert, en tressautant entre ses mains. Le tenant au-dessus de la surface, le garçon le lâcha dans l'eau. Le mulet amerrit avec un léger « floc » et disparut dans un remous.

– Bye, petit mec, fit le demi-frère de Béatrice. Nage vite.

Plus tard, après avoir barboté jusqu'au rivage, la curiosité de Roy l'emporta. Il s'entendit demander :

– Bon, tu peux me le dire maintenant. Qu'est-ce qui se passera ce soir chez Maman Paula ?

Doigts de Mulet, qui faisait tomber un escargot de l'une de ses baskets neuves, lui lança un regard malicieux.

– Il n'y a qu'une façon de le savoir, fit-il. Être sur place.

Roy, assis en tailleur sur le plancher, contemplait l'affiche du cow-boy du rodéo de Livingston. Il aurait aimé être aussi brave qu'un champion chevauchant un taureau, mais il ne l'était pas.

Chapitre 15

La mission Maman Paula était simplement trop risquée ; quelqu'un, ou quelque chose, serait aux aguets. Les chiens de garde avaient beau ne plus être là, le groupe ne laisserait pas longtemps le site de la nouvelle crêperie sans surveillance.

Outre de se faire prendre, Roy avait très peur de faire quelque chose d'illégal – et pas moyen de se voiler la face : un acte de vandalisme était un délit, même pour une noble cause.

Pourtant, il n'arrêtait pas de penser au jour où les bulldozers détruiraient les nids des chouettes. Il voyait les papas et les mamans voleter en rond, impuissants, tandis qu'on étouffait leurs bébés sous des tonnes de terre.

Ça rendait Roy triste et furieux. Et même si Maman Paula avait toutes les autorisations qu'il fallait ? Ce n'est pas parce qu'une chose est légale que ça la rend automatiquement juste.

Roy n'avait pas encore tranché dans le conflit entre sa tête et son cœur. Il devait sûrement exister un moyen d'aider les oiseaux – et le demi-frère de Béatrice – sans enfreindre la loi. Il fallait qu'il trouve un plan.

Un coup d'œil jeté par la fenêtre rappela à Roy que le temps filait. Les ombres s'étaient allongées, ce qui signifiait que le soleil se coucherait bientôt et que Doigts de Mulet entrerait en action.

Avant de sortir, Roy passa la tête dans la cuisine, où sa mère se penchait au-dessus du four.

– Où vas-tu ? lui demanda-t-elle.

– Faire un tour à vélo.

– Encore ? Tu viens à peine de rentrer.

– A quelle heure on dîne ? Ça sent super bon.

– Le rôti, mon chéri, rien d'exceptionnel. Mais on ne dînera pas avant sept heures et demie, huit heures : ton père a un *five o'clock golf*.

– Excellent, dit Roy. 'lut, m'man.

- Qu'est-ce que tu fabriques ? lui cria-t-elle. Roy ?

Il pédala à toute vitesse jusqu'au bloc où habitait Dana Matherson et enchaîna sa bicyclette à un panneau de signalisation. S'approchant de la maison à pied, il se faufila à travers la haie dans le jardin sans se faire remarquer.

Roy n'était pas assez grand pour distinguer quelque chose par les fenêtres ; il dut sauter et se retenir par le bout des doigts. Dans la première pièce, il aperçut une forme maigre et toute fripée, prostrée sur un canapé : le père de Dana, se tenant sur le front ce qui ressemblait à une poche de glace.

Dans la deuxième pièce, c'était soit la mère de

Dana, soit Dana en personne, affublé d'un pantalon rouge en stretch et d'une perruque mocharde. Roy conclut qu'il s'agissait plutôt de Mrs Matherson, puisque la personne en question passait l'aspirateur. Il se laissa tomber sur le sol et se remit à ramper le long du mur jusqu'à la troisième fenêtre.

Et là, pas de doute, c'était bien Dana.

Il était vautré sur son lit, gros tas de flemme en pantalon cargo crasseux et baskets délacées. Il était coiffé d'un casque stéréo et sa tête dodelinait avec la musique.

Se dressant sur la pointe des pieds, Roy tapota la vitre de ses jointures. Dana ne l'entendit pas. Roy continua jusqu'à ce qu'un chien sur la véranda d'à côté se mette à aboyer.

Quand Roy se hissa pour jeter à nouveau un œil dans la chambre, Dana le fusilla du regard. Il avait retiré son casque et articulait des mots que même un sourd-muet de fraîche date aurait pu déchiffrer.

Roy, sourire aux lèvres, se laissa choir sur la pelouse et s'écarta légèrement de la maison Matherson. Puis il entreprit de faire quelque chose qui était tout sauf caractéristique d'un garçon extrêmement timide.

Voici ce qu'il fit : il salua avec vivacité, pivota sur les talons, laissa tomber son pantalon et se pencha en avant.

Vue à l'envers, comme Roy la vit, la réaction de Dana, yeux écarquillés, suggérait qu'on ne lui avait jamais fait le « salut à la lune » d'une façon aussi personnalisée. Il eut l'air insulté au plus haut point.

Roy remonta calmement son pantalon, passa d'un pas détaché du côté de la façade et attendit que Dana, fou furieux, sorte comme une tornade. Ce ne fut pas long.

Roy partit d'une bonne foulée ; Dana, à vingt mètres derrière lui à peine, jurait en bredouillant des noms d'oiseaux. Roy savait qu'il courait plus vite que lui, aussi modéra-t-il son allure ; il n'avait pas envie que Dana se décourage et renonce.

Pourtant, au bout de trois blocs seulement, il devint évident que Dana était en plus mauvaise forme encore que Roy ne l'avait calculé. Régulièrement, le souffle lui manquait et ses jurons de colère se dissolvaient en gémissements de fatigue, ses insultes en sifflements maladifs.

En regardant derrière lui, Roy vit Dana boiter de guingois en trottinant. Lamentable. L'endroit que voulait atteindre Roy était huit cents mètres plus loin, mais il savait que Dana n'y arriverait pas sans un temps de repos. Cette pauvre tache était à deux doigts de tomber dans les pommes.

Roy n'avait d'autre choix que de faire semblant de fatiguer lui aussi. Il courut de moins en moins vite, perdant du terrain au point que Dana trébucha pratiquement sur ses talons. Des mains moites qu'il connaissait bien s'abattirent sur sa nuque, mais Roy comprit que Dana était trop épuisé pour l'étrangler. Il essayait simplement d'éviter la chute.

Peine perdue. Ils s'affalèrent en tas, Roy cloué en

dessous. Dana haletait comme un cheval de labour en sueur.

– Me fais pas mal ! Je me rends ! s'écria Roy d'un ton flûté tout à fait convaincant.

– Eunnngeuhhh.

Dana avait la figure rouge comme un piment et ses globes oculaires flottaient dans leurs orbites.

– T'as gagné ! s'exclama Roy.

– Aaaarrrgghhh.

Si Dana avait mauvaise haleine, son odeur corporelle était abominable. Roy détourna la tête pour prendre une goulée d'air frais.

Sous eux, le sol était mou et la terre aussi noire que du charbon. Roy supposa qu'ils étaient tombés dans un jardin. Ils restèrent allongés une éternité, lui sembla-t-il, pendant que Dana récupérait de la poursuite. Roy se sentait écrabouillé et mal à l'aise, mais il était inutile de tenter de se libérer en se contorsionnant ; Dana était un poids mort.

Bientôt, il se remua, resserra sa prise sur Roy et lui dit :

– Maintenant, je vais te botter le cul, Eberhardt.

– Pas ça, s'il te plaît.

– Tu m'as fait une lune !

– C'était pour rire. Je regrette vraiment.

– Eh oh, tu fais une lune à un mec, toi, et basta comme ça. Je vais te botter le cul, moi.

– Je comprends que tu sois en pétard, dit Roy.

Dana le frappa dans les côtes, mais sans beaucoup de force.

– Tu trouves ça marrant, maintenant, cowgirl ?

Roy fit non de la tête, faisant mine d'avoir mal.

Dana eut un large sourire malveillant. Il avait les crocs jaunes d'un vieux chien de ferme. S'agenouillant sur la poitrine de Roy, il se redressa pour le frapper à nouveau.

– Attends ! glapit Roy.

– Pour quoi faire ? Béatrice le Bulldo n'est pas là pour sauver ta peau cette fois.

– Des clopes, fit Roy en chuchotant d'un ton confidentiel.

– Euh ?

Dana baissa son poing.

– Qu'est-ce qu't'as dit ?

– Je connais l'emplacement d'un carton de cigarettes. Si tu promets de pas me dérouiller, je te montrerai.

– Quelles cigarettes ?

Roy n'avait pas songé à ce détail en montant son bateau. Il n'avait pas pensé que Dana chipoterait sur la marque des clopes.

– Des Gladiator, répondit Roy, qui se rappelait avoir vu ce nom sur une pub dans un magazine.

– Gold ou Light ?

– Gold.

– Pas pos' ! s'exclama Dana.

– Si, pos', dit Roy.

L'expression de Dana n'était pas difficile à déchiffrer – il calculait déjà de garder une partie des cigarettes pour lui et de vendre le reste à ses potes en faisant un juteux bénéfice.

— Elles sont où ?

Il dégringola de Roy et le remit en position assise en le tirant.

— Dis-moi !

— Faut d'abord que tu me promettes de pas me dérouiller.

— D'acc, mec. Promis.

— Plus jamais, dit Roy. Jusqu'à la fin des temps.

— Ouais, comme tu voudras.

— Je veux te l'entendre dire.

Dana éclata d'un rire condescendant.

— Très bien, cow-girl de mon cœur. Je te rebotterai plus jamais, jamais, ton pauv' petit cul. O.K. ? Je le jure sur la tombe de mon père. Ça te va comme ça ?

— Ton père est encore en vie, souligna Roy.

— Alors je l'jure sur celle de Nathalie. Et maintenant, tu vas me dire où sont planquées ces Gladiator Gold. Et je plaisante pas.

— C'est qui Nathalie ? demanda Roy.

— La perruche de ma mère. C'est le seul mort que je connais.

— Je pense que ça ira.

En se basant sur ce qu'il avait vu de la maisonnée Matherson, Roy, mal à l'aise, eut le sentiment que la pauvre Nathalie n'était pas morte de mort naturelle.

— Alors, c'est cool ? demanda Dana.

— Ouais, fit Roy.

Il était temps de se débarrasser de ce gros débile.

Le soleil avait sombré dans le golfe et les lampadaires s'allumaient.

– Il y a un terrain vague au carrefour de Woodbury et d'Oriole Est.

– Ouais ?

– Dans un coin, il y a une caravane. C'est là que les cigarettes sont planquées.

– Excellent. Un plein carton, fit Dana avec avidité. Mais comment ça s'fait que tu sois au courant ?

– Pasque moi et mes amis, on les a cachées là. On les a piquées dans un camion, dans la réserve séminole[1].

– Toi ?

– Ouais, moi.

C'était un bobard assez crédible, songeait Roy. La tribu indienne vendait du tabac détaxé et, à des kilomètres à la ronde, les fumeurs venaient y faire des stocks.

– Où ça dans la caravane ? demanda Dana.

– Tu peux pas les rater, fit Roy. Mais, si tu veux, je te montrerai.

Dana renifla de mépris.

– Non, merci. Je trouverai.

Il planta deux doigts dans la poitrine de Roy et poussa fort. Ce dernier s'effondra en arrière dans la plate-bande, sa tête venant reposer dans le même

1. Principale tribu des Indiens de Floride.

222

creux du sol. Il attendit une minute ou deux avant de se relever et de se brosser de la main.

A ce moment-là, Dana avait disparu depuis longtemps. Le contraire aurait déçu Roy.

Le Frisé passa la nuit du vendredi non sans désagréments personnels. Le samedi matin, aux aurores, il se rendit en voiture à la quincaillerie la plus proche pour acheter une nouvelle cuvette de W.-C. robuste pour la caravane, plus une dizaine de pièges à rats vraiment maousses. Il s'arrêta ensuite au vidéoclub et loua un film, au cas où la télé par câble le laisserait à nouveau en rade.

De là, il passa chez lui, où sa femme lui apprit qu'elle aurait besoin du pick-up, puisque sa mère prenait l'autre voiture pour aller jouer au bingo. Le Frisé n'aimait pas qu'autrui conduise son pick-up, aussi boudait-il quand sa femme le déposa à la caravane.

Avant de s'installer devant la télévision, le Frisé sortit son arme et inspecta rapidement les lieux. Rien ne semblait avoir été dérangé, jalons compris. Il commençait à croire que sa présence tenait en effet les intrus à l'écart du site du chantier. Ce soir servirait de véritable test ; sans le pick-up garé près de la caravane, l'endroit paraîtrait désert et tentant.

En franchissant la clôture, le Frisé fut ravi de ne tomber sur aucun mocassin bouche-de-coton. Ce qui signifiait qu'il pouvait conserver ses cinq balles restantes pour de graves menaces à sa sécurité, tout en ne souhaitant pas répéter son fiasco, éprouvant pour les nerfs, avec le mulot.

Déterminé à décourager les rongeurs indésirables, le Frisé appâta les pièges à rats avec du beurre de cacahuètes et les disposa à des endroits stratégiques, à l'extérieur de la caravane.

Vers cinq heures de l'après-midi, il se fit chauffer au micro-ondes un dîner surgelé et enfourna la cassette dans le magnétoscope. Le friand à la dinde n'était pas si mauvais et le clafoutis se révéla, ô surprise, savoureux. Le Frisé n'en laissa pas une miette.

Malheureusement, le film fut une déception. Intitulé *La Dernière Maison sur Sorcellerie Boulevard III*, l'une de ses « co-stars » n'était autre que Kimberly Lou Dixon

Un employé du vidéoclub avait aidé le Frisé à dénicher le film, sorti il y avait plusieurs années, avant que Kimberly Lou Dixon n'ait signé pour les spots télé de Maman Paula. Le Frisé supposa que c'était son premier rôle à Hollywood après avoir arrêté les défilés de beauté.

Dans le film, Kimberly Lou jouait une jolie *pom pom girl* universitaire qui, devenue sorcière après qu'on lui eut jeté un sort, faisait bouillir les joueurs de foot vedettes de son université dans un chaudron au sous-sol de sa maison. Les cheveux teints en rouge feu pour le rôle, elle portait un faux nez avec une verrue en caoutchouc au bout.

Le jeu des acteurs était plutôt nul et les effets spéciaux ringards, aussi le Frisé alla-t-il à la fin de la cassette en avance rapide. Dans la dernière séquence, le *quarterback*, beau mec rescapé du chaudron, balançait une sorte de poudre magique sur Kimberly Lou Dixon qui, de sorcière, redevenait une jolie *pom pom girl* avant de lui tomber dans les bras. Alors, au moment où le joueur de foot allait l'embrasser, elle se transformait en iguane mort.

Le Frisé éteignit le magnétoscope, dégoûté. Il décida que, si jamais il rencontrait Kimberly Lou Dixon en chair et en os, il passerait sous silence *La Dernière Maison sur Sorcellerie Boulevard III*.

En zappant sur le câble, il tomba sur un tournoi de golf qui l'endormit à demi. Le premier prix avait beau être d'un million de dollars plus une Buick neuve, le Frisé ne réussit quand même pas à garder les yeux ouverts.

Quand il se réveilla, il faisait nuit noire. Un bruit l'avait tiré en sursaut de son roupillon, mais il ne savait pas trop ce que c'était. Soudain, il l'entendit encore : « Clac ! »

Aussitôt un cri retentit – peut-être humain, mais le Frisé ne l'aurait pas juré. Il coupa le son de la télé et attrapa son arme.

Quelque chose – un bras ? un poing ? – tapait contre le flanc en aluminium de la caravane. Puis vint un autre « clac », ponctué par un juron étouffé.

Le Frisé gagna la porte sur la pointe des pieds et attendit. Son cœur cognait si fort qu'il eut peur que l'intrus ne l'entende.

A peine se mit-on à tripoter le bouton de la porte que le Frisé passa à l'action. L'épaule en avant, poussant le rugissement d'un marine, il se précipita hors de la caravane, en arrachant la porte de ses gonds.

L'intrus poussa un cri en touchant le sol, comme une masse. Le Frisé l'y cloua de sa lourde botte au milieu du corps.

– Bouge pas !

– J'bougerai pas ! J'bougerai pas ! J'bougerai pas !

Le Frisé abaissa le canon de son arme : à la lumière de la caravane, il s'aperçut que le cambrioleur n'était qu'un gamin – grand et bien en chair. Il avait trébuché accidentellement sur les pièges à rats et en avait deux attachés de traviole à ses baskets.

« Ça doit faire mal », songea le Frisé.

– Tirez pas ! Tirez pas ! cria le gosse.

– Oh, la ferme.

Le Frisé fourra le calibre .38 dans sa ceinture.

– C'est quoi ton nom, fiston ?

– Roy. Roy Eberhardt.

– Ben, t'es pas qu'un peu dans le caca, Roy.

– Pardon, m'sieur. S'il vous plaît, appelez pas les flics. D'acc ?

Le garçon se mit à gigoter, aussi le Frisé appuyat-il plus fort avec sa botte. Regardant à l'autre bout du terrain, il remarqua qu'on avait brisé le cadenas du portail avec un parpaing très lourd.

– T'as dû te croire très malin, fit-il, à te faufiler ici et à en ressortir comme ça te chantait. Je te retiens, toi et ton sens de l'humour, gros fute-fute.

Le garçon releva la tête.

– De quoi vous parlez ?

– Joue pas au débile, Roy. C'est toi qui as arraché tous les jalons, c'est toi qui as mis des crocos dans les vécés voyageurs...

– Quoi ! Z'êtes dingue, m'sieur !

– ... et qui as bombé la bagnole de flics. Pas étonnant que tu veuilles pas que j'appelle la police.

Le Frisé se pencha plus près.

– C'est quoi ton problème, mon garçon ? T'as une dent contre Maman Paula ? Pour être franc, t'as plutôt le look d'un amateur de crêpes, mon gars.

– Ouais ! J'adore les crêpes !

– Alors, c'est quoi ce plan ? fit le Frisé. Pourquoi tu fais tout ça ?

– Mais je suis jamais venu ici avant !

Le Frisé retira son pied du ventre du gamin.

– Allez, mon garçon. Lève-toi.

Le jeune lui prit la main, mais au lieu de laisser le Frisé l'aider à se remettre debout, il le tira vers le sol. Le Frisé se débrouilla pour entourer d'un bras le cou du gamin, mais ce dernier se libéra d'une torsion et lui jeta une poignée de terre en plein visage.

« Tout juste comme dans ce film débile, se dit le Frisé, piteux, en se frottant les yeux, sauf que je vais pas me transformer en *pom pom girl.* »

Il dégagea son champ de vision du reste de terre, à temps pour voir le garçon s'enfuir, les pièges à rats faisant un bruit de castagnettes au bout de ses pompes. Le Frisé tenta de le poursuivre, mais n'avait pas fait cinq pas qu'il se prenait le pied dans un terrier de chouettes et s'étalait de tout son long.

– Je t'aurai, Roy ! beugla-t-il dans le noir. Ta chance a tourné, petit !

L'agent David Delinko avait son samedi de libre, ce qui était une bonne chose. Il avait connu une semaine épique, dont le point culminant avait été cette scène bizarre aux urgences.

On n'avait pas encore retrouvé ni identifié, depuis sa disparition, la victime mordue par les chiens, même si désormais l'agent Delinko était en possession d'un T-shirt vert correspondant à la manche déchirée qu'il avait trouvée sur le site du chantier de Maman Paula. Le garçon qui s'était enfui de l'hôpital avait dû abandonner son T-shirt sur l'antenne de la voiture de l'agent Delinko bien évidemment en manière de plaisanterie.

Ce dernier, fatigué d'être en butte à de telles blagues, s'estima heureux de ce nouvel indice. Cela suggérait que le patient des urgences en fuite était l'un des vandales de Maman Paula et que le jeune Roy Eberhardt en savait plus sur l'affaire qu'il ne voulait bien l'admettre. L'agent Delinko supposa que le père de Roy sonderait le fond du mystère, étant donné sa formation spéciale en matière d'interrogatoires.

Le policier passa l'après-midi à regarder du base-ball à la télévision, mais les deux équipes de Floride se firent écrabouiller – les Devil Rays perdirent par cinq points, les Marlins par sept. A l'heure du dîner, il ouvrit son réfrigérateur et découvrit qu'il n'y avait rien à manger sauf trois portions individuelles de fromage fondu.

Il mit immédiatement le cap sur la supérette et une pizza congelée. Suivant sa nouvelle routine, l'agent Delinko fit un détour par le site de Maman Paula. Il espérait encore prendre les vandales, quels qu'ils soient, en flagrant délit. Si cela arrivait, le capitaine et le sergent n'auraient pas d'autre choix que de lui retirer son travail de bureau et de le réintégrer dans la patrouille – avec de chaleureux éloges dans son dossier.

En engageant son véhicule sur Oriole Est, l'agent Delinko se demanda si les rottweilers dressés montaient la garde ce soir sur le lieu de la future crêperie. Si tel était le cas, inutile pour lui de s'arrêter, personne n'irait se frotter à ces barjos de clebs.

Au loin, une silhouette corpulente apparut au milieu de la route. Elle avançait d'une étrange démarche saccadée. L'agent Delinko pila dans sa Crown Victoria et scruta prudemment à travers le pare-brise.

Comme la silhouette se rapprochait, passant dans la lumière des lampadaires, le policier s'aperçut qu'il s'agissait d'un adolescent baraqué. Le garçon gardait la tête baissée et semblait pressé, bien qu'il ne courût pas de façon normale ; ça ressemblait davantage à un sautillement boiteux. A chaque pas, un claquement sec résonnait sur la chaussée.

Quand le garçon arriva dans le champ des phares de la voiture, l'agent Delinko remarqua qu'il avait un objet plat et rectangulaire accroché à chacune de ses baskets. Quelque chose d'étrange se passait.

L'agent de police enclencha les gyrophares bleus et descendit de voiture. L'ado surpris s'arrêta et leva les yeux. Son poitrail grassouillet se soulevait et son visage luisait de sueur.

L'agent Delinko lui dit :

– Je peux vous dire un mot, jeune homme ?

– Neûn, répondit le garçon, qui se retourna et fila.

Avec des pièges à rats aux pieds, il n'alla pas très loin. L'agent Delinko le rattrapa sans difficulté et le poussa dans la partie panier à salade du véhicule de police. Les menottes qu'il utilisait rarement firent merveille.

– Pourquoi tu t'es enfui ? demanda-t-il à son jeune prisonnier.

– Je veux un avocat, répliqua le gamin, imperturbable.

– Bien vu.

L'agent Delinko fit effectuer un demi-tour à sa voiture afin d'emmener le garçon au commissariat. Jetant un coup d'œil dans le rétroviseur, il aperçut une autre silhouette qui remontait la rue en hâte et en moulinant des bras.

« Quoi encore ? » songea le policier, appuyant sur le frein.

– Wouah ! Attendez-moi ! cria l'individu qui s'approchait.

À son crâne chauve luisant sous les lampadaires, impossible de se tromper : c'était Leroy Branitt, autrement dit le Frisé, le contremaître du projet Maman Paula. Pouffant et soufflant, il atteignit la voiture de police et s'affala avec lassitude en travers du capot. Il avait le visage écarlate et maculé de terre.

L'agent Delinko se pencha par la portière et lui demanda ce qu'il y avait.

– Vous l'avez chopé ! s'exclama le contremaître, à bout de souffle. Bonne chose de faite !

– Chopé qui ?

Le policier se retourna pour jauger le prisonnier posé sur la banquette arrière.

– Lui ! Le petit cafard qu'a pas cessé de nous foutre la pagaille.

Le Frisé se redressa et braqua un doigt accusateur sur l'ado.

– Il a essayé de forcer ma caravane cette nuit. Peut s'estimer heureux que je lui aie pas explosé la tête, cet abruti.

L'agent Delinko luttait pour contenir sa joie. *Il avait réussi ! Il avait attrapé le vandale de Maman Paula !*

– Je l'avais coincé et il s'est sauvé, disait le Frisé, mais j'lui ai quand même arraché son nom. C'est Roy. Roy Eberhardt. Allez, demandez-lui !

– Inutile, fit l'agent Delinko. Je connais Roy Eberhardt : c'est pas lui.

– Quoi !

Le Frisé fulminait, comme s'il s'était attendu à de l'honnêteté chez son jeune cambrioleur.

– Je suppose que vous voulez porter plainte, dit l'agent Delinko.

– Vous pouvez parier votre insigne là-dessus. Cette petite ordure a essayé de m'aveugler par-dessus le marché. Il m'a lancé de la terre dans les yeux !

– C'est une agression, fit l'agent Delinko, qui s'ajoute à la tentative de cambriolage, à la violation de propriété, la destruction de biens privés, etc. Ne vous inquiétez pas, tout figurera dans mon rapport.

Il désigna le siège passager et dit au Frisé de monter.

– Faudra que vous passiez au poste.

– Avec plaisir.

Le Frisé jeta un regard noir à la masse morose tassée sur le siège arrière.

– Voulez savoir comment il s'est retrouvé avec ces pièges à rats grotesques aux arpions ?

– Plus tard, dit l'agent Delinko. Je veux entendre toute l'histoire.

C'était la grande chance que le policier avait attendue. Il lui tardait de se rendre au commissariat et de soutirer des aveux complets à l'adolescent.

En se basant sur des films vus pendant sa formation, l'agent Delinko se rappela qu'un certain doigté psychologique est nécessaire quand on a affaire à des suspects peu coopératifs. Donc, d'un ton délibérément bonasse, il lança :

– Vous savez, jeune homme, vous pouvez vous faciliter grandement les choses.

– Ouais, ça va, marmonna le gamin derrière le grillage de séparation.

– Vous pourriez commencer en nous donnant votre véritable nom.

– Zut alors, j'l'ai oublié !

Le Frisé partit d'un rire grinçant.

– Le foutre en taule, çui-là, ça va être un bonheur.

L'agent Delinko haussa les épaules.

– Comme il vous plaira, dit-il à l'ado prisonnier. Si vous n'avez rien à dire, c'est bon. La loi vous y autorise.

Le garçon sourit sournoisement.

– J'peux poser une question ?

– Allez-y, posez-la.

– O.K., j'vais me gêner, dit Dana Matherson. Y en a un de vous deux, les bouffons, qu'aurait une clope que j'pourrais lui taxer ?

Chapitre 16

On sonna à la porte pendant que les Eberhardt déjeunaient.

– Un dimanche, franchement ! s'exclama la mère de Roy, pour qui le dimanche devait être réservé aux activités familiales.

– Tu as une visite, dit le père de Roy en revenant. C'était lui qui avait répondu à la porte.

Roy eut l'estomac noué parce qu'il n'attendait personne. Il soupçonna que quelque chose digne de publication avait dû se passer la nuit précédente sur le terrain de la future crêperie.

– Un de tes copains, fit Mr Eberhardt. Il dit que vous aviez prévu d'aller faire du skateboard ensemble.

– Oh.

Ça devait être Garrett. Roy en fut presque étourdi de soulagement.

– Ah ouais, j'avais oublié.

– Mais, mon chéri, tu n'as pas de planche, souligna Mrs Eberhardt.

– Ça ne fait rien. Son ami en a apporté une autre, dit Mr Eberhardt.

Roy se leva de table, se tamponnant en vitesse la bouche de sa serviette.

– C'est bon si j'y vais ?

– Oh, mais Roy, c'est dimanche, objecta sa mère.

– S'il te plaît ? Rien qu'une petite heure.

Il savait que ses parents lui diraient oui. Ils étaient heureux de penser qu'il se faisait des amis à sa nouvelle école.

Garrett l'attendait sur le perron. Il s'apprêtait à lui lâcher quelque chose, mais Roy lui fit signe de garder le silence tant qu'ils n'étaient pas loin de la maison. Sans un mot, ils roulèrent en skate sur le trottoir jusqu'à la fin du bloc, où Garrett sauta de sa planche et s'exclama :

– Tu vas pas me croire : Dana Matherson s'est fait poisser hier au soir !

– Tu rigoles !

Roy essayait d'avoir l'air plus surpris qu'il ne l'était. Il devenait évident que le terrain de Maman Paula était sous surveillance, comme il l'avait prévu.

– Les flics ont appelé ma mère tôt ce matin, raconta Garrett. Il a essayé d'entrer dans une caravane pour voler des trucs.

En tant que conseillère d'orientation de Trace Middle, on prévenait la mère de Garrett chaque fois qu'un élève avait des ennuis avec la justice. Roy eut l'impression que ce n'était pas fréquent.

– Et mec, accroche-toi, tu sais pas la meilleure, dit Garrett, Dana leur a dit qu'il était toi !

– Ah, sympa.

– Quel enfoiré, hein ?

– Et ils l'ont probablement cru, dit Roy.

– Pas même une seconde.

– Il était seul ? demanda Roy. On a arrêté quelqu'un d'autre ?

Quelqu'un comme, disons, le demi-frère de Béatrice Leep ? voulait-il dire.

– Neûn. Rien que lui, fit Garrett, et devine quoi –il est fiché !

– Fiché ?

– Il a un casier, mec. Dana s'est déjà fait poisser, c'est ce que les flics ont dit à m'man.

Là encore, la nouvelle ne bouleversa pas Roy outre mesure.

– Poisser pour quoi ?

– Vol à l'étalage, pillage de distributeurs de Coke – des trucs dans ce genre, dit Garrett. Une fois, il a même renversé une dame pour lui piquer son sac. M'man m'a fait promettre de pas le dire. C'est censé rester secret puisque Dana est encore mineur.

– Ouais, fit Roy d'un ton sarcastique. Faudrait pas que ça lui donne mauvaise réputation.

– Bof. Eh oh, tu devrais sauter de joie.

– Ah ouais, pourquoi ?

– Pasque ma mère dit qu'ils vont le boucler cette fois.

– En centre d'éducation surveillée ?

– Sans doute, dit Garrett, à cause de son casier.

– Wouah, fit Roy tranquillement.

Sans être d'humeur à sauter de joie, il ne pouvait pas nier qu'il éprouvait un sentiment de libération. Il en avait marre de servir de punching-ball à Dana Matherson.

Et même s'il se sentait coupable d'avoir inventé l'histoire des cigarettes, Roy ne pouvait s'empêcher de penser que c'était rendre service au public que de mettre Dana derrière des barreaux. C'était un sale type. Peut-être qu'un séjour en éducation surveillée lui servirait de leçon.

– Eh, on va au skate park ? demanda Garrett.

– Bien sûr.

Roy monta sur sa planche d'emprunt et s'élança à fond du pied droit. Tout le long du chemin jusqu'au skate park, il ne regarda pas une seule fois derrière lui pour vérifier s'il était suivi.

C'était super bon, comme un dimanche doit l'être.

Le Frisé se réveilla dans son lit. Pourquoi pas ?

Le vandale de Maman Paula étant enfin en garde à vue, il n'y avait plus aucune raison de jouer les veilleurs de nuit dans la caravane.

Une fois ramené à la maison par l'agent Delinko, le Frisé avait diverti sa femme et sa belle-mère par un compte rendu minutieux de ces événements si excitants. Le Frisé avait enjolivé certains détails à des fins dramatiques.

Dans sa version de l'histoire, par exemple, le jeune intrus hargneux le mettait hors de combat en lui assenant un atémi expert (ce qui faisait plus sérieux qu'une poignée de terre en pleine figure). Le Frisé décida aussi qu'il était inutile de préciser qu'il avait trébuché dans un terrier de chouettes et qu'il était tombé. Au lieu de ça, il leur décrivit la poursuite comme un sprint haletant, au coude à coude. Le rôle de l'agent Delinko dans la capture du délinquant en fuite fut minimisé opportunément.

Le numéro du Frisé eut un tel succès chez lui qu'il fut confiant : Chuck Muckle marcherait aussi. Dès la première heure, le lundi matin, le Frisé appellerait le siège de Maman Paula pour narrer en détail au vice-président l'arrestation et ses propres exploits. Il lui tardait d'entendre Mr Muckle le féliciter d'une voix étranglée.

Après le déjeuner, le Frisé s'apprêta à regarder un match. A peine s'était-il installé devant la télé qu'on y diffusa une pub de Maman Paula, faisant la promotion du tarif spécial week-end : six dollars quatre-vingt-quinze pour des crêpes à volonté, plus saucisses et café gratuits.

La vue de Kimberly Lou Dixon jouant Maman Paula rappela au Frisé le nanar qu'il avait loué, *La Dernière Maison sur Sorcellerie Boulevard III*. Il ne se souvenait plus s'il devait rendre la cassette au vidéoclub cet après-midi-là ou le lendemain. Le Frisé détestait payer des retards de location, aussi décida-t-il d'aller récupérer le film à la caravane.

En cours de route, le Frisé déprima en se rappelant avoir oublié autre chose sur le site du futur chantier : son arme !

Au cours du ramdam de la veille, il n'avait plus fait attention à son revolver calibre .38. Il ne se souvenait pas de l'avoir eu sur lui dans la voiture de l'agent Delinko, il avait dû glisser de sa ceinture pendant son pugilat avec l'ado à l'extérieur de la caravane. Une autre possibilité, c'était qu'il l'avait fait tomber quand il s'était pris les pieds dans cette saleté de terrier de chouettes.

Égarer une arme chargée était grave et le Frisé était très remonté contre lui-même. En arrivant sur place, il courut là où le gamin et lui s'étaient empoignés. Pas de .38 sur le sol.

Anxieux, le Frisé revint sur ses pas jusqu'au trou de chouette et braqua une lampe électrique à l'intérieur. Pas de flingue.

A présent, il était inquiet pour de bon. Il regarda dans la caravane et vit qu'on n'y avait rien dérangé depuis la veille au soir. La porte était trop esquintée pour être remise en place, aussi le Frisé boucha-t-il l'entrée avec deux feuilles de contreplaqué.

Puis il entama une fouille méthodique, arpentant la propriété en tous sens, les yeux collés au sol. Dans une main, il tenait un gros caillou, au cas où il tomberait sur l'un de ces mocassins venimeux.

Peu à peu une idée torturante s'infiltra dans la tête du Frisé, glaçante comme de l'eau froide : et si l'ado cambrioleur avait barboté le revolver à sa ceinture pendant qu'ils se battaient ? Le gamin pouvait l'avoir planqué dans un conteneur à ordures ou balancé dans un fourré en s'enfuyant.

Le Frisé frissonna et reprit en hâte ses recherches. Au bout d'une demi-heure, il s'était rapproché du coin où le matériel de terrassement était garé, en attendant le nettoiement du site.

A ce moment-là, il avait quasiment abandonné tout espoir de retrouver son arme. Il était à une bonne distance de l'endroit où il se rappelait l'avoir eue en main pour la dernière fois – et dans la direction opposée à celle de la fuite du vandale. Le Frisé se disait qu'il était absolument impossible que le .38 réapparaisse aussi loin de la caravane, à moins qu'une chouette d'une taille exceptionnelle ne l'ait pris dans son bec et apporté jusque-là.

Il posa son regard sur un creux peu profond dans une bande de sable mou : l'empreinte d'un pied nu, humain à ne pas s'y tromper. Le Frisé compta les orteils, rien que pour en être bien sûr.

Le pied semblait considérablement plus petit que ceux du Frisé ; plus petit aussi que ceux de l'ado cambrioleur, une baraque.

Plus loin, le Frisé tomba sur une autre empreinte de pied – puis sur une autre, et encore une autre. Les traces menaient directement à la rangée d'engins de terrassement et le Frisé s'avança vers eux avec un sentiment de malaise grandissant.

Il s'arrêta devant un bulldozer et se protégea les yeux du soleil. Tout d'abord, il ne remarqua rien d'anormal, mais soudain cela le frappa comme le coup de pied d'une mule.

Le siège du conducteur avait disparu !

Lâchant le caillou qu'il tenait pour se défendre, le Frisé fonça vers l'engin suivant dans l'alignement, une pelleteuse. Son siège avait, lui aussi, disparu.

Aux cent coups, le Frisé se dirigea à grands pas vers la troisième et dernière machine, une niveleuse. Là aussi, plus de siège du conducteur.

Le Frisé cracha un juron. Dépourvus de sièges, les engins de terrassement étaient foncièrement inutilisables. Leurs conducteurs devaient s'asseoir pour appuyer sur les pédales et manœuvrer en même temps.

Fiévreusement, le contremaître réfléchissait à toute allure. Soit le gamin qu'on avait attrapé la veille au soir avait un complice secret, soit quelqu'un d'autre s'était faufilé sur les lieux après le départ du Frisé.

« Mais qui ? se demandait le Frisé, exaspéré. Qui a saboté l'équipement et quand ? »

Il chercha sans résultat les sièges manquants. Son humeur s'assombrissait de minute en minute. Il n'avait plus aucune envie d'appeler Mr Muckle au siège de Maman Paula ; en fait, il redoutait ce coup de fil. Le Frisé soupçonnait que ce bougon de vice-président prendrait grand plaisir à le virer par téléphone.

Au désespoir, le Frisé se dirigea vers les toilettes portatives. Ayant éclusé quasiment le contenu d'une carafe de thé glacé pendant le déjeuner, il avait l'impression que sa vessie allait éclater. Le stress de la situation n'arrangeait pas non plus les choses.

Le Frisé, armé de sa torche électrique, pénétra dans l'une des latrines, laissant la porte entrebâillée au cas où une sortie précipitée s'imposerait. Il voulait s'assurer que personne n'avait truffé une fois encore les toilettes de reptiles mal lunés.

Le Frisé braqua avec précaution sa lampe dans le trou noir de la cuvette. Il eut la gorge serrée quand le faisceau illumina quelque chose de sombre et de luisant dans l'eau mais, en y regardant de plus près, le Frisé vit qu'il ne s'agissait pas d'un alligator.

– Génial, marmonna le Frisé, malheureux comme les pierres. Absolument génial.

C'était son arme.

Ça démangeait Roy de s'éclipser pour aller rendre visite à Doigts de Mulet à la casse. Il voulait découvrir ce qui s'était passé la veille au soir sur le terrain de Maman Paula.

Le problème, c'était la mère de Roy. Elle invoqua la règle du dimanche dès qu'il fut revenu du skate park et une sortie familiale fut organisée. Tenant sa promesse, le père de Roy les emmena sur la Tamiami Trail dans une boutique indienne pour touristes qui proposait des balades en hydroglisseur dans les Everglades.

Roy finit par y prendre beaucoup de plaisir, même si le bruit était si fort qu'il faisait mal aux tympans. Le grand Séminole aux commandes portait un chapeau de cow-boy en paille. Il leur dit que le moteur de l'hydroglisseur était du même type que celui d'un petit avion.

Le vent de la vitesse piquait les yeux de Roy tandis que le bateau à fond plat fonçait à travers les marais de laîche et serpentait au fil des étroits chenaux sinueux. C'était plus cool que les montagnes russes. En route, ils s'arrêtèrent pour observer des serpents, des crapauds-buffles, des caméléons, des ratons laveurs, des opossums, des tortues, des canards, des hérons, deux aigles à tête blanche, une loutre et, selon le décompte de Roy, dix-neuf alligators. Son père filma la plupart en vidéo tandis que sa mère prenait des photos avec son nouvel appareil numérique.

Bien que l'hydroglisseur fût très rapide, la balade dans les hauts-fonds ressemblait à une glissade sur de la soie. Roy fut à nouveau stupéfait devant l'immensité plate du paysage, les horizons luxuriants et l'abondance de vie exotique. Une fois qu'on s'éloignait de la multitude, la Floride était aussi sauvage que le Montana.

Ce soir-là, dans son lit, Roy ressentit un lien plus fort avec Doigts de Mulet en comprenant mieux le sens de la croisade perso du garçon contre la crêperie. Il n'y avait pas que les chouettes en jeu, mais tout le reste – tous les oiseaux et tous les animaux, tous les lieux sauvages risquaient d'être rayés de la carte. « Pas étonnant qu'il soit fou furieux, songeait Roy, et pas étonnant qu'il soit aussi déterminé. »

Quand ses parents vinrent lui souhaiter bonne nuit,

Roy leur dit qu'il n'oublierait jamais leur tour dans les Everglades, ce qui était la pure vérité. Son père et sa mère étaient encore ses meilleurs amis et on pouvait s'amuser en sortant avec eux. Roy savait que ce n'était pas non plus facile pour eux de faire leurs paquets et de déménager sans arrêt. Les Eberhardt formaient une équipe et se serraient les coudes.

– En notre absence, l'agent Delinko a laissé un message sur le répondeur, dit le père de Roy. Hier au soir, il a arrêté un suspect de vandalisme sur le futur chantier de construction.

Roy ne souffla mot.

– Ne t'inquiète pas, ajouta Mr Eberhardt. Ce n'était pas le garçon dont tu m'as parlé, celui qui s'est enfui de l'hôpital.

– C'était le petit Matherson, le coupa Mrs Eberhardt, tout excitée. Celui qui t'a attaqué dans le bus. Et il a essayé de se faire passer pour toi auprès de la police !

Roy ne pouvait pas faire semblant de ne rien savoir.

– Garrett m'a tout raconté, reconnut-il.

– Vraiment ? Garrett est bien informé, observa le père de Roy.

– De première main, fit Roy. Qu'est-ce qu'il disait d'autre dans son message, le policier ?

– C'est à peu près tout. J'ai eu l'impression qu'il voulait que je te demande si tu savais quelque chose à propos de ce qui s'est passé.

– Moi ? fit Roy.

– Oh, mais c'est ridicule, intervint sa mère. Comment Roy saurait ce que manigançait un voyou comme Dana Matherson ?

Roy avait la bouche sèche comme de la craie. Il avait beau se sentir proche de ses parents, il n'était pas prêt à leur avouer qu'il avait fait une lune à Dana, qu'il l'avait attiré à dessein sur le terrain de Maman Paula en lui racontant une histoire de cigarettes planquées à l'intérieur de la caravane.

– C'est vraiment une étrange coïncidence, disait Mr Eberhardt, que deux gamins différents prennent pour cible le même endroit. Est-il possible que le petit Matherson se soit acoquiné avec ton ami, le demi-frère de Béatrice...

– Impossible, l'interrompit Roy avec fermeté. Dana n'en a rien à faire des chouettes. Il ne s'intéresse qu'à lui.

– Bien sûr qu'il n'en a rien à faire, approuva la mère de Roy.

Au moment où ses parents fermaient la porte de sa chambre derrière eux, Roy dit :

– Eh, p'pa ?

– Oui ?

– Tu te rappelles que tu m'as dit que les gens du groupe de la crêperie pouvaient faire tout ce qu'ils voulaient sur ce terrain s'ils avaient tous les permis et cetera ?

– Oui, c'est vrai.

– Comment on peut vérifier ça ? demanda Roy. Tu vois, rien que pour s'assurer que tout est légal.

– Je suppose qu'il faut appeler le service de l'urbanisme de la mairie.

– Le service d'urbanisme. D'accord, merci.

Une fois la porte fermée, Roy entendit ses parents parler à voix basse dans le couloir. Il ne put distinguer ce qu'ils disaient, aussi remonta-t-il les couvertures jusqu'au cou et se retourna-t-il sur le côté. Aussitôt, il glissa dans le sommeil.

Très vite, quelqu'un chuchota son nom. Roy supposa qu'il rêvait déjà.

Puis il le réentendit et, cette fois, la voix semblait si réelle qu'il se redressa d'un bond dans son lit. Le seul bruit dans la pièce était celui de sa respiration.

« Super, se dit-il, voilà maintenant que je m'imagine des trucs. »

Il se recoucha sur l'oreiller et regarda le plafond en papillotant.

– Roy ?

Il se raidit sous les couvertures.

– Panique pas, Roy.

Mais c'était exactement ce qu'il était en train de faire. La voix venait de sous le lit.

– C'est moi, Roy.

– *Qui*, moi ?

Roy respirait de façon saccadée et son cœur cognait comme une grosse caisse. Il sentait la présence de l'autre personne en dessous de lui dans le noir, sous le matelas.

– Moi, Béatrice. On se calme, mec.

– Qu'est-ce que tu fiches ici ?

– Chht. Pas si fort.

Roy l'entendit s'extirper de dessous le lit. Elle se leva calmement et alla jusqu'à la fenêtre. Il y avait juste assez de lune dans le ciel pour éclairer ses cheveux blonds frisés et envoyer un reflet dans ses lunettes.

– Comment t'as fait pour entrer ?

Roy s'efforçait de parler à voix basse, mais il flippait trop.

– Combien de temps t'es restée cachée ici ?

– Tout l'après-midi, répondit Béatrice, pendant que vous étiez partis.

– T'es entrée par effraction !

– Relax, cow-girl. J'ai pas pété de fenêtre ni rien. La porte coulissante de votre véranda s'enlève comme rien de la rainure – elles font toutes ça, dit Béatrice, avec le plus grand naturel.

Roy sauta hors des draps, verrouilla la porte et alluma la lampe de son bureau.

– T'es complètement barje ? l'apostropha-t-il. T'as reçu un coup de pied dans la tête à l'entraînement ou quoi ?

– Je regrette tout ça, vraiment, dit Béatrice. C'est juste que, euh, les choses ont viré grave à la maison. J'avais pas ailleurs où aller.

– Oh.

Roy regretta aussitôt de s'être mis en colère.

– Lonna ?

Béatrice opina, l'air sombre.

– Je crois qu'elle a pété un câble ou un truc comme ça.

– Ça craint un max.

– Ouais, mon père et elle, ils ont eu une mégabagarre. Et quand je dis méga, c'est méga de chez méga. Elle lui a balancé un radio-réveil en pleine poire, alors il lui a tapé sur la tête avec une mangue.

Roy avait toujours cru que Béatrice Leep n'avait peur de rien, mais elle n'avait plus l'air aussi intrépide maintenant. Il était ennuyé pour elle – dur de s'imaginer vivre dans une maison où les adultes se conduisaient si stupidement.

– Tu peux rester ici ce soir, lui proposa-t-il.

– Sérieux ?

– Tant que mes parents ne s'en aperçoivent pas.

– Roy, t'es super cool, dit Béatrice.

Il lui fit un grand sourire.

– Merci de m'appeler Roy.

– Merci de me laisser pieuter ici.

– Tu prends le lit, fit-il. Je dormirai par terre.

– Pas question, Léon.

Roy ne discuta pas. Il donna un oreiller à Béatrice et une couverture et elle s'allongea avec bonheur sur la moquette.

Il éteignit en lui souhaitant bonne nuit. Puis il se rappela qu'il voulait lui demander quelque chose.

– Au fait, t'as revu ton frère, aujourd'hui ?

– Peut-être.

– Ben, il m'avait dit qu'il avait prévu un truc hier soir.

– Il a *toujours* un truc de prévu.

– Ouais, mais ça peut pas continuer indéfiniment, dit Roy. Tôt ou tard, il se fera choper.

– Je crois qu'il est assez intelligent pour le savoir.

– Alors il faut qu'on fasse quelque chose.

– Comme quoi ? fit Béatrice d'une petite voix ensommeillée. Tu peux pas l'empêcher, Roy. Il est trop buté.

– Alors, faut qu'on passe dans son camp.

– 'c'qu'tu dis ?

– 'nuit, Béatrice.

Chapitre 17

Le Frisé fixait le téléphone comme si le fixer le ferait cesser de sonner. Prenant son courage à deux mains, il finit par décrocher.

A l'autre bout du fil, c'était Chuck Muckle, bien entendu.

– Est-ce le bruit des bulldozers que j'entends, Mr Branitt ?

– Non, m'sieur.

– Et pourquoi non ? C'est lundi matin, ici, dans notre belle ville de Memphis, Tennessee. Ce n'est pas lundi matin en Floride, par hasard ?

– J'ai une bonne nouvelle, dit le Frisé, et une mauvaise, aussi.

– La bonne, c'est que vous avez trouvé du travail ailleurs ?

– S'il vous plaît, laissez-moi finir.

– Bien sûr, dit Chuck Muckle, pendant que vous videz votre bureau.

Le Frisé lui déballa en hâte sa version de ce qui s'était passé le samedi soir. La partie concernant les sièges manquants des bulldozers ôta définitivement son lustre au reste de l'histoire. Ne souhaitant pas faire empirer les choses, le Frisé passa sous silence le fait que son pistolet avait Dieu sait comment fini englouti dans l'une des chiottes portatives.

Un silence grésillant s'éternisa à l'autre bout de la ligne, à Memphis. Le Frisé se demanda si le Vice-Président des Relations d'Entreprise de Maman Paula lui avait raccroché au nez.

– Allô ? dit le Frisé. Y a quelqu'un ?

– Oh que oui, répondit Chuck Muckle avec aigreur. Soyons bien clairs, Mr Branitt. On a arrêté un jeune homme pour tentative de cambriolage sur notre périmètre...

– Oui. Et pour voies de fait et violation de propriété, aussi !

– ... et puis, le même soir, une ou plusieurs personnes inconnues ont retiré les sièges des bulldozers, pelleteuses, etc.

– Oui, m'sieur. Ce qui serait la pas très bonne nouvelle, fit le Frisé.

– Vous avez signalé ce vol à la police ?

– Bien sûr que non. J'avais pas envie que ça paraisse dans le journal.

– Peut-être que votre cas n'est pas tout à fait désespéré, fit Chuck Muckle.

Il demanda au Frisé s'il était possible de conduire les engins sans sièges.

– Uniquement si on est une espèce de poulpe.

– Donc, je ne me trompe pas en supposant qu'on ne passera pas l'endroit au bulldozer aujourd'hui.

– Ni demain, précisa le Frisé de mauvaise humeur. J'ai commandé de nouveaux sièges chez le grossiste à Sarasota, mais on ne les aura pas avant mercredi.

– Quelle heureuse coïncidence, fit Chuck Muckle. Ça tombe pile le dernier jour où Miss Kimberly Lou Dixon est disponible pour nous. Le tournage de son film sur les insectes mutants démarre le week-end prochain au Nouveau-Mexique.

Le Frisé déglutit.

– Vous voulez donner le premier coup de pioche, mercredi prochain ? Et le nettoyage du site ?

– Changement de plans. La faute à Hollywood, dit Chuck Muckle. On fera d'abord la cérémonie et, dès que tout le monde sera parti, vous pourrez envoyer les engins – à condition qu'on ne les ait pas dépouillés jusqu'aux essieux d'ici là.

– Mais c'est juste que... mercredi, c'est après-demain !

– Inutile de faire dans votre culotte, Mr Branitt. Nous nous chargerons de tous les détails de notre côté – publicité, communiqués de presse, etc. Je contacterai le bureau du maire et l'office de tourisme. En attendant, votre boulot est d'une simplicité incroyable – bien qu'il ne soit pas dit que vous ne trouviez pas le moyen de tout foutre en l'air.

– Et c'est quoi ?

– Tout ce que vous aurez à faire, c'est de boucler

le futur chantier, ces prochaines quarante-huit heures. Vous pensez pouvoir assurer ?

– Bien sûr, répondit le Frisé.

– Plus question d'alligators ni de serpents venimeux, plus de vols, énuméra Chuck Muckle. Plus de problèmes, point trait. *Capito ?*

– J'ai une petite question concernant les chouettes.

– Quelles chouettes ? répliqua Chuck Muckle. Ces terriers sont abandonnés, vous vous rappelez ?

Le Frisé songea : « D'après moi, on a oublié de prévenir les oiseaux. »

– La destruction de nids abandonnés n'est pas contre la loi, poursuivit le vice-président. Le premier qui vous pose la question, vous lui répondez : « Les terriers sont déserts. »

– Mais si l'une de ces chouettes pointe son nez ? demanda le Frisé.

– Quelles chouettes ? beugla quasiment Chuck Muckle. Y a pas de chouettes sur ce terrain et ne vous avisez pas de l'oublier, Mr Branitt. Zéro chouette. *Nada.* Si quelqu'un en voit une, vous n'avez qu'à lui dire que c'est... je sais pas, moi, un rouge-gorge, une pintade ou une bestiole comme ça.

« Une pintade ? » se dit le Frisé.

– Au fait, reprit Chuck Muckle. Je vais descendre d'un coup d'avion à Coconut Cove afin de pouvoir escorter personnellement la charmante Miss Dixon à la cérémonie d'inauguration. Souhaitons que vous et moi n'ayons pas de nouveau sujet de discussion à mon arrivée.

– Vous en faites pas, dit le Frisé, rempli d'inquiétude pour sa part.

Béatrice Leep était partie quand Roy se réveilla. Il n'avait aucune idée de la façon dont elle s'était glissée hors de la maison sans se faire remarquer, mais il était content qu'elle ait réussi.

Au cours du petit déjeuner, le père de Roy lut à haute voix dans le journal le bref article de l'arrestation de Dana Matherson. Le chapeau disait : UN JFUNE DU COIN PINCÉ EN PLEINE TENTATIVE D'EFFRACTION.

Dana étant mineur, les autorités ne pouvaient dévoiler son nom aux médias – détail que la mère de Roy gardait sur l'estomac, persuadée que la photo anthropométrique de Dana aurait dû être placardée en première page. Le papier n'en parlait que comme d'un collégien de Trace Middle et ajoutait que la police le soupçonnait de plusieurs actes de vandalisme récents. On ne spécifiait pas que Maman Paula en avait été la cible.

Au bahut, l'arrestation de Dana était sur toutes les lèvres. Plusieurs élèves, sachant que Roy avait été son souffre-douleur, étaient avides de connaître la réaction de ce dernier à la nouvelle que son persécuteur s'était fait coincer par les flics.

Roy fut attentif à ne pas jubiler ni à plaisanter là-dessus, ni même à attirer spécialement l'attention sur lui. Si Dana bavassait sur la planque de cigarettes imaginaire, il pourrait tenter de rejeter la faute de sa tentative de vol foireuse sur Roy. La police n'avait aucune raison de croire ses dires, mais Roy ne voulait courir aucun risque.

A peine la sonnerie mettant fin à l'appel avait-elle retenti que Garrett le prit à part pour lui apprendre une nouvelle bizarrerie.

– Des pièges à rats ! fit-il, une main devant la bouche.

– De quoi tu parles ? demanda Roy.

– Quand ils l'ont chopé, il avait des pièges à rats collés à ses pompes. C'est pour ça qu'il a pas pu s'enfuir.

– A d'autres.

– Je plaisante pas, mec. Les flics ont dit à ma mère qu'il a marché dessus en rôdant autour de la caravane.

Connaissant Dana, Roy voyait la scène d'ici.

– Ça lui a cassé trois orteils, fit Garrett.

– Oh, ça va.

– Mais si ! C'étaient des pièges à rats *maousses*. Garrett illustra son info en écartant ses deux mains de trente centimètres.

– Bof.

Roy savait que Garrett était connu pour exagérer.

– La police a dit autre chose à ta mère ?

– Comme quoi ?

– Ce que cherchait Dana, par exemple.

– Des clopes à ce qu'il a dit, mais les flics l'ont pas cru.

– Qui y croirait ? fit Roy, hissant son sac sur ses épaules.

Pendant les interclasses de la matinée, il chercha Béatrice Leep sans jamais l'apercevoir dans les couloirs. A l'heure du déjeuner, les joueuses de foot étaient attablées à la cafétéria mais Béatrice n'était pas parmi elles. Roy s'approcha et demanda si l'une d'elles savait où elle se trouvait.

– Chez le dentiste, lui dit l'une de ses coéquipières, une Cubaine dégingandée. Elle a dégringolé quelques marches chez elle et s'est cassé une dent. Mais elle sera prête pour le match de ce soir.

– Excellent, dit Roy, mais ce qu'il venait d'entendre l'avait mis assez mal à l'aise.

Béatrice était une athlète si phénoménale que Roy n'arrivait pas à concevoir qu'elle tombe dans l'escalier comme la première tache venue. Et après avoir vu ce qu'elle pouvait faire à un pneu de bicyclette, il avait du mal à imaginer qu'elle se casse une dent.

Roy pensait encore à Béatrice quand il prit place à son cours d'histoire américaine. Il dut lutter pour se concentrer sur l'interro de Mr Ryan, bien qu'elle ne fût pas plus difficile que ça.

La dernière question était la même que Mr Ryan lui avait posée dans le couloir vendredi : qui a remporté la bataille de 1812 ? Sans hésiter, Roy écrivit : le contre-amiral Oliver Perry.

C'était la seule réponse dont il était sûr qu'elle était juste. En rentrant en bus chez lui, Roy surveilla d'un œil prudent les malabars, amis de Dana Matherson, mais ils ne jetèrent pas un regard dans sa direction. Soit Dana n'avait pas diffusé l'info de ce que Roy avait fait, soit ses potes s'en fichaient pas mal.

Le capitaine de police lisait le procès-verbal de l'arrestation quand l'agent Delinko et le sergent entrèrent. Le capitaine fit signe aux deux hommes de s'asseoir.

– Joli travail, fit-il à l'agent Delinko. Vous m'avez beaucoup simplifié la vie. Grandy, le conseiller municipal, vient de me bigophoner : il est heureux comme un roi.

– Vous m'en voyez ravi, chef, fit l'agent Delinko.

– Et le jeune Matherson, qu'en avez-vous tiré ? Que vous a-t-il dit ?

– Pas grand-chose.

L'interrogatoire de Dana Matherson ne s'était pas passé sans accroc, comme l'agent Delinko l'avait espéré. Dans les films de formation, les suspects se déballonnaient toujours et avouaient leurs méfaits. Pourtant, Dana s'était montré obstinément peu coopératif et ses déclarations avaient semé la confusion.

Il avait d'abord déclaré qu'il furetait sur le terrain de Maman Paula pour braquer une cargaison de cigarettes Gladiator. Cependant, après avoir parlé à un avocat, le garçon avait changé son récit. Il affirma être allé en fait à la caravane pour taxer une clope, mais que le contremaître l'avait confondu avec un cambrioleur et coursé avec un flingue.

– Matherson est un lascar pas facile, dit l'agent Delinko au capitaine.

– Ouais, fit le sergent, il a déjà franchi la ligne jaune, une ou deux fois.

Le capitaine opina.

– J'ai vu son casier. Mais voici ce qui me chiffonne. Ce gamin est un voleur, pas un plaisantin. Je ne le vois pas balancer des alligators dans des chiottes portatives. A la rigueur, en barboter. Des chiottes portatives.

– Ça m'a interrogé, moi aussi, fit l'agent Delinko.

Le vandale de Maman Paula avait déployé un sens de l'humour noir qui collait mal avec le passé de délinquant débile du jeune Matherson. Il paraissait plus susceptible de dépouiller de ses roues une voiture de patrouille que de bomber son pare-brise à la peinture noire ou de pendre comme un fanion son T-shirt à l'antenne.

– Quel est son mobile pour ces plaisanteries ? se demanda le capitaine à haute voix.

– Je lui ai demandé s'il avait une dent contre les crêpes de Maman Paula, fit l'agent Delinko, et il m'a répondu que celles de la concurrence étaient meilleures.

– C'est donc ça ? Il préfère les crêpes de l'I.H.O.P.[1] ?

1. I.H.O.P. pour International House of Pancakes, authentique chaîne de crêperies fondée en 1958 comptant de nombreux restaurants aux États-Unis et au Canada, contrairement à celle, imaginaire, de Maman Paula (*N.d.T.*).

– Sauf celles au beurre salé, précisa l'agent Delinko. Il a dit des choses très sympa sur les crêpes au beurre salé de Maman Paula.

Le sergent s'interposa d'un ton bourru :

– Arrhhh, ce gamin nous mène en bateau, point barre.

Le capitaine se recula lentement de son bureau. Il sentait monter un nouvel accès de migraine.

– D'accord, je prends une décision sans appel, dit-il. Étant donné que nous n'avons rien de mieux à nous mettre sous la dent, mon intention est de dire au chef Deacon que le vandale de Maman Paula a été arrêté. Affaire classée.

L'agent Delinko s'éclaircit la gorge.

– Chef, j'ai retrouvé un morceau de T-shirt sur le lieu du délit – T-shirt qui est bien trop étroit pour aller au jeune Matherson.

Il ne précisa pas qu'on avait accroché le reste du T-shirt, par bravade, à l'antenne de son véhicule.

– Il nous faut plus qu'un bout de chiffon, grommela le capitaine. Il nous faut quelqu'un en chair et en os et le seul qu'on a est en centre d'éducation surveillée. Alors officiellement, c'est lui notre délinquant, compris ?

L'agent Delinko et son sergent acquiescèrent à l'unisson.

– Je marche sur la corde raide dans cette histoire, alors inutile de vous faire un dessin, fit le capitaine. Si un autre délit se commet sur ce terrain, j'aurai l'air d'un zozo complet. Et si moi, pour finir, j'ai l'air d'un zozo, certaines personnes que je ne nommerai pas passeront le reste de leur carrière à relever les parcmètres. Suis-je assez clair ?

Une fois encore l'agent Delinko et son sergent dirent oui.

– Parfait, fit le capitaine. Donc, votre mission se résume à s'assurer qu'il n'y aura plus de nouvelles surprises entre aujourd'hui et la cérémonie d'inauguration de Maman Paula, mercredi prochain.

– Sans problème, fit le sergent qui se leva. Peut-on annoncer les bonnes nouvelles à David ?

– Le plus tôt sera le mieux, fit le capitaine. Agent Delinko, vous retournez sur le terrain, c'est une décision à effet immédiat. En outre, le sergent a écrit une lettre qui loue le boulot remarquable que vous avez fait en capturant notre suspect. Elle figurera dans votre dossier.

L'agent Delinko était rayonnant.

– Merci, chef !

– Il y a plus. Étant donné votre expérience dans cette affaire, je vous affecte à une patrouille spéciale sur le site de Maman Paula. Douze heures sur vingt-quatre, dès ce soir jusqu'à l'aube. Vous êtes partant ?

– Tout à fait, capitaine.

– Alors rentrez chez vous faire une sieste, conseilla le capitaine, parce que, si vous roupillez encore une fois sur place, je rédigerai une note bien plus courte pour votre dossier. Une lettre de licenciement.

Une fois à l'extérieur du bureau, le sergent de l'agent Delinko lui donna une forte tape dans le dos.

– Plus que deux nuits et puis la quille, David. Tu te sens prêt psychologiquement ?

– Une question, chef. Je vais monter la garde tout seul là-bas ?

– Ben, pour le moment, on est un peu en manque d'effectifs de nuit, lui dit le sergent. Une guêpe a piqué Kirby et une sinusite a mis Miller H.S. Il semblerait que tu la joueras en solo.

– O.K., je vois, fit l'agent Delinko, qui aurait préféré être avec un collègue, vu les circonstances. Le Frisé occuperait probablement la caravane, bien qu'il ne fût pas une compagnie choisie.

– Tu bois du café, David ?

– Oui, chef.

– Bien. Alors double ta dose, lui conseilla le sergent. Je m'attends à ce que rien ne se passe mais vaudrait mieux que tu sois bien réveillé si jamais.

En rentrant chez lui, l'agent Delinko s'arrêta dans une boutique de souvenirs le long de la route. Puis fit un détour par le centre d'éducation surveillée pour retenter sa chance avec Dana Matherson. Ce serait un tel soulagement si le gamin reconnaissait ne serait-ce que l'un des premiers actes de vandalisme.

Un gardien en uniforme introduisit Dana en salle d'interrogatoire, et prit position à l'extérieur. Le gamin portait un survêtement gris tout froissé avec le mot DÉTENU en lettres majuscules dans le dos. Il était en chaussettes, ses orteils ayant enflé à cause des pièges à rats. L'agent Delinko lui offrit une plaquette de chewing-gum dont Dana se bourra les joues.

– Eh bien, jeune homme, vous avez eu le temps de réfléchir.

– A quoi ?

Dana gonfla une bulle et la fit exploser.

– Vous savez bien. A votre situation.

– C'est tout réfléchi. J'ai pas pris un avocat pour des prunes.

L'agent Delinko se pencha en avant.

– On oublie les avocats, d'accord ? Je glisserai un mot au juge en ta faveur si tu veux bien m'aider à éclaircir certains points. C'est toi qui as bombé les vitres de mon véhicule ?

Le gamin renifla avec mépris.

– Pourquoi je ferais un truc de taré pareil ?

– Allez, Dana, je peux te faciliter les choses. Dis-moi simplement la vérité.

– J'ai une meilleure idée, fit le gamin. Pourquoi vous iriez pas vous faire foutre ?

L'agent Delinko croisa les bras.

– Écoute, c'est exactement ce genre d'insulte aux forces de l'ordre qui t'a conduit ici.

– Non, mec. Je vais vous dire ce qui m'a conduit ici. C'est ce petit bouffon de Roy Eberhardt.

– Recommence pas, fit l'agent Delinko en se levant. Il est évident qu'on perd notre temps.

– Ouais-ouais, ricana Dana Matherson.

Il désigna le sachet en papier kraft que le policier avait posé sur la table.

– Vous m'avez apporté des clopes pour finir ?

– Non, autre chose.

L'agent Delinko glissa la main dans le sachet.

– Un petit copain pour te tenir compagnie, dit-il, laissant tomber négligemment le contenu sur les genoux du gamin.

Dana Matherson sursauta en braillant et tenta de balayer la chose loin de lui, renversant sa chaise sous l'effet de la panique. Il se releva d'un bond et se rua vers la porte, où le gardien lui plaqua une pogne énergique sur le bras et l'emmena.

L'agent Delinko resta seul à considérer l'objet gisant sur le carrelage en lino – plein de dents et d'écailles, comme vivant, si ce n'avait été l'étiquette (trois dollars quatre-vingt-quinze) collée au bout de sa gueule.

C'était un alligator de caoutchouc que l'agent Delinko avait acheté dans la boutique pour touristes.

La réaction de Dana Matherson devant l'inoffensif jouet convainquit le policier qu'il ne pouvait pas être le vandale de Maman Paula. Quiconque flippait devant un faux piteux était incapable de manipuler un véritable alligator, en particulier dans l'obscurité inquiétante d'une chiotte portative.

Le vrai coupable était encore quelque part dans la nature, en train de méditer un nouveau plan. L'agent Delinko avait deux longues nuits éprouvantes pour les nerfs devant lui.

Les Eberhardt possédaient un ordinateur, que Roy pouvait utiliser pour faire ses devoirs et pour jouer à des jeux vidéo de snowboard.

Il était doué pour naviguer sur Internet, aussi récolta-t-il sans difficulté par Google interposé plein de renseignements sur la chouette des terriers. Par exemple, la variété qu'on trouvait en Floride portait le nom latin d'*Athene cunicularia floridana* et avait le plumage plus sombre que son équivalent de l'Ouest. C'était un petit oiseau timide et, comme les autres chouettes, très actif après la tombée de la nuit. Nichant habituellement entre février et juillet, mais on avait observé des oisillons dans certains trous aussi tard qu'en octobre…

Systématiquement, Roy déroula les sites un par un jusqu'à ce qu'il décroche le gros lot. Il imprima deux pages à simple interligne, les zippa dans son sac à dos et enfourcha sa bicyclette.

Le trajet était court jusqu'à la mairie de Coconut Cove. Roy cadenassa son vélo et suivit les panneaux jusqu'au service d'urbanisme et du plan d'occupation des sols.

Derrière le comptoir se tenait un homme pâlot au visage tacheté de rousseurs et aux épaules étriquées. Comme il ne lui prêtait pas attention, Roy s'avança crânement et lui réclama le dossier de la Maison des Crêpes 100 % Américaines de Maman Paula.

L'employé prit l'air amusé.

– Vous avez un descriptif en bonne et due forme ?

– De quoi ?

– Du terrain.

– Bien sûr. C'est à l'angle d'Oriole Est et de Woodbury.

– Ce n'est pas ce que je vous demande, fit l'employé. C'est à peine une adresse correcte.

– Désolé, je n'ai rien d'autre.

– C'est pour un exposé scolaire ? demanda l'employé.

« Pourquoi pas ? » songea Roy.

– Oui, dit-il.

Il ne voyait pas de mal à un minibobard s'il aidait à sauver les chouettes.

L'employé demanda à Roy de patienter pendant qu'il vérifiait la localisation par recoupement. Il revint au comptoir, les bras chargés d'un gros tas de dossiers.

– Et maintenant, lequel désirez-vous consulter ? demanda-t-il avec un petit sourire en coin.

Roy ouvrit des yeux ronds. Il ne savait par où commencer.

– Celui où l'on trouve les permis de construire ? fit-il.

L'employé feuilleta la pile. Roy eut le sombre pressentiment que documents et formulaires étaient rédigés en termes tellement techniques qu'il serait incapable de les comprendre, en tout état de cause. Ce serait comme essayer de déchiffrer du chinois.

– Hmm. Ce dossier n'est pas là, fit l'employé, en arrangeant soigneusement la haute pile.

– Que voulez-vous dire ? demanda Roy.

– Le classeur avec tous les permis et les rapports d'inspection – ça a été vérifié, je pense.

– Par qui ?

– Il faudra que j'en parle à ma chef, dit l'employé, mais elle est déjà partie. Les bureaux ferment à quatre heures et demie et c'est, voyons, quatre heures vingt-sept.

Il tapota le cadran de sa montre pour souligner son propos.

– Très bien, je repasserai demain, fit Roy.

– Vous feriez peut-être mieux de choisir un autre sujet d'exposé.

Le ton de l'employé était d'une politesse factice.

Roy sourit sans se démonter.

– Non, merci, monsieur. Il en faut plus pour me décourager.

De la mairie, il roula jusqu'à une boutique de pêche et, avec l'argent de poche qui lui restait, acheta une boîte de grillons vivants. Un quart d'heure plus tard, il se faufilait dans la casse.

Doigts de Mulet n'était pas terré dans la camionnette de crèmes glacées, même si son sac de couchage tout froissé était encore là. Roy patienta quelque temps mais, sans clim, il faisait une chaleur insupportable et poisseuse à l'intérieur. Avant longtemps, il réenfourcha sa bicyclette et mit le cap sur l'angle d'Oriole Est et de Woodbury.

Le portail était cadenassé et il n'y avait aucun signe à l'horizon du contremaître chauve et grincheux. Roy longea la clôture à l'extérieur, cherchant à repérer le demi-frère de Béatrice ou l'une des ingénieuses surprises qu'il avait pu préparer à l'intention des gens de la crêperie.

Roy n'aurait rien remarqué sortant de l'ordinaire, s'il n'avait pas fichu la frousse à l'une des chouettes, qui fusa de son terrier et alla se poser dans la cabine du bulldozer. C'est alors que Roy s'aperçut que le siège manquait. Il vérifia immédiatement les autres engins de terrassement et constata la même chose.

« C'est donc ça qu'il avait sur le feu l'autre soir, jubila Roy. C'est pour ça qu'il m'a demandé d'apporter une clé à pipe. »

Roy revint vers le portail, ouvrit la boîte de grillons et la tint levée contre la clôture. L'un après l'autre, les insectes sautèrent hors de leur abri et bondirent à travers les mailles du grillage avant d'atterrir sur le sol. Roy avait bon espoir que les chouettes les trouveraient quand elles sortiraient de leurs trous pour le souper.

Il aurait dû sans doute partir au premier coup de klaxon, mais il n'en fit rien. Accroupi, il attendit patiemment que le dernier petit grillon ait évacué la boîte.

Le klaxon avait enflé alors jusqu'à une stridence continue et le pick-up bleu s'arrêtait dans un crissement de freins. Roy lâcha la boîte et sauta sur son vélo, mais trop tard. La camionnette lui bloquait toute issue.

Le chauve, rouge comme une tomate, bondit de la cabine et souleva la bicyclette par la selle, Roy pédalant comme un furieux suspendu dans les airs. Ses pieds avaient beau être flous, il n'allait plus nulle part.

– C'est quoi ton nom? Qu'est-ce que tu fiches ici? tonna le contremaître. T'es sur une propriété privée, tu le sais, ça? Tu veux tâter de la taule, petit?

Roy arrêta de pédaler et reprit son souffle.

– Je sais ce que tu fabriques! gronda le type chauve. Je sais à quoi tu joues, petit loustic.

– S'il vous plaît, m'sieur, laissez-moi partir, fit Roy. Je donnais simplement à manger aux chouettes.

La teinte cramoisie quitta les joues du contremaître.

– Quelles chouettes? fit-il, un ton en dessous. Y a pas de chouettes dans le coin.

– Oh que si, dit Roy. Je les ai vues.

Le chauve devint extrêmement nerveux et agité. Il colla son visage si près de celui de Roy que ce dernier huma son haleine parfumée à l'oignon frit.

– 'coute-moi bien, gamin. T'as jamais vu d'saletés d'chouettes, d'accord? Ce que t'as maté, c'était des... pintades.

Roy réprima un rire.

– J'en doute pas.

– C'est ça. Tu vois, on a des pintades naines...

– M'sieur, ce que j'ai vu, c'était une chouette et vous le savez bien, dit Roy, et je sais aussi pourquoi vous avez la frousse.

Le contremaître lâcha le vélo de Roy.

– J'ai pas la frousse, fit-il de marbre, et t'as vu aucune chouette. Maintenant, tire-toi d'ici et que je t'y reprenne pas si tu veux pas finir en taule, comme le dernier gamin que j'ai surpris à marauder.

Roy contourna prudemment à bicyclette le pick-up, puis fonça à toute allure.

– C'étaient des pintades ! beugla le chauve après lui.

– Des chouettes ! proclama Roy, triomphant.

Il grimpait, grimpait, grimpait la pente abrupte de la montagne – c'était du moins ce qu'il s'imaginait. C'est ce qui lui donnait la force d'appuyer autant sur les pédales.

En réalité, Roy roulait le long d'Oriole Avenue Est, aussi plate qu'une crêpe de Maman Paula. Il redoutait que le contremaître ne change d'idée et le poursuive. Roy s'attendait à entendre à tout moment klaxonner derrière lui, jurer dans le vent ; le pick-up le suivant de si près qu'il sentirait la chaleur de son gros moteur V-8.

Aussi Roy ne se retourna-t-il pas ni ne ralentit. Il pédalait le plus vite possible, bras tendus et jambes enflammées.

Il ne s'arrêterait pas avant d'avoir franchi la crête de sa montagne imaginaire du Montana et descendu en roue libre vers la fraîcheur de la vallée.

Chapitre 18

– C'est le même môme maigrichon qu'j'ai vu dans le coin, la semaine dernière, se plaignait le Frisé à l'agent Delinko, sauf que cette fois, j'l'ai chopé, c'petit enfoiré !

L'agent Delinko proposa de signaler l'incident, mais le Frisé lui assura que ce n'était pas nécessaire.

– Y reviendra pas, je vous l'garantis. Pas après l'engueulade que je lui ai passée.

Minuit approchait sur le site du chantier. Les deux hommes se tenaient près de la voiture du policier, bavardant comme si de rien n'était. Chacun d'eux était intimement persuadé que le vrai vandale de Maman Paula courait toujours, mais ne tenait pas à partager ses soupçons avec l'autre.

L'agent Delinko ne raconta pas au Frisé que le jeune Matherson avait bien trop peur des alligators pour être le vandale, parce qu'il ne voulait pas replonger le contremaître dans tous ses états.

Quant au Frisé, il ne souffla mot à l'agent Delinko du vol des sièges pendant que le petit

Matherson était en garde à vue ; car il ne tenait pas à ce que l'agent Delinko consigne cette info dans un rapport de police qu'un fouinard de journaliste pourrait dénicher.

Malgré les mystères qu'ils se faisaient, les deux hommes étaient ravis de ne pas être obligés de passer la nuit seuls sur place. C'était bon d'avoir du renfort sous la main.

– Au fait, j'voulais vous demander, dit l'agent Delinko, que sont devenus ces chiens qui gardaient l'endroit ?

– Ces clebs barjos, vous voulez dire ? Probable qu'y sont retournés fissa jusqu'à Berlin, fit le Frisé Écoutez, j'vais aller me pieuter. Gueulez si vous avez besoin.

– Comptez dessus, dit l'agent Delinko.

– Et pas de roupillon ce soir, d'acc ?

– Vous inquiétez pas.

L'agent Delinko était content qu'il fasse nuit et que le contremaître ne le voie pas rougir. Il n'oublierait jamais son écœurement en voyant sa précieuse Crown Victoria, les vitres bombées au noir comme passées au goudron. L'agent Delinko rêvait toujours de coincer le coupable et de le traîner en justice.

Après que le Frisé se fut retiré dans le confort climatisé de la caravane, le policier se mit à arpenter la propriété, suivant le faisceau de sa torche électrique de jalon en jalon. Il comptait faire la même chose toute la nuit, si nécessaire, pour s'assurer qu'on ne toucherait pas aux piquets. Il avait embarqué cinq bouteilles thermos de café dans sa voiture, afin de ne courir absolument aucun risque de pénurie.

Monter la garde sur un terrain vague, il y avait plus glamour dans le travail de policier, l'agent Delinko le savait, mais c'était une mission extrêmement importante. Le chef, le capitaine, le sergent, ils comptaient tous sur lui pour protéger le terrain appartenant à la future crêperie de tout méfait. L'agent Delinko comprenait que, s'il s'acquittait bien de ce boulot, sa carrière au sein du département de sécurité publique de Coconut Cove repasserait à la vitesse supérieure. Il voyait déjà un insigne doré d'inspecteur se profiler à l'horizon.

En déambulant péniblement dans l'ombre, l'agent Delinko imaginait déjà le costume fait sur mesure qui remplacerait son uniforme amidonné. Il conduirait une nouvelle Crown Victoria – gris anthracite, le modèle banalisé réservé aux inspecteurs – et porterait un holster à l'épaule au lieu d'un ceinturon. Il rêvassait à un étui de cheville, aussi, et au pistolet ultraléger qui va avec, quand il effectua un vol plané involontaire sur le sol sablonneux.

« Oh non, ça va pas recommencer », songea le policier.

Il chercha à tâtons sa lampe électrique, qui ne voulut pas fonctionner tout d'abord. Il la secoua deux, trois fois et pour finir l'ampoule s'alluma en tremblotant.

Bien entendu, il s'était repris les pieds dans un terrier de chouettes.

L'agent Delinko se releva en défroissant son pantalon.

« Bonne chose que le Frisé soit pas réveillé pour voir ça », se marmonna-t-il.

– Eh, fit en écho une petite voix aigrelette.

L'agent Delinko colla sa main droite sur la crosse de son arme. Et, de la gauche, dirigea la lampe vers l'intrus invisible.

– Halte ! commanda le policier.

– Eh ! Eh ! Eh !

Le faisceau jaune balayait l'air çà et là, ne révélant rien. La voix asthmatique riquiqui semblait surgie de nulle part.

L'agent Delinko s'avança prudemment de deux pas et braqua la lampe au fond du trou qui l'avait fait trébucher. Deux yeux ambrés et brillants l'observaient, inquisiteurs, du fond des ténèbres.

– Eh !

Le policier lâcha son arme et s'accroupit avec précaution.

– Ben, salut, toi, là, fit-il.

– Eh ! Eh ! Eh !

C'était un bébé chouette, ne mesurant pas plus de quinze centimètres. L'agent Delinko n'avait jamais rien vu d'une perfection aussi délicate.

– Eh ! fit la chouette.

– Eh ! fit le policier, même si sa voix était trop grave pour une bonne imitation. Je parie que t'attends que m'man et p'pa t'apportent ton souper, hein ?

Les yeux d'ambre clignèrent. Le bec jaune s'ouvrit et se ferma, dans l'expectative. La petite tête ronde exécuta une rotation presque complète.

L'agent Delinko rit aux éclats, fasciné par l'oiseau miniature. Mettant la lampe en veilleuse, il lui dit :

– T'inquiète pas, mon p'tit vieux, je te ferai pas de mal.

Au-dessus de sa tête retentit un volettement paniqué, suivi d'un « kchhh ! kchhh ! kchhh ! » criard. Le policier, en levant les yeux, aperçut, se découpant sur le ciel étoilé, deux silhouettes ailées – les parents du bébé chouette qui décrivaient des cercles anxieux autour de leur rejeton effrayé.

L'agent Delinko s'éloigna du terrier à reculons, en espérant que les adultes comprendraient qu'ils ne risquaient rien à atterrir. Dans le ciel bleu-gris, il distinguait leurs formes brunâtres tournoyer de plus en plus bas et il accéléra son mouvement de retraite.

Même après que les deux chouettes se furent posées, même après qu'il les eut regardées s'enfoncer dans le sol comme des fantômes à plumes, l'agent Delinko continua à reculer pas à pas, jusqu'à…

…ce qu'il bute contre quelque chose de si gros, de si froid et de si dur qu'il manqua en perdre le souffle. Il pivota sur ses talons et ralluma sa lampe.

C'était un bulldozer.

L'agent Delinko s'était cogné bruyamment à l'un des engins de terrassement du Frisé. Il lança un regard noir au mastodonte d'acier, en frottant son épaule meurtrie. Il ne remarqua pas que le siège avait disparu et, même si tel avait été le cas, ça ne lui aurait pas mis martel en tête.

Autre chose préoccupait désormais le policier. Son regard glissa de la masse du bulldozer au terrier et vice versa.

Jusque-là, l'agent David Delinko, trop affairé et inquiété par la résolution de l'affaire Maman Paula et le sauvetage de sa propre carrière, n'avait pas pensé à grand-chose d'autre.

Maintenant il comprenait ce qui allait arriver aux petites chouettes s'il faisait correctement son boulot; et ça le lestait d'une tristesse cuisante et bien ancrée.

Le père de Roy avait travaillé tard, aussi Roy n'avait-il pas eu l'occasion de lui dire ce qu'il avait appris sur les chouettes grâce à Internet ni que l'un des dossiers de la crêperie était porté manquant au service d'urbanisme. Ça lui semblait très suspect et Roy avait envie d'entendre ce que son père avait à dire à ce sujet.

Mais il resta sans voix à l'instant même où il s'installa devant son petit déjeuner. Lui souriant gentiment au dos du journal de son père : Maman Paula en personne !

C'était une demi-page de publicité en grosses lettres et d'un style patriotique, coiffée d'un drapeau :

LA MAISON DES CREPES 100 % AMERICAINES DE MAMAN PAULA

**DONT LA CÉLÉBRISSIME GALETTE
D'AVOINE A LA RÉGLISSE MET
L'EAU A LA BOUCHE DU MONDE
ENTIER, EST FIÈRE DE DEVENIR
VOTRE NOUVELLE VOISINE
A COCONUT COVE !**

**MAMAN PAULA VOUS INVITE
A LA REJOINDRE DEMAIN A MIDI
A L'ANGLE D'ORIOLE EST ET DE
WOODBURY, A L'OCCASION D'UNE
CÉRÉMONIE DE GALA OÙ ELLE
DONNERA EN PERSONNE LE
PREMIER COUP DE PIOCHE
DU FUTUR SIÈGE DE NOTRE 469^{E}
RESTAURANT FAMILIAL
DES ÉTATS-UNIS, DU CANADA
ET DE LA JAMAÏQUE**

Roy en lâcha sa cuillère, projetant du muesli à travers la cuisine.

– Qu'est-ce qui ne va pas, mon chéri ? demanda sa mère.

Roy avait la nausée.

– Rien, m'man.

Alors Mrs Eberhardt aperçut la pub, elle aussi.

– Je suis navrée, Roy. C'est dur quand on pense à ces pauvres oiseaux sans défense, je sais.

Mr Eberhardt retourna le journal pour voir ce que sa femme et son fils regardaient si fixement. Il fronça le sourcil et dit :

– J'ai l'impression qu'ils mettent les bouchées doubles avec ce projet.

Roy se leva, en plein coaltar.

– Faut que j'y aille. J'veux pas rater le bus.

– Oh, mais tu as tout ton temps. Assieds-toi et termine ton petit déjeuner, lui dit sa mère.

Roy refusa d'un signe de tête, hébété. Il saisit son sac à dos sur la chaise.

– Au revoir, m'man. Au revoir, p'pa.

– Attends, Roy. Tu veux qu'on en parle ?

– Pas vraiment, p'pa.

Son père plia le journal et le lui tendit.

– C'est pas le jour du débat d'actualité, aujourd'hui ?

– Ah ouais, dit Roy. J'avais oublié.

Chaque mardi, les élèves de Mr Ryan étaient censés, en cours d'histoire, proposer un thème de discussion sur un sujet d'actualité. Ce jour-là, le père de Roy lui donnait son journal afin qu'il le lise dans le bus et y choisisse un article.

– Et si je t'emmenais à l'école aujourd'hui ? proposa sa mère.

Roy savait qu'elle avait de la peine pour lui à cause de l'info concernant la crêperie. Elle pensait que les chouettes étaient condamnées, mais Roy n'était pas prêt à abandonner tout espoir.

– C'est bon.

Il fourra le journal dans son sac.

– M'man, je peux t'emprunter ton appareil photo ?

– Eh bien…

– Pour un cours, ajouta Roy, se crispant intérieurement devant ce mensonge. J'y ferai très attention, je te promets.

– D'accord. Je ne vois pas pourquoi je te dirais non.

Roy glissa avec soin l'appareil numérique parmi ses livres, serra sa mère dans ses bras, salua son père de la main et franchit la porte telle une flèche. Il dépassa en courant son arrêt de bus et continua jusqu'à celui d'Oriole Ouest, la rue de Béatrice Leep. Aucun autre élève de Trace Middle n'était encore arrivé, aussi Roy courut-il jusqu'à la maison de Béatrice et l'attendit devant, sur le trottoir.

Il tenta de se fabriquer une bonne excuse d'être là, au cas où Lonna ou Léon remarqueraient sa présence. C'est Béatrice qui finalement passa la porte d'entrée et Roy la rejoignit en courant si vite qu'il faillit la renverser.

– Qu'est-ce qui t'est arrivé hier ? Où est ton frère ? Tu as vu le journal ce matin ? Est-ce que tu as...

Elle lui plaqua une main sur la bouche.

– On se calme, cow-girl, lui dit-elle. Allons attendre le bus. On parlera en chemin.

Comme Roy le soupçonnait, Béatrice ne s'était pas cassé une quenotte en tombant dans l'escalier. Mais en arrachant une bague de l'un des orteils de sa belle-mère... avec les dents.

La bague était une petite topaze porte-bonheur que la mère de Béatrice avait laissée en partant. Lonna avait barboté la pierre dans le tiroir à chaussettes de Léon Leep et l'avait fait transformer en anneau d'orteil chicos.

Béatrice n'avait pas digéré le larcin.

– Si mon père avait voulu que Lonna en hérite, il la lui aurait donnée, grommela-t-elle.

– Alors tu lui as grignoté l'orteil pour la récupérer ? Comment t'as fait ?

Roy était abasourdi.

– Ça a pas été du gâteau.

Béatrice grimaça comme un chimpanzé et pointa du doigt le chicot aigu qui remplaçait l'une de ses incisives.

– Le bout s'est cassé. On va m'en faire une fausse, comme ça elle aura l'air flambant neuve, expliqua-t-elle. Heureusement que mon père a une assurance dentaire.

– Elle était réveillée quand tu lui as fait ça ?

– Ouais, dit Béatrice. Mais elle aurait sans doute mieux aimé ne pas l'être. Bref, dis-moi ce qu'il y avait dans le journal ce matin qui t'a fait autant flipper.

Elle gémit quand Roy lui montra la publicité pour l'inauguration extravagante du Maman Paula.

– Ce dont tout le monde a besoin, un autre troquet à crêpes !

– Où est ton frère ? demanda Roy. Tu crois qu'il est au courant ?

Béatrice lui dit qu'elle n'avait pas revu Doigts de Mulet depuis le dimanche.

– C'est là que ça a dégénéré. Il se cachait dans le garage, attendant que je lui apporte des chemises propres, quand mon père est sorti prendre un nouveau carton de bouteilles de Pepsi. Tous les deux parlaient tranquillement comme deux amis, quand Lonna s'est pointée et a piqué une méga crise.

– Il s'est passé quoi alors ? demanda Roy.

– Il s'est enfui comme un chat échaudé. Pendant ce temps, Lonna et mon père se sont lancés dans cette giga bagarre…

– Celle que tu m'as racontée.

– Oui, fit Béatrice. Papa veut que mon frère revienne vivre avec nous, mais Lonna dit : « Non, pas question, Léon, c'est de la mauvaise graine. » Qu'est-ce que ça veut dire, Tex, « mauvaise graine » ? Bref, ils s'adressent toujours pas la parole, Lonna et mon père. A la maison, on est en permanence à deux doigts de l'explosion.

281

Pour Roy, la situation de Béatrice, à l'entendre, était un cauchemar vivant.

– T'as besoin d'une planque ? demanda-t-il.

– Ça va, papa dit qu'il se sent mieux quand je suis par là.

Béatrice éclata de rire.

– Lonna lui a sorti que je suis une « folle dangereuse ». Elle pourrait bien avoir en partie raison.

Quand ils arrivèrent à l'arrêt du bus, Béatrice brancha l'une de ses coéquipières de foot ; elles se mirent à parler du match de la veille au soir, que Béatrice avait gagné grâce à un penalty. Roy resta à l'écart et ne dit pas grand-chose, tout en sentant sur lui les regards curieux des autres élèves. Il était, après tout, celui qui avait défié Dana Matherson et survécu.

Il fut surpris quand Béatrice Leep planta là les footballeuses et vint s'asseoir près de lui dans le bus.

– Fais-moi voir encore ce journal, chuchota-t-elle.

En examinant la publicité de Maman Paula, elle fit :

– On n'a que deux choix, Tex. Soit on le lui dit soit non.

– Moi je dis qu'il faut faire plus que le lui dire.

– Passer dans son camp, tu veux dire. Comme tu l'as dit, l'autre soir.

– C'est eux contre lui. Tout seul, il n'a pas la moindre chance, fit Roy.

– Bien sûr. Mais on risque tous les trois de finir en éducation surveillée.

– Pas si on fait gaffe.

Béatrice l'observa avec curiosité.

– Tu as un plan, Eberhardt ?

Roy sortit l'appareil de sa mère de son sac à dos et le montra à Béatrice.

– Je t'écoute, dit-elle.

Alors Roy lui dit tout.

Il manqua l'appel parce que la sous-directrice le convoqua dans son bureau.

Le long poil solitaire sur la lèvre supérieure de Miss Hennepin était encore plus frisé et lustré que la fois d'avant. Bizarrement, le poil était à présent blond doré, au lieu du noir de jais précédent. Était-il possible qu'elle l'ait teint ?

– On nous a informés qu'un jeune homme s'est enfui du service des urgences, vendredi soir, disait-elle. Un jeune homme qui s'est fait inscrire sous une fausse identité, la vôtre. Qu'avez-vous à me dire à ce sujet, Mr Eberhardt ?

– Je connais même pas son vrai nom, fit Roy, catégorique.

Doigts de Mulet avait eu la sagesse de ne pas le lui révéler ; cette ignorance évitait à Roy un nouveau mensonge.

– Vous espérez sérieusement que je vais croire ça ?

– J'vous jure, Miss Hennepin.

– C'est un élève de Trace Middle ?

– Non, m'dame, fit Roy.

La sous-directrice était visiblement déçue. Il était évident qu'elle avait espéré que le fugitif relèverait de sa juridiction.

– Alors, où donc votre ami qui n'a pas de nom va-t-il en classe, Mr Eberhardt ?

« Nous y voici », se dit Roy.

– Je crois qu'il voyage pas mal, Miss Hennepin.

– Alors il est scolarisé à domicile ?

– On peut dire ça comme ça.

Miss Hennepin sondait Roy du regard. D'un index décharné, elle se caressa le duvet lustré qui couronnait sa lèvre. Roy en frissonna de dégoût.

– Mr Eberhardt, la loi n'autorise pas un garçon de votre âge à ne pas aller en classe. C'est un délit du nom d'absentéisme.

– Oh, je sais.

– Alors, vous désireriez peut-être le signaler à votre ami au pied léger, fit d'un ton acide la sous-directrice. Vous n'êtes pas sans savoir que le district scolaire a une police spéciale qui recherche les absentéistes ? Ses membres font très bien leur travail, je vous assure.

D'après Roy, la police antiabsentéistes n'aurait pas la tâche facile en pistant Doigts de Mulet à travers bois et mangroves, mais cette possibilité le rendit quand même anxieux. Et s'ils avaient des limiers et des hélicoptères ?

Miss Hennepin se pencha plus près, étirant son cou filandreux, tel celui d'un vautour.

– Vous l'avez laissé utiliser votre nom à l'hôpital,

n'est-ce pas, Mr Eberhardt ? Vous avez permis à ce délinquant d'emprunter votre identité pour ses menées personnelles, fort ténébreuses.

– Des chiens féroces l'avaient mordu. Il avait besoin d'un médecin.

– Et vous vous attendez à ce que je croie que ça ne va pas plus loin ? Sérieusement ?

Roy ne put que capituler en haussant les épaules.

– Je peux y aller maintenant ?

– On en reparlera tous les deux, dit Miss Henne-pin. Je sens qu'il y a anguille sous roche.

« Ouais, songea Roy, celle lovée au-dessus de ta lèvre. »

A l'heure du déjeuner, il emprunta son vélo à Garrett et partit en direction du cimetière des voitures. Personne ne le vit s'en aller, ce qui fut une chance ; c'était tout à fait contre le règlement que les élèves quittent l'établissement sans autorisation.

Le demi-frère de Béatrice faisait un roupillon quand Roy entra en trombe dans la camionnette de glaces Jo-Jo. Torse nu, piqué par les moustiques, le garçon s'extirpa avec force contorsions du sac de couchage et prit le journal des mains de Roy.

Ce dernier s'était attendu à une réaction émotionnelle de Doigts de Mulet à la nouvelle de la cérémonie d'inauguration, mais il garda un calme surprenant, comme s'il avait tout prévu ou presque.

Il déchira avec soin la pub de Maman Paula et l'examina comme une carte au trésor.

– A midi, hum ? murmura-t-il tranquillement.

– C'est juste dans vingt-quatre heures, dit Roy. Qu'est-ce qu'on va faire ?

– Qui ça « on » ?

– Toi, moi et Béatrice.

– Oublie ça, mec. Je veux pas vous entraîner tous les deux dans ce souk.

– Attends, écoute-moi, fit Roy dans l'urgence. On en a déjà parlé, Béatrice et moi. On veut t'aider à sauver les chouettes. Sérieux, on est prêts à tout.

Il déballa l'appareil numérique et le tendit au garçon.

– Je vais te montrer comment ça marche, dit Roy. C'est très facile.

– C'est pour quoi faire ?

– Si tu réussis à prendre en photo l'un des oiseaux, on peut empêcher ceux de la crêperie de passer l'endroit au bulldozer.

– Ah, tu me racontes des craques, fit le garçon.

– J'te jure, dit Roy. J'ai vérifié sur Internet. Ces chouettes sont une espèce protégée – c'est complètement illégal de toucher à ces terriers sans autorisation spéciale et le dossier des permis de Maman Paula manque à la mairie. Qu'est-ce que tu dis de ça ?

Doigts de Mulet tripotait l'appareil d'un air sceptique.

– Tout ça, c'est bien joli, dit-il. Mais c'est trop tard, Tex. Maintenant, fini de prendre des gants.

– Non, attends. Si on fournit une preuve, alors

faudra bien stopper le chantier, insista Roy. Tout ce dont on a besoin, c'est d'une petite photo de rien du tout d'un bébé chouette...

– Tu ferais mieux de te barrer, dit l'autre garçon. J'ai des trucs à faire.

– Mais tu peux pas te battre tout seul contre ces gens-là. Impossible. Je m'en irai pas tant que t'auras pas changé d'avis.

– Casse-toi, je t'ai dit !

Doigts de Mulet, saisissant Roy par le bras, le fit tourner comme une toupie et l'expédia hors de la camionnette.

Roy atterrit à quatre pattes sur le gravier. Il était légèrement sonné ; il avait oublié la force du demi-frère de Béatrice.

– Je vous ai déjà causé assez d'ennuis comme ça, à toi et à ma sœur. A partir de maintenant, c'est ma guerre à moi.

Le garçon se dressait sur le seuil de la camion-nette avec un air de défi, les joues en feu et les yeux lançant des éclairs. Dans la main droite, il tenait l'appareil numérique de Mrs Eberhardt.

Roy le lui montra du doigt en disant :

– Pour l'instant, tu le gardes.

– Reviens sur terre. Je saurai jamais me servir d'un de ces machins débiles.

– Laisse-moi te montrer...

– Neûn, fit le garçon en secouant la tête. Retourne au bahut. J'ai du boulot.

Roy se releva et fit tomber le gravier de son pantalon. Il avait une boule brûlante dans la gorge, mais il était déterminé à ne pas pleurer.

– T'en as déjà assez fait, lui dit le garçon qui courait, plus que j'avais le droit d'en attendre.

Roy avait un million de choses à dire, mais les seuls mots qu'il sortit d'une voix étranglée furent :

– Bonne chance pour demain.

Doigts de Mulet lui fit un clin d'œil et leva les deux pouces.

– *Bye*, Roy, dit-il.

Le journal contenait plusieurs articles qui auraient fourni d'excellents sujets de « débats d'actualité ».

On avait sauvé un Béret vert porté disparu dans les montagnes du Pakistan. Un médecin de Boston avait inventé un nouveau médicament contre la leucémie. Et à Naples, Floride, on avait arrêté un conseiller du comté pour avoir reçu cinq mille dollars de pot-de-vin du promoteur d'un parcours de minigolf.

Quand vint le tour de Roy de s'adresser à la classe de Mr Ryan, il ne prit aucun de ces articles pour sujet. Au lieu de ça, il brandit le journal et désigna la page déchirée où avait figuré la pub de Maman Paula.

– Presque tout le monde ici aime les crêpes, commença Roy. En tout cas, je sais que moi, oui. Et quand j'ai appris qu'un nouveau Maman Paula allait ouvrir ses portes ici, à Coconut Cove, j'ai pensé que c'était super cool.

Plusieurs de ses camarades opinèrent en souriant. Une fillette fit mine de se frotter l'estomac avec gourmandise.

– Même quand j'ai découvert où on allait le construire – ce grand terrain vague au coin de Woodbury et d'Oriole Est – j'ai rien vu de mal à cette idée, dit Roy. Puis, un beau jour, un de mes amis m'a emmené là-bas et m'a montré quelque chose qui m'a fait complètement changer d'avis.

A présent, les autres élèves cessèrent de bavarder entre eux et lui prêtèrent attention. Jamais encore le nouveau n'avait parlé autant.

– C'était une chouette, continua Roy, de cette taille-là, à peu près.

Pour leur montrer, il écarta deux doigts, l'un au-dessus de l'autre, de vingt centimètres.

– Quand avec ma famille, on vivait dans l'Ouest, on a vu beaucoup de chouettes, mais jamais aucune d'aussi petite taille. Et c'était pas un bébé non plus, mais un adulte ! Elle était si droite et si sérieuse qu'on aurait dit un petit prof jouet.

La classe éclata de rire.

– On les appelle des chouettes « des terriers », parce qu'elles vivent sous terre, continua Roy, dans d'anciens trous de tortues ou de tatous. Il se trouve que deux familles de chouettes nichent sur ce terrain à l'angle de Woodbury et d'Oriole Est. C'est là qu'elles élèvent leurs petits.

Certains de ses camarades s'agitèrent, mal à l'aise. Quelques-uns se mirent à murmurer d'un ton

289

inquiet et d'autres regardèrent Mr Ryan qui était pensif à son bureau, le menton dans les mains.

– Roy, fit-il gentiment, c'est un excellent sujet de biologie ou de société, mais peut-être pas de débat d'actualité.

– Oh, mais c'est carrément d'actualité, le contra Roy. Ça aura lieu demain à midi, Mr Ryan.

– Quoi donc ?

– On va passer l'endroit au bulldozer pour faire de la place au restaurant. Il y aura une sorte de grande fête ou un machin comme ça, expliqua Roy. La dame qui joue Maman Paula à la télé sera là. Le maire, aussi. A ce que dit le journal.

Une fillette rousse au premier rang leva la main.

– Le journal parle des chouettes ?

– Non. Il n'en dit pas un mot, fit Roy.

– Alors qu'est-ce qui va leur arriver ? s'écria un garçon avec des taches de rousseur, au fond de la classe.

– Je vais vous dire ce qui va arriver.

Roy jeta un regard à Mr Ryan.

– Les engins enterreront tous ces terriers avec tout ce qu'il y a dedans.

– C'est pas possible ! s'écria la fillette rousse et toute la classe éclata en conversations animées, jusqu'à ce que Mr Ryan demande à chacun de bien vouloir se calmer et de laisser Roy terminer.

– Les chouettes adultes peuvent tenter de s'envoler, fit Roy, ou bien rester simplement dans leurs trous pour protéger leurs petits.

– Mais elles mourront ! s'écria le gamin aux taches de rousseur.

– Comment les gens de la crêperie peuvent s'en tirer comme ça ? demanda un autre.

– J'sais pas, fit Roy, mais c'est pas légal et c'est pas juste.

A ce stade, Mr Ryan l'interrompit avec fermeté.

– Un instant, Roy, qu'entends-tu par « ce n'est pas légal » ? Il faut être prudent quand on fait ce genre d'allégations, qui sont graves.

Roy expliqua, tout excité, que les chouettes des terriers étaient une espèce protégée par des lois d'État et fédérales ; qu'il était illégal de nuire à ces oiseaux ou de détruire des terriers en activité sans des autorisations spéciales du gouvernement.

– Très bien, parfait, dit Mr Ryan, mais qu'est-ce que la compagnie crêpière répond à ça ? Je suis sûr qu'ils ont tous les permis nécessaires…

– Le dossier manque, le coupa Roy, et le contre-maître a essayé de me faire croire qu'il n'y avait pas de chouettes sur le terrain, pas la queue d'une. Ce qui est un mensonge.

Et la classe de bourdonner de plus belle.

– Aussi, demain, à l'heure du déjeuner, poursuivit Roy, je serai là-bas… eh bien, juste parce que je veux qu'on sache, chez Maman Paula, qu'il y a quelqu'un à Coconut Cove qui est concerné par le sort de ces oiseaux.

Mr Ryan s'éclaircit la voix.

– La situation est délicate, Roy. Je comprends ton

sentiment d'impuissance et de frustration, mais je dois te rappeler que les élèves ne sont pas autorisés à quitter le périmètre de l'établissement.

– Alors, j'obtiendrai un mot de mes parents, fit Roy.

Le professeur sourit.

– Ce serait le moyen d'y remédier.

La classe attendait qu'il en dise plus, mais il s'en tint là.

– Écoutez, dit Roy, on lit chaque jour que des gens normaux, des Américains moyens, ont fait l'Histoire, parce qu'ils se sont dressés et se sont battus pour ce en quoi ils croyaient. O.K., je sais qu'il s'agit seulement d'une poignée de petites chouettes de rien du tout et je sais aussi que tout le monde raffole des crêpes de Maman Paula, mais ce qui se passe là-bas n'est pas bien. Pas bien du tout.

Roy avait le gosier sec comme du parchemin et la nuque en feu.

– Bref, marmonna-t-il, c'est demain à midi.

Puis il se rassit.

La classe se tut : un long silence lourd qui rugissait dans les oreilles de Roy comme un train.

Chapitre 19

– Je me fais de la bile pour les chouettes, dit l'agent Delinko au Frisé.

– Quelles chouettes ?

L'obscurité était tombée sur le futur chantier et les hirondelles faisaient çà et là du vol plané à la poursuite des moucherons. Demain, c'était le grand jour.

– Arrêtez ça, je les ai vues de mes propres yeux, fit le policier. Y a pas moyen de les déplacer en lieu sûr ?

– Voulez un conseil ? Laissez tomber. Sortez-vous ça de la tête, c'est ce que je fais, moi.

– Je peux pas. C'est ça le problème.

Le Frisé désigna la caravane du pouce.

– Voulez faire une pause ? J'ai loué le dernier Jackie Chan.

L'agent Delinko n'arrivait pas à comprendre comment le contremaître pouvait prendre autant à la légère le fait d'enterrer les nids de chouettes. Il se demanda s'il ne jouait pas bêtement au macho.

– Vous leur avez parlé des oiseaux ? demanda-t-il.

– Parlé ? A qui ?

– A ceux du groupe des crêpes. Peut-être qu'ils sont pas au courant.

Le Frisé eut un reniflement de mépris.

– Vous vous foutez de moi ? Ils sont au courant de tout, dit-il. Écoutez, c'est pas notre problème. Même si on voulait, y a rien qu'on pourrait faire.

Le Frisé regagna sa caravane tandis que l'agent Delinko reprenait son inspection des lieux. Chaque fois qu'il passait devant un terrier, il en éclairait l'intérieur de sa lampe électrique, mais il n'aperçut pas de chouettes. Il espérait que les oiseaux avaient pressenti l'arrivée de la catastrophe et s'étaient envolés ailleurs, même si ça lui paraissait improbable.

Peu après minuit, l'agent Delinko entendit le Frisé sortir et crier son nom. Le contremaître déclara qu'un bruit l'avait réveillé, comme si quelqu'un escaladait la clôture près de la caravane.

L'arme au poing, le policier passa au peigne fin la zone indiquée ; il examina le toit de la caravane et regarda aussi en dessous. Tout ce qu'il trouva, ce fut des traces d'opossum dans le sable.

– Au bruit, c'était plus gros qu'un opossum, fit le Frisé, grognon.

Plus tard, alors qu'il récupérait son troisième thermos de café dans la voiture de patrouille, l'agent Delinko crut entrevoir une série de petits éclairs blancs à l'autre extrémité du terrain. Cela lui rappela les éclats brillant sur les lieux d'accidents la nuit, quand le photographe de la police prend des clichés en mitraillant.

Mais quand l'agent Delinko courut à l'endroit où il avait vu les flashes, il n'y trouva rien qui sortait de l'ordinaire. Ça avait dû être une salve d'éclairs de chaleur, se dit-il, se réfléchissant sur les nuages bas.

Le reste de la nuit se passa sans incidents. Le policier ne ferma pas l'œil.

Au petit déjeuner, Roy demanda à sa mère s'il pouvait quitter le collège à l'heure du déjeuner. Il s'imaginait qu'il y avait plus de chances qu'elle lui dise oui que son père, mais elle le surprit.

– Je ne suis pas certaine que ce soit une bonne idée que tu ailles à l'inauguration du Maman Paula.

– Mais, m'man…

– Voyons ce que ton père en pense.

« Bon, se dit Roy, ça va être la fin des haricots. »

A peine Mr Eberhardt s'attabla-t-il que sa femme lui fit part de ce que Roy venait de lui demander.

– Bien sûr, pourquoi pas ? fit Mr Eberhardt. Je lui écrirai un mot d'absence.

Roy en resta bouche bée. Il s'était attendu à une réaction opposée chez son père.

– Mais il faut que tu me promettes de bien te tenir, continua Mr Eberhardt, même si tu es très contrarié.

– Promis, p'pa.

Peu après, son père mit la bicyclette de Roy dans le coffre de sa voiture et le conduisit à Trace Middle. En le déposant devant le collège, Mr Eberhardt lui demanda :

– Tu penses que ton ami assistera à la cérémonie d'aujourd'hui – le demi-frère de Béatrice ?

– Probablement, répondit Roy.

– C'est plutôt risqué.

– Je sais, p'pa. J'ai essayé de le lui dire.

– Sois prudent, lui conseilla fermement son père, et intelligent.

– Oui, p'pa.

Béatrice Leep l'attendait à l'extérieur de la salle d'appel. Ses cheveux frisés étaient humides, comme si elle venait de prendre une douche.

– Eh bien ? fit-elle.

– J'ai un mot d'excuse. Et toi ?

Béatrice défroissa une serviette en papier sur laquelle on avait gribouillé à l'encre rouge.

– J'ai réveillé mon père pour ça. Il était tellement largué qu'il aurait signé n'importe quoi, fit-elle. J'aurais dû me remplir un chèque de mille dollars.

– Alors, je suppose qu'on est prêts pour midi, dit Roy, puis, baissant la voix : je suis allé voir ton frère à la camionnette. Il m'a jeté dehors.

Béatrice haussa les épaules.

– Quoi dire. Parfois, il est impossible.

Elle pêcha dans son sac et en sortit l'appareil de la mère de Roy.

– Il a déposé ça à la maison hier au soir, tard, après le coucher de Lonna et de p'pa. Il m'a dit qu'il a pris les photos que tu voulais. J'ai essayé de jeter un coup d'œil mais j'ai pas réussi à me servir de cet engin.

Roy, sans un mot, lui prit l'appareil des mains et le planqua dans son casier.

– Croise les doigts, lui dit Béatrice, avant de se fondre dans le flot des élèves et de disparaître dans le couloir.

Roy passa le reste de la matinée distrait et excité, se demandant si son plan pouvait marcher.

A onze heures moins le quart, une longue limousine noire s'arrêta devant le terrain vague à l'angle de Woodbury et d'Oriole Est. Le chauffeur descendit et ouvrit l'une des portières. Rien ne se passa pendant quelques instants, puis un homme grand aux cheveux argentés et ondulés en sortit, grimaçant à cause du soleil. Il portait un pantalon blanc impeccable et un blazer bleu foncé avec un écusson sur la poche-mouchoir.

L'homme jetait des regards impatients à la ronde derrière d'énormes lunettes de soleil teintées. Il claqua sèchement des doigts en direction de l'agent David Delinko, qui déverrouillait sa voiture de patrouille.

Le policier ne remarqua pas qu'on l'appelait. Il finissait son travail après quatorze heures d'affilée passées sur le site du futur chantier – le Frisé était rentré se doucher et se raser, aussi l'agent Delinko était-il resté pour avoir l'œil sur les engins de terrassement, qu'on avait équipés de nouveaux sièges. A présent que le contremaître était revenu –tout beau en costard-cravate, qui l'eût cru ! –, le policier quittait les lieux. Il n'avait aucune envie d'assister à cette inauguration absurde.

– Monsieur l'agent ! lui fit signe l'individu aux cheveux d'argent avec insistance. Oui, vous ! Venez par ici.

L'agent Delinko s'approcha de la limousine et demanda quel était le problème. L'homme se présenta comme étant Chuck E. Muckle, vice-président machin chose du groupe de la Maison des Crêpes 100 % Américaines de Maman Paula. Sur un ton confidentiel, il ajouta :

– Nous avons besoin d'une aide discrète sur le terrain.

– Ben, c'est que je suis plus en service, lui répondit l'agent Delinko, mais je me ferai un plaisir d'appeler une autre voiture.

Il était tellement épuisé par le manque de sommeil qu'il avait à peine l'énergie de mener une conversation.

– Savez-vous par hasard qui se trouve dans cette voiture ? demanda Chuck Muckle, désignant du chef la limousine.

– Non, m'sieur.

– Miss Kimberly Lou Dixon !

– C'est sympa, fit l'agent Delinko, l'œil dans le vague.

– La *célèbre* Kimberly Lou Dixon !

– Bah, grand bien lui fasse.

Chuck Muckle projeta en avant son visage aux bonnes couleurs.

– Vous n'avez pas la moindre idée de qui je veux parler, hein, m'sieur l'agent ?

– Pas la plus petite, m'sieur. Jamais entendu le nom de cette dame.

Le vice-président du groupe, levant les yeux au ciel, se mit en devoir d'expliquer qui était Kimberly Lou Dixon et pourquoi elle avait fait le voyage depuis Beverly Hills, en Californie, jusqu'à Coconut Cove, en Floride.

– Et à l'heure où je vous parle, continua Chuck Muckle, elle a un besoin plutôt urgent d'un endroit où se poudrer le nez.

– Se poudrer le nez, répéta l'agent Delinko, perplexe.

– Où se passer de la poudre sur le nez ! Un endroit où rafraîchir son maquillage ! explosa Chuck Muckle, exaspéré. Est-ce si difficile à comprendre, monsieur l'agent ? Laissez-moi tenter de traduire ça en langage compréhensible pour vous – elle a besoin de chiottes, vu ?

– Pigé.

L'agent Delinko lui montra la caravane du Frisé.

– Suivez-moi.

Quand Kimberly Lou Dixon descendit de la

limousine, l'agent Delinko sursauta en la voyant si jeune comparée à la mère-grand ridée qu'elle jouait dans les spots de pub télé. Kimberly Lou avait des yeux vert vif, de longs cheveux auburn, une peau laiteuse et lisse – une femme ravissante et cultivée, jugea l'agent Delinko.

Puis elle ouvrit la bouche.

– Faut que j'aille faire pipi, déclara-t-elle d'une voix passée au papier émeri. Montre-moi où c'est, champion.

L'actrice portait un fourre-tout en cuir en bandoulière et des talons hauts, une jupe noire et un chemisier soyeux transparent.

Le Frisé resta muet d'étonnement en ouvrant la porte de la caravane. Sans un mot, Kimberly Lou Dixon passa devant lui et se dirigea vers la salle de bains.

– Je peux me changer ici? demanda-t-elle d'une voix rauque.

– Vous changer? Changer quoi? Vous m'avez l'air déjà super canon comme vous êtes.

– Se costumer en Maman Paula, intervint l'agent Delinko. Elle est avec un type qui veut savoir si elle peut se servir de votre caravane comme d'une loge.

– Quand elle veut, comme elle veut, fit le Frisé avec un sourire rêveur.

Un homme se silhouetta sur le seuil, suivi d'une bouffée d'eau de toilette écœurante.

– Bon, vous devez être Leroy Branitt, le seul et

l'unique, gronda une voix sarcastique bien connue de ce dernier.

Le Frisé se crispa. L'agent Delinko s'écarta en disant :

– Ce monsieur fait partie du groupe de la Maison des Crêpes.

– Je m'en doutais, fit le Frisé.

Il tendit sa main droite à Chuck Muckle qui la regarda comme si c'était un poisson de vase crevé.

– S'il vous plaît, dites-moi, Mr Branitt, que vous n'avez pas de mauvaises nouvelles qui gâcheraient cette charmante matinée tropicale. Dites-moi que tout baigne ici à Coconut Cove.

– Voui, m'sieur, répondit le Frisé. On a passé les deux dernières nuits sur le terrain, moi et ce policier-là, et tout a été tranquille comme dans une église. Pas vrai, David ?

– Pile poil, lui fit écho l'agent Delinko.

Chuck Muckle ôta brusquement ses lunettes noires et scruta le policier d'un air de doute.

– Vous ne seriez pas par hasard ce représentant de la loi génial qui s'est endormi dans sa voiture pendant que le vandale faisait un sort à nos jalons, hein ?

Malgré son extrême curiosité de voir Kimberly Lou Dixon déguisée en Maman Paula, l'agent Delinko aurait mieux aimé maintenant être quelque part ailleurs, très, très loin de là.

– Le même génie, poursuivit Mr Muckle, dont les siestes intempestives ont eu pour résultat un article

301

de presse qui a injustement sali la réputation et le bon renom de Maman Paula ? Ce n'était pas vous ?

– Si, c'est bien lui, fit le Frisé.

L'agent Delinko lança un regard noir au contremaître avant de s'adresser à Mr Muckle.

– Je suis vraiment navré de tout ça, m'sieur, dit le policier, en songeant : « Et encore plus pour moi que pour vous. »

– Je trouve ahurissant que vous soyez encore en poste, observa Chuck Muckle. Votre chef de la police doit avoir un cœur charitable. Ou alors il n'a vraiment personne sous la main.

Le Frisé se décida à ajouter une note positive.

– C'est l'agent Delinko qui m'a aidé à coincer ce cambrioleur l'autre soir !

C'était une exagération éhontée du rôle du Frisé dans la capture de Dana Matherson et l'agent Delinko allait rectifier le tir, quand Kimberly Lou Dixon sortit comme une fusée de la salle de bains.

– Vous avez, comme qui dirait, un maxi-problème de cafards là-dedans ! s'exclama-t-elle.

– Ce sont pas des cafards, mais des grillons, rectifia le Frisé. Je sais pas d'où ils sortent, bon sang !

Jouant des coudes, il se faufila devant l'agent Delinko et Chuck Muckle et se présenta à l'actrice.

– Je suis l'ingénieur superviseur de ce projet, Miss Dixon, et faut que vous sachiez que j'ai vu tous vos films.

– Tous les deux, vous voulez dire ?

Kimberly Lou Dixon tapota son crâne luisant.

Pas grave, Mr Branitt, c'est quand même adorable de me l'avoir dit.

– Eh, je meurs d'impatience de voir le prochain aussi : *Les Envahisseurs mutants de Saturne XI*. Je suis un vrai fan de cinoche de science-fiction.

– *Jupiter VII !* le coupa Chuck Muckle. Le titre, c'est *Les Envahisseurs mutants de Jupiter VII*.

– A la bonne heure, s'extasia le Frisé, vous serez fantastique en reine des sauterelles.

– Ouais, je prépare déjà mon discours pour la remise des oscars.

L'actrice vérifia l'heure à sa montre-bracelet constellée de diamants.

– Écoutez, faut que je me dépêche de me transformer en cet amour de Bonne Maman Paula. Est-ce que l'un d'entre vous, mes chéris, aurait l'amabilité d'aller chercher ma valise dans la limousine ?

Chapitre 20

Une limousine plus petite déposa le maire de Coconut Cove, le conseiller municipal Bruce Grandy, et le président de l'office de tourisme sur le site du futur chantier. Un camion-satellite d'une chaîne de télévision de Naples suivit, précédant un photographe de presse.

Des employés municipaux attachèrent des banderoles rouges, blanches et bleues à la clôture et suspendirent un calicot où on lisait, écrit à la main : BIENVENUE, MAMAN PAULA.

A midi moins dix, Roy et Béatrice arrivèrent ; cette fois, elle était sur le guidon tandis que lui pédalait, l'appareil photo en sécurité dans son sac à dos. Ils furent interloqués de voir qu'ils n'étaient pas les seuls au rendez-vous – le garçon aux taches de rousseur, la fillette rousse et la moitié au moins des élèves de la classe d'histoire de Mr Ryan étaient déjà là, plus un bon paquet de parents.

– Qu'est-ce que t'as bien pu leur raconter hier à

tous ceux-là ? demanda Béatrice. Tu leur as promis des crêpes gratos ou quoi ?

— Je leur ai juste parlé des chouettes, c'est tout, fit Roy.

Il eut une autre surprise agréable quand une fourgonnette du club sportif de Trace Middle arriva et que les coéquipières de foot de Béatrice en dégringolèrent ; certaines d'entre elles portaient des pancartes.

Roy fit un grand sourire à Béatrice qui haussa les épaules, genre pas de quoi. Ils examinèrent la foule qui grossissait mais n'y virent pas trace de son demi-frère le fugueur.

Nulle trace non plus des chouettes, ce qui n'étonna pas Roy ; avec tout ce vacarme dû aux humains, les oiseaux resteraient vraisemblable-ment sous terre, en sécurité dans le noir. Roy savait que ceux de la crêperie misaient là-dessus : que les chouettes trop effrayées ne s'aventurent pas à l'extérieur.

A midi et quart, la porte de la caravane s'ouvrit tout grand. Le premier à émerger fut un policier que Roy reconnut : l'agent Delinko ; puis vint le tour du contremaître au caractère de cochon ; puis un type à l'air frimeur avec des cheveux blancs et des lunettes de soleil nazes.

La dernière à sortir fut la femme qui jouait Maman Paula dans les spots télé. Elle portait une perruque d'un gris fer brillant, des lunettes cerclées et un tablier chiné. Quelques personnes applaudirent en la reconnaissant et elle les salua en retour, mollement.

Le groupe s'avança jusqu'à un rectangle déblayé, entouré de cordes, au centre du futur chantier. On tendit un mégaphone au type aux cheveux argentés qui dit s'appeler Chuck E. Muckle, un vice-président, venu du siège du groupe Maman Paula. Il ne se prenait pas pour de la merde, Roy le vit clairement.

Ignorant le contremaître et l'agent de police, Mr Muckle se mit avec un grand enthousiasme à présenter certains gros bonnets du coin – le maire, un conseiller municipal et le directeur de l'office de tourisme.

– Je ne puis vous exprimer combien je suis fier et ravi que Coconut Cove accueille notre quatre cent soixante-neuvième restaurant familial, déclara Mr Muckle. Monsieur le maire, monsieur le conseiller Grandy et vous tous, vous qui êtes des gens formidables, rassemblés en cette magnifique journée floridienne... je suis ici pour vous pro-mettre que Maman Paula sera une bonne citoyenne, une bonne amie et une personne de bon voisinage pour tout le monde !

– Sauf pour les chouettes, fit Roy.

Mr Muckle ne l'entendit pas. Saluant le groupe d'élèves, il leur dit :

– Je suis vraiment enchanté de voir réunis en ce jour tant de jeunes représentants de notre fine fleur. C'est un moment historique pour votre ville – *notre* ville, devrais-je dire – et nous sommes heureux que vous ayez pu interrompre brièvement vos cours et venir faire la fête avec nous.

Il marqua un temps en se fabriquant un glousse-ment.

– De toute façon, je m'attends à ce que nous vous revoyions tous très bientôt, une fois notre restau-rant ouvert et Maman Paula, active derrière les fourneaux. Eh, dites-moi un peu, qui parmi vous aime les galettes d'avoine à la réglisse ?

Il y eut un instant d'embarras. Seuls le maire et le conseiller municipal levèrent la main. Les joueuses de foot tenaient leurs pancartes faites maison, le côté sans inscription tourné vers l'exté-rieur, comme si elles attendaient les directives de Béatrice.

Mr Muckle eut un hennissement nerveux.

– Maman Paula, ma très chère, je crois que le moment est venu. Est-ce qu'on peut commencer ?

Tous posèrent côte à côte – le vice-président, le maire, Maman Paula, le conseiller municipal Grandy et le patron de l'office de tourisme – pour l'équipe de télévision et le photographe de presse.

On leur remit des pelles dorées et, au signal de Mr Muckle, tous les dignitaires sourirent, se pen-chèrent et retournèrent une pelletée de sable. A un nouveau signal, une poignée d'employés munici-paux applaudirent en poussant des acclamations.

C'était le truc le plus bidon que Roy ait jamais vu.

Il n'arrivait pas à croire qu'on passerait ça à la télé ou qu'on en parlerait dans le journal.

– Ces gens-là, y sont pas vrais, dit Béatrice.

A peine la pose pour la photo terminée, Mr Muckle jeta sa pelle dorée et s'empara à nouveau du mégaphone.

– Avant que bulldozers et pelleteuses n'entrent dans la danse, fit-il, Maman Paula en personne tient à vous dire quelques mots.

Maman Paula n'avait pas l'air folle de joie qu'on lui mette le mégaphone entre les mains.

– Votre ville est vraiment sympa, fit-elle. Je vous verrai au printemps prochain lors de la grande ouverture...

– Ah non, vous nous verrez pas !

Cette fois, les mots sortirent quasiment comme un cri de la bouche de Roy et personne ne fut plus abasourdi que lui. Une onde de choc parcourut l'assistance et Béatrice se faufila plus près de Roy, s'attendant à demi à ce qu'on s'en prenne à lui.

L'actrice personnifiant Maman Paula parut fâchée et scruta la foule par-dessus la monture de ses lunettes.

– Bon, qui a dit ça ?

Roy se surprit à lever le bras droit.

– Moi, Maman Paula, s'écria-t-il. Si vous touchez à une plume de nos chouettes, je mangerai plus jamais vos saletés de crêpes.

– De quoi vous parlez ? Quelles chouettes ?

Chuck Muckle allongea la main vers le mégaphone, mais Maman Paula lui fila un coup de coude en plein dans l'estomac.

– Arrière, Chuckie Chouquette, lui souffla-t-elle.

– Venez voir par vous-même, dit Roy, geste à l'appui. Partout où vous voyez un trou comme celui-là, il y a le nid d'une chouette sous terre. C'est là qu'elles le bâtissent pour pondre. C'est leur habitat.

Les joues de Mr Muckle s'empourprèrent. Le maire eut l'air perdu, le conseiller Grandy semblait au bord de l'évanouissement et le type de l'office de tourisme paraissait avoir avalé une savonnette de travers.

Maintenant, dans la foule, les parents parlaient à voix haute en se montrant du doigt les fameux trous. Une poignée d'élèves se mirent à scander leur soutien à Roy et les coéquipières de foot de Béatrice à brandir leurs pancartes écrites à la main.

On lisait sur l'une :

HOU HOU ! MAMAN PAULA SE FOUT DES
CHOUETTES HOU HOU !

Et sur une autre :

GO HOME, TUEURS D'OISEAUX !

Et sur une troisième encore :

SAUVEZ LES CHOUETTES,
AU TROU LES CRÊPES AU BEURRE SALÉ !

Tandis que le photographe de presse mitraillait les manifestants, Maman Paula fit d'une voix implorante :

– Mais je leur veux pas de mal à vos chouettes ! Moi qui ferais pas de mal à une mouche !

Chuck Muckle, se réemparant du mégaphone, mugit une verte réprimande à l'adresse de Roy :

– Jeune homme, vous feriez mieux d'être sûr de votre fait avant de porter des accusations aussi scandaleuses et diffamatoires. Il n'y a pas de chouettes ici, pas une seule ! Ces vieux terriers sont abandonnés depuis des années.

– Ah ouais ?

Roy glissa la main dans son sac à dos et en sortit prestement l'appareil photo de sa mère.

– J'ai des preuves ! cria-t-il. Là-dedans !

Les gamins de l'assistance ululèrent et poussèrent des hourras. Chuck Muckle fit soudain grise mine, la bouche grande ouverte. Bras tendus, il tituba en direction de Roy.

– Faites voir ça !

Filant hors d'atteinte, Roy alluma l'appareil numérique et retint son souffle. Il ne savait pas ce qu'il allait voir.

Il appuya sur le bouton pour afficher la première photo prise par Doigts de Mulet. A l'instant où l'image floue et distordue apparut dans le viseur, Roy sut qu'il était dans le pétrin.

C'était la photo d'un doigt.

Avec anxiété, il enclencha le deuxième cliché et ce qu'il vit n'était pas moins décourageant : un pied nu crasseux. Celui d'un garçon, semblait-il, et Roy savait à qui il appartenait.

Le demi-frère de Béatrice avait beau avoir de nombreux talents, photographier la nature n'en faisait pas partie, c'était évident.

En désespoir de cause, Roy effleura le bouton encore une fois et une troisième photo surgit en un déclic. Cette fois, on voyait dans le cadre autre chose qu'une partie de corps humain – une forme à plumes lointaine, qu'illuminait inégalement le flash de l'appareil.

– Là ! s'écria Roy. Regardez !

Chuck Muckle lui arracha l'appareil et examina la photo à peu près trois secondes avant d'éclater d'un rire cruel.

– Et c'est supposé être quoi, ça ?

– Une chouette ! s'écria Roy.

Et c'en était une, Roy en était certain. Malheureusement, l'oiseau avait dû faire pivoter sa tête juste au moment où Doigts de Mulet avait appuyé sur le bouton.

– Pour moi, ça a tout l'air d'une motte de boue, dit Chuck Muckle.

Il leva l'appareil afin que le premier rang de l'assistance puisse voir le viseur.

– Ce garçon ne manque pas d'imagination, hein ? ajouta-t-il sournoisement. Si ça, c'est une chouette, moi je suis un aigle à tête blanche.

– Mais c'est une chouette ! insista Roy. Et cette photo a été prise ici même, la nuit dernière.

– Prouvez-le, jubilait Chuck Muckle.

Roy n'avait pas de réponse à ça. Il ne pouvait rien prouver.

L'appareil de sa mère passa de mains en mains dans la foule et le temps que Roy le récupère, il sut que la plupart des gens ne pouvaient affirmer qu'il s'agissait d'un oiseau sur la photo. Même Béatrice n'en était pas sûre, tournant le viseur de côté puis sens dessus dessous en essayant en vain d'identifier une partie révélatrice de l'anatomie d'une chouette.

Roy était accablé – les photos du demi-frère de Béatrice étaient inutilisables. Les autorités chargées de la protection de la chouette des terriers n'empêcheraient jamais la construction de la crêperie en se basant sur des preuves aussi floues.

– Merci beaucoup d'être venus, dit Mr Muckle à la foule dans son mégaphone, et merci aussi de votre patience pour ce retard pour le moins... inconsidéré. Nous vous recevrons tous, vous les amateurs de crêpes, au printemps prochain pour un petit déjeuner copieux. D'ici là, cette cérémonie est officiellement terminée.

Les élèves de Trace Middle s'agitaient nerveusement, les yeux fixés sur Béatrice et Roy, dont le plan était plutôt mal en point. Ce dernier sentait ses épaules ployer sous le poids de la défaite tandis que le visage de Béatrice n'était plus qu'un masque sinistre de résignation.

C'est alors qu'une voix fraîche s'éleva :

– Attendez, c'est pas terminé! Très loin même.

Cette fois, ce n'était pas celle de Roy.

– Oh-oh, fit Béatrice en relevant la tête.

Une fillette à l'arrière poussa un cri aigu et tout le monde pivota comme un seul homme pour voir de quoi il retournait. A première vue, on aurait pu prendre l'objet posé au sol pour un ballon, mais c'était en fait... la tête d'un garçon.

Il avait les cheveux blonds en broussaille, le visage couleur caramel et de grands yeux qui ne cillaient pas. La ficelle d'un cerf-volant reliait ses lèvres pincées à l'anse d'un grand seau de tôle, quelques mètres plus loin.

Les gros bonnets s'empressèrent de se détacher de la foule, Roy et Béatrice sur leurs talons. Ils s'arrêtèrent tous pour regarder bouche bée la tête sur le sol.

– Quoi encore? gémit le contremaître.

Chuck Muckle tempêta:

– Qui a eu l'idée de cette sale blague?

– Juste ciel, cria le maire. Il est mort?

Le garçon était tout sauf mort. Il sourit à sa demi-sœur et fit un clin d'œil espiègle à Roy. Il s'était débrouillé, Dieu sait comme, pour loger son corps maigre dans l'ouverture d'un terrier de chouette, si bien que seule sa caboche dépassait.

– Salut, Maman Paula, dit-il.

L'actrice s'approcha d'un pas hésitant. Sa perruque semblait légèrement de travers et son maquillage fondait sous l'effet de l'humidité.

– Oui, qu'y a-t-il ? demanda-t-elle, mal à l'aise.

– Si vous enterrez ces oiseaux, faudra m'enterrer avec aussi, lui dit Doigts de Mulet.

– Mais non, j'adore les oiseaux ! Tous les oiseaux !

– Agent Delinko ? Où êtes-vous ?

Chuck Muckle fit signe au policier d'avancer.

– Arrêtez-moi ce petit con impertinent et que ça saute.

– Pour quel motif ?

– Violation de propriété, ça crève les yeux.

– Mais votre groupe a annoncé que cet événement était ouvert au public, lui fit remarquer l'agent Delinko. Si j'arrête ce garçon, je serai obligé d'arrêter aussi tous ceux qui sont présents sur ce terrain.

Roy observa qu'une veine du cou de Mr Muckle se gonflait et se mettait à pulser comme un tuyau d'arrosage.

– Dès demain matin, je toucherai un mot à votre sujet au chef Deacon, siffla Mr Muckle entre ses dents au policier. Ça vous laissera toute la nuit pour torcher votre C.V.

Puis il braqua un regard foudroyant sur le contremaître au désespoir.

– Mr Branitt, voulez-vous avoir l'obligeance de déraciner… cette mauvaise *herbe* filandreuse de notre terrain.

– Vous amusez pas à ça, les avertit le demi-frère de Béatrice, mâchoires serrées.

– Tiens donc. Et pourquoi ? fit Chuck Muckle.

Le garçon sourit.

– Rends-moi service, Roy. Regarde ce qu'il y a dans le seau.

Roy ne fut que trop heureux de s'exécuter.

– Tu vois quoi ? demanda le garçon.

– Des mocassins bouches-de-coton, répondit Roy.

– Combien ?

– Neuf ou dix.

– Ils ont l'air heureux, Roy ?

– Pas vraiment.

– Que penses-tu qu'il arrivera si je renverse ce truc ?

Du bout de la langue, Doigts de Mulet montra la ficelle qui le reliait au seau.

– Quelqu'un pourrait être gravement mordu, fit Roy, jouant le jeu.

Il n'avait été que moyennement surpris (mais soulagé) de constater que les serpents du seau étaient en caoutchouc.

Mr Muckle mijotait dans son jus.

– C'est ridicule – Branitt, faites ce que je vous ai dit. Retirez-moi ce gamin de ma vue !

Le contremaître recula.

– Très peu pour moi. Je raffole pas des serpents.

– Ah non ? Alors, vous êtes viré.

Une fois de plus, le vice-président se tourna face à l'agent Delinko.

– Rendez-vous utile. Tuez-moi ces sales bestioles.

– Non, monsieur, pas avec tout ce monde autour. C'est trop dangereux.

Le policier s'approcha du gamin et plia un genou.

– Comment tu es entré ici ? lui demanda-t-il.

– J'ai sauté par-dessus la clôture hier au soir. Puis je me suis caché sous une pelleteuse, répondit le garçon. Vous êtes passé devant moi au moins cinq fois.

– C'est toi qui as bombé ma voiture de patrouille la semaine dernière ?

– Sans commentaire.

– Et qui t'es enfui de l'hôpital ?

– Sans commentaire *bis*, fit le garçon.

– Et qui as accroché le T-shirt vert à mon antenne ?

– Vous comprenez pas, m'sieur. Les chouettes avaient aucune chance contre ces engins.

– Si, je comprends. Je te jure que oui, dit l'agent Delinko. Encore une question : tu es sérieux avec ces bouches-de-coton ?

– Sérieux comme une crise cardiaque.

– Je peux jeter un coup d'œil dans le seau ?

Les yeux du garçon papillotèrent.

– A vos risques et périls, fit-il.

Roy chuchota à Béatrice :

– Faut qu'on fasse quelque chose et vite. Ces serpents sont pas des vrais.

– Ah, géant.

Au moment où le policier s'approchait du seau, Béatrice s'écria :

– Faites pas ça ! Vous allez vous faire mordre…

L'agent Delinko ne broncha pas. Il examina le contenu pendant ce qui parut une éternité à Roy et à Béatrice.

« C'est cuit, se dit Roy, morose. Impossible qu'il remarque pas qu'ils sont bidons. »

Pourtant le policier s'éloigna du seau sans piper mot.

– Alors ? demanda Mr Muckle. On fait quoi ?

– Le gamin plaisante pas. Si j'étais vous, je négocierais, conseilla l'agent Delinko.

– Ah ! Je ne négocie pas avec des jeunes délinquants.

Avec un grognement, Chuck Muckle arracha la pelle dorée des mains du conseiller Grandy et se rua vers le seau.

– Non ! beugla le garçon dans le sol, crachant la ficelle.

Mais on ne pouvait plus arrêter le représentant de Maman Paula. D'un large revers de pelle, il renversa le seau et se mit à taper et hacher menu les serpents, écumant d'une rage aveugle. Il ne s'arrêta qu'après les avoir mis en pièces.

En petits morceaux de caoutchouc.

Épuisé, Chuck Muckle se pencha et plissa des yeux pour examiner les reptiles jouets mutilés. Son expression refléta à la fois l'incrédulité et l'humiliation.

– Bon sang, qu'est-ce… ? siffla-t-il comme un asthmatique.

Durant sa violente agression des bouches-de-coton, la foule avait poussé des « oh ! » et des « ah ! ». A présent, on n'entendait plus que les « clic-clic-clic » de l'appareil du photographe de presse et le halètement du vice-président de Maman Paula.

– Eh, sont faux, ces serpents ! s'exclama le Frisé d'une voix flûtée. Sont même pas vrais.

Roy se pencha vers Béatrice et lui souffla :

– Einstein le retour.

Chuck Muckle pivota au ralenti. Il menaça du tranchant de la pelle le garçon coincé dans le terrier de chouettes.

– Toi ! beugla-t-il, en avançant sur lui.

Roy bondit et lui barra le passage.

– Tire-toi de mon chemin, petit, fit Chuck Muckle. J'ai plus de temps à perdre avec ces idioties. Pousse-toi de là !

Il était clair que le gros bonnet de Maman Paula avait complètement perdu son sang-froid et même, peut-être, la tête.

– Qu'allez-vous faire ? demanda Roy, sachant qu'il n'obtiendrait probablement pas de réponse calme et patiente.

– Je t'ai dit de te pousser de là ! Je vais déterrer ce petit crétin moi-même.

Béatrice Leep fonça comme une flèche et se tint près de Roy, lui saisissant la main droite. Un murmure anxieux courut à travers la foule.

– Wouah, comme c'est mignon. Deux vrais Roméo et Juliette, persifla Chuck Muckle.

Puis baissant le ton, il leur dit .

– Fini de jouer, les enfants. Je compte jusqu'à trois et je vais me servir de cette pelle – ou encore mieux, si je demandais à Crâne d'Œuf ici présent de démarrer le bulldozer ?

Le contremaître se rembrunit.

– J'croyais que vous aviez dit que j'étais viré.

Venu de nulle part, quelqu'un agrippa la main gauche de Roy – c'était Garrett, sa planche sous le bras. Trois de ses potes de skate s'étaient rangés près de lui.

– Vous faites quoi, les mecs ? dit Roy.

– On sèche les cours, répondit joyeusement Garrett, mais, mon vieux, ça m'a l'air plus l'éclate par ici.

Roy, en se retournant, vit que l'équipe de foot au grand complet avait rejoint Béatrice et que de leurs bras, elles formaient une chaîne silencieuse. C'étaient de grandes filles costaudes que les menaces tonitruantes de Chuck Muckle n'intimidaient pas le moins du monde.

Ce dernier s'en aperçut, lui aussi.

– Arrêtez ces bêtises, tout de suite ! supplia-t-il. Inutile que ça dégénère en émeute.

Roy vit avec ébahissement de plus en plus de jeunes se détacher de la foule et se tenir par la main, formant une barricade humaine autour du demi-frère à demi enterré de Béatrice. Aucun de leurs parents ne fit un geste pour les en empêcher.

Le cameraman annonça que la manifestation était diffusée en direct aux infos télévisées de midi, tandis que le photographe de presse, pour avoir un cliché en gros plan, fondait en piqué sur Mr Muckle, l'air vidé, défait et affligé soudain d'un coup de vieux. Il s'appuya sur la pelle de cérémonie comme sur une canne.

– L'un de vous m'a entendu ? fit-il d'un ton rauque. La cérémonie est terminée ! Finie ! Vous pouvez tous rentrer chez vous maintenant.

Le maire, le conseiller Grandy et le représentant de l'office de tourisme battirent subrepticement en retraite dans leur limousine, tandis que **Leroy** Branitt gagnait d'un pas lent sa caravane pour s'y rafraîchir d'une bière. L'agent Delinko adossé à la clôture rédigeait son rapport.

Roy était dans un hébétement étrange mais tranquille.

Une fille se mit à chanter le vieux tube folk connu de tous, *This Land is Your Land*. C'était Béatrice – qui l'eût cru – et sa voix ravissante surprenait par sa douceur. Assez vite, les autres jeunes se mirent eux aussi à chanter. Roy ferma les yeux et se sentit flotter sur le versant ensoleillé d'un nuage.

– Excuse-moi, champion. Y a de la place pour une de plus ?

Roy rouvrit les yeux en papillotant et fit un large sourire.

– Oui, m'dame, dit-il.

Maman Paula rejoignit le cercle en s'intercalant entre lui et Garrett. Sa voix était rocailleuse mais elle poussait bien la chansonnette.

La manifestation dura encore une bonne heure. Deux nouvelles équipes de télé se pointèrent, en compagnie de deux voitures de police supplémentaires de Coconut Cove, appelées par l'agent Delinko.

321

Chuck Muckle exhorta les derniers représentants de l'ordre arrivés à arrêter les manifestants pour violation de propriété privée, absentéisme et trouble à l'ordre public. Sa suggestion fut rejetée avec fermeté, un sergent informant Mr Muckle que passer les menottes à une bande de collégiens ne serait pas bon pour l'image du Département de Sécurité Publique.

La situation demeura à peu près stable jusqu'à l'arrivée en fanfare de Lonna Leep, qui avait repéré son fils aux infos télévisées. Mise sur son trente et un comme si elle se rendait à une réception, elle ne montra pas la moindre timidité à fourrer son nez devant les appareils photo. Roy la surprit en train de confier à un journaliste qu'elle était très fière que son garçon risque de perdre sa liberté pour sauver ces pauvres chouettes sans défense.

– Mon brave petit champion à moi! cocorica Lonna d'infecte façon.

Avec un couinement d'affliction bidon, elle chargea le rempart humain qui encerclait son fils. Béatrice commanda à chacun de serrer les rangs, bloquant le passage à Lonna.

Il y eut un instant électrique où Lonna et sa belle-fille restèrent à se fusiller du regard, comme prêtes à en venir aux mains. Garrett mit fin au face-à-face par un faux pet phénoménal qui expédia Lonna en arrière, chancelante d'horreur.

Roy poussa Béatrice du coude.

– Regarde là-haut!

Au-dessus de leurs têtes, un tout petit oiseau aux couleurs du crépuscule effectuait de merveilleux et audacieux vols en tire-bouchon. Roy et Béatrice l'observèrent avec ravissement virer de plus en plus bas, finissant par un plongeon radical vers le terrier au centre du cercle.

Tout le monde virevolta pour voir où l'oiseau avait atterri. Tout à coup, la chanson cessa.

Doigts de Mulet, tâchant de ne pas pouffer, avait la chouette casse-cou perchée tranquillement sur le sommet du crâne.

– T'en fais pas, p'tit mec, lui dit le garçon. Pour l'instant, tu risques plus rien.

Chapitre 21

Napoléon ?
– Napoléon Bridger.
Roy lut le nom à haute voix.
– C'est certainement haut en couleur, observa sa mère.

Ils étaient attablés devant leur petit déjeuner ; Mrs Eberhardt découpait avec soin articles et photographies dans le journal du matin.

La première page publiait une photo de Roy, Béatrice et Maman Paula se tenant par la main dans le cercle, lors de la manifestation. On pouvait voir la tête du demi-frère de Béatrice à l'arrière-plan, ressemblant beaucoup à une noix de coco avec une moumoute blonde.

La légende de la photo révélait que Maman Paula était une actrice et une ex-reine de beauté du nom de Kimberly Lou Dixon. Le demi-frère de Béatrice était identifié sous celui de Napoléon Bridger Leep.

– Il est rentré chez lui maintenant ? demanda la mère de Roy.

– Je sais pas s'il dirait ça comme ça, fit Roy. Mais il est retourné chez sa mère et son beau-père.

Sur les lieux de la manif des collégiens, Lonna Leep avait piqué une crise de pleurs postillonnants et réclamé d'être réunie avec son fils. Sans s'interroger davantage, les agents de police l'avaient menée hors de la foule jusqu'à Doigts de Mulet, faisant fuir l'audacieuse petite chouette loin du garçon.

– Mon champion ! Mon brave petit héros ! s'était pâmée Lonna devant les objectifs tandis qu'il s'extirpait en se contorsionnant du terrier. Roy et Béatrice l'avaient vue, dégoûtés, étreindre Doigts de Mulet, d'une embrassade mélodramatique et étouffante.

Mrs Eberhardt découpa dans le journal la photo de Lonna posant près de son garçon, qui avait l'air extrêmement mal à l'aise.

– Peut-être que les choses iront mieux entre eux deux, fit la mère de Roy, avec optimisme.

– Non, m'man. Elle voulait juste passer à la télé.

Roy allongea la main vers son sac à dos.

– Je ferais mieux d'y aller.

– Ton père veut te voir avant le collège.

– Ah.

Mr Eberhardt avait travaillé tard la veille au soir et Roy était déjà couché quand il était rentré.

– Il est en colère ? demanda Roy à sa mère.

– Je ne crois pas. En colère à cause de quoi ?

Roy lui montra le journal, mosaïque de trous faits aux ciseaux.

– De ce qui s'est passé hier. De ce que nous avons fait, Béatrice et moi.

– Mon chéri, tu n'as ni enfreint la loi ni fait de mal à qui que ce soit, dit Mrs Eberhardt. Tu t'es contenté de dire haut et fort ce que tu croyais juste. Ton père respecte ça.

Roy savait que « respecter » n'était pas nécessairement la même chose qu'« être d'accord ». Il avait le sentiment que son père était sympathisant de la cause des chouettes, mais Mr Eberhardt ne l'avait jamais déclaré ouvertement.

– Maman Paula va toujours construire sa crêperie, m'man ?

– Je n'en sais rien, Roy. Apparemment, ce Mr Muckle a perdu son calme et tenté d'étrangler une journaliste qui lui a posé la même question.

– Pas possible !

Roy et Béatrice étaient partis avant la fin de la conférence de presse improvisée.

Mrs Eberhardt agita la coupure de journal.

– C'est ce qu'on dit ici.

Roy n'en revenait pas de la place que le journal avait consacrée à la manif pro-chouettes. Ça devait être le plus grand événement que Coconut Cove avait connu depuis le cyclone.

– Le téléphone a commencé à sonner à partir de six heures, ce matin, lui dit sa mère. Ton père me l'a fait décrocher.

– Je suis vraiment désolé, m'man.

– Sois pas bête. Je vais faire un album, mon chéri, de toutes les coupures de presse. Tu pourras le montrer à tes enfants et à tes petits-enfants.

« J'aimerais mieux leur montrer les chouettes, songea Roy, s'il en reste encore à ce moment-là. »

– Roy !

C'était son père, qui l'appelait depuis son bureau.

– Tu pourrais répondre à la porte, s'il te plaît ?

Une jeune femme mince aux cheveux bruns coupés court salua Roy sur le perron. Elle était armée d'un calepin à spirales et d'un stylo bille.

– Salut, je suis de la *Gazette*, se présenta-t-elle.

– Merci, mais on est déjà abonnés.

La jeune femme éclata de rire.

– Oh, mais je ne vends pas le journal, j'écris dedans.

Elle lui tendit la main.

– Kelly Colfax.

Sur le cou de Kelly, Roy remarqua des traces de doigt bleuâtres ressemblant aux ecchymoses que Dana Matherson avait laissées sur le sien. Roy supposa que Kelly Colfax était la journaliste que Chuck Muckle avait tenté d'étrangler.

– Je vais chercher mon père, lui dit-il.

– Oh, ce n'est pas nécessaire. C'est à vous que je voulais parler, répondit-elle. Vous êtes bien Roy Eberhardt ?

Ce dernier se sentit piégé. Il ne voulait pas se

montrer grossier, mais ne désirait certainement pas dire quoi que ce soit qui pourrait attirer encore plus d'ennuis à Doigts de Mulet.

Kelly Colfax se mit à le bombarder de questions :

Comment vous êtes-vous retrouvé mêlé à cette manifestation ?

Vous êtes un ami de Napoléon Bridger Leep ?

Êtes-vous tous les deux impliqués dans les actes de vandalisme qui ont eu lieu sur le terrain de Maman Paula ?

Vous aimez les crêpes ? Et quel genre de crêpes ?

Roy en avait la tête qui tournait. Il finit par l'interrompre en disant :

– Écoutez, je suis juste allé là-bas pour la défense des chouettes. C'est tout.

Tandis que la journaliste notait les déclarations de Roy, la porte s'ouvrit brusquement sur Mr Eberhardt – rasé, douché et impeccablement vêtu de l'un de ses costumes gris.

– Excusez-moi, madame, puis-je dire un mot à mon fils ?

– Mais absolument, fit Kelly Colfax.

Mr Eberhardt attira Roy à l'intérieur et referma la porte.

– Roy, tu n'as pas à répondre à une seule de ses questions.

– Mais je veux juste qu'elle sache...

– Tiens. Donne-lui ça.

Le père de Roy ouvrit sa serviette d'où il retira un épais dossier.

– C'est quoi, p'pa ?

– Elle comprendra.

Roy ouvrit le dossier et son visage s'éclaira d'un sourire.

– C'est le dossier de la mairie, hein ?

– Une copie, fit son père. Exact.

– Celui avec tout le bazar de Maman Paula. J'ai essayé de le trouver, mais il n'y était pas, fit Roy. Maintenant, je sais pourquoi.

Mr Eberhardt expliqua qu'il l'avait emprunté, avait photocopié chaque page, puis qu'il en avait soumis la teneur à des avocats qui étaient des spécialistes de l'environnement.

– Alors, est-ce que Maman Paula a le droit d'enterrer les trous de chouettes ou pas ? demanda Roy. C'était dans le dossier ?

Son père secoua la tête.

– Neûn.

Roy exultait tout en restant perplexe.

– P'pa, tu devrais pas le remettre à quelqu'un du ministère de la Justice ? Pourquoi tu veux que je le passe au journal ?

– Parce qu'il y a là-dedans quelque chose que tout le monde à Coconut Cove doit savoir.

Mr Eberhardt parlait d'un ton confidentiel, d'une voix étouffée.

– En fait, c'est ce qui n'y est pas qui est important.

– Dis-moi, fit Roy.

Et son père le lui dit.

Quand Roy rouvrit la porte d'entrée, Kelly Corfax l'attendait avec un sourire plein d'entrain.

– On peut continuer notre interview ?

Roy lui décocha un sourire éclatant en guise de réponse.

– Désolé, mais je vais vraiment être en retard au collège.

Il lui tendit le dossier.

– Tenez. Ça devrait vous aider pour votre article.

La journaliste fourra son calepin sous le bras et prit le dossier des mains de Roy. En feuilletant les documents, la frustration succéda à l'euphorie sur son visage.

– Ça veut dire quoi tout ça, Roy ? Qu'est-ce que je dois chercher exactement ?

– Je crois que ça s'appelle une É.I.E., fit Roy, récitant ce que son père lui avait appris.

– Autrement dit… ?

– Étude d'impact sur l'environnement.

– Mais oui ! Bien sûr, fit la journaliste. On est censé en faire une pour tout projet immobilier d'envergure. C'est la loi.

– Ouais, mais l'É.I.E. de Maman Paula ne figure pas là-dedans.

– Je ne vous suis plus, là, Roy.

– Elle est *censée* se trouver dans le dossier, dit-il. Mais elle n'y est pas. Ça signifie que le groupe n'en a jamais fait ou l'a égarée exprès.

– Ah !

On aurait dit que Kelly Colfax venait de gagner à la loterie.

– Merci, Roy, dit-elle, étreignant le dossier des deux bras et en redescendant les marches. Merci beaucoup, beaucoup.

– Pas de quoi, fit Roy entre ses dents. Remerciez mon père.

Qui n'était évidemment pas indifférent au sort des chouettes, lui non plus.

Épilogue

Au cours des semaines qui suivirent, l'histoire Maman Paula poussa comme un champignon et vira en beau scandale. L'étude d'impact sur l'environnement manquante fit la première page de la *Gazette* et porta le coup fatal au projet de crêperie.

Il s'avéra qu'une É.I.E avait été bien effectuée et que les zoologistes du groupe avaient répertorié trois couples de chouettes des terriers nichant sur le site. En Floride, ces oiseaux sont strictement protégés en tant qu'« espèce particulièrement menacée », aussi leur présence sur le terrain de Maman Paula aurait-elle posé de sérieux problèmes juridiques – et créé un désastre sur le plan des relations publiques – si on l'avait ébruitée.

Par conséquent, l'étude d'impact sur l'environne ment avait disparu fort à propos des archives de la mairie. On retrouva par la suite ledit rapport dans un sac de golf du conseiller municipal Bruce Grandy, accompagné d'une enveloppe contenant approximativement quatre mille cinq cents dollars en liquide. Le conseiller Grandy nia avec indignation que cette somme fût un pot-de-vin du groupe de Maman Paula, avant de se ruer à Fort Myers et d'engager le plus cher des avocats pour sa défense.

Dans le même temps, Kimberly Lou Dixon abandonnait son rôle de Maman Paula pour la télévision ; elle déclara qu'elle ne pouvait plus travailler pour un groupe prêt à enterrer des bébés chouettes rien que pour vendre quelques malheureuses galettes d'avoine de plus. Le point d'orgue de sa déclaration larmoyante fut le moment où elle exhiba sa carte de membre perpétuel de l'Audubon Society – instant qui fut immortalisé par *Entertainment Tonight*, *Inside Hollywood* et le magazine *People*, qui publia aussi la photo de Kimberly Lou, Roy et Béatrice main dans la main à la manif prochouettes.

Kimberly Lou Dixon n'avait jamais suscité un tel intérêt médiatique, ni comme finaliste du concours de Miss America, ni même comme future vedette des *Envahisseurs mutants de Jupiter VII*. La mère de Roy suivit à la trace l'envol de la carrière de l'actrice dans les éditos du show-biz, où on signalait qu'elle venait de signer un contrat pour faire une apparition dans le nouveau film d'Adam Sandler.

Inversement, la publicité faite autour des chouettes fut un cauchemar pour le groupe des Maisons des Crêpes 100 % Américaines de Maman Paula, qui se retrouva en première page du *Wall Street Journal* pour un article tout sauf flatteur. La valeur de l'action de la compagnie plongea aussitôt à pic.

Après avoir pété les plombs lors de la cérémonie d'inauguration, Chuck E. Muckle fut rétrogradé au poste d'assistant vice-président junior et contraint de suivre un cours de « Comment gérer son agressivité » qui ne porta pas ses fruits. Peu de temps après, il démissionna du groupe et prit un boulot de directeur de croisière à Miami.

Pour finir, Maman Paula n'eut d'autre choix que d'abandonner son projet d'implantation d'un restaurant à l'angle d'Oriole Est et de Woodbury. Après le harcèlement des gros titres concernant l'É.I.E. manquante, la désertion embarrassante de Kimberly Lou Dixon, les plans télé de Chuck Muckle sautant à la gorge d'une journaliste et... enfin mais pas infime, ces chouettes de malheur.

Tout le monde était sens dessus dessous à propos des chouettes.

N.B.C. et C.B.S. envoyèrent des équipes de tournage au collège de Trace Middle pour rencontrer jeunes manifestants et membres du corps enseignant. Roy fit profil bas mais Garrett lui apprit par la suite que Miss Hennepin avait donné une interview où elle faisait l'éloge des élèves qui avaient manifesté à l'heure du déjeuner en affirmant les avoir encouragés à y participer. Roy était toujours amusé quand les adultes mentaient pour se donner de l'importance.

Il ne regardait pas la télévision ce soir-là, mais sa

mère se précipita dans sa chambre pour lui apprendre que Tom Brokaw parlait de lui et de Béatrice aux infos nationales. Mrs Eberhardt emmena Roy au salon juste à temps pour entendre le pdg de Maman Paula promettre de faire du terrain de Coconut Cove une réserve, un sanctuaire permanent pour les chouettes des terriers et de faire don de cinquante mille dollars au Conservatoire de la nature.

– Nous tenons à assurer à tous nos clients que Maman Paula demeure fortement concernée par la protection de l'environnement, dit-il, et nous regrettons profondément que les agissements négligents d'une poignée d'anciens employés et d'entrepreneurs aient pu mettre en péril ces petits oiseaux uniques en leur genre.

– Quelles conneries, murmura Roy.

– Roy Andrew Eberhardt, veux-tu !

– Pardon, m'man, mais ce type ne dit pas la vérité. Il savait tout sur les chouettes. Ils étaient tous au courant.

Mr Eberhardt supprima le son de la télévision.

– Roy a raison, Lizzy. Ils protègent leurs arrières, c'est tout.

– Bon, l'important c'est que tu aies agi, dit sa mère à Roy. Les oiseaux sont à l'abri de ces gens de la crêperie. Ça devrait te faire très plaisir !

– Oui, répondit Roy. Mais ce n'est pas moi qui ai sauvé les chouettes.

Mr Eberhardt s'avança et posa une main sur l'épaule de son fils.

– Tu as fait circuler l'info, Roy. Sans toi, personne n'aurait su ce qui se passait. Personne ne serait venu manifester contre les bulldozers.

– Ouais, mais c'est le demi-frère de Béatrice qui est à l'origine de tout, fit Roy. C'est lui qu'on aurait dû citer chez Peter Brokaw ou je ne sais où. Tout est parti de lui.

– Je sais bien, mon chéri, dit Mrs Eberhardt, mais il a disparu.

Roy acquiesça.

– Oui, ça en a tout l'air.

Doigts de Mulet avait tenu moins de quarante-huit heures sous le même toit que Lonna, qui avait passé le plus clair de son temps au téléphone à tenter d'obtenir de nouvelles interviews télévisées. Lonna avait compté sur son fils pour que la famille Leep reste sous les feux de l'actualité, le dernier endroit où, lui, avait envie d'être.

Béatrice aida le garçon à quitter la maison en catimini tandis que Lonna et Léon se disputaient au sujet d'une nouvelle robe qu'elle avait achetée sept cents dollars en prévision de sa participation à l'émission d'Oprah Winfrey. Personne de l'équipe d'Oprah n'ayant rappelé Lonna, Léon exigeait qu'elle rende la robe et se la fasse entièrement rembourser.

Au moment où l'engueulade des Leep atteignait environ le niveau de décibels d'un bombardier B-52, Béatrice aida son demi-frère à sauter par une fenêtre de la salle de bains. Malheureusement, un voisin trop curieux avait confondu l'évasion avec un cambriolage et prévenu la police. Doigts de Mulet avait à peine parcouru deux blocs que des voitures de patrouille le prenaient de vitesse et le cernaient.

Lonna, furieuse et dépitée que son fils soit retombé dans ses vieilles habitudes de fugueur, déclara aux agents de police qu'il lui avait volé un anneau d'orteil de grande valeur dans sa boîte à bijoux et exigea qu'on l'enferme dans un centre d'éducation surveillée pour lui donner une bonne leçon.

Le garçon n'y était resté que dix-sept heures avant de s'évader, et cette fois avec un complice inattendu.

Dissimulé dans un panier à linge avec son nouveau meilleur ami, Dana Matherson était loin de se douter qu'on l'avait spécialement choisi pour l'évasion, que le gamin blond maigrichon savait exactement qui il était et connaissait tous les coups tordus qu'il avait faits à Roy Eberhardt.

Avec son esprit borné, Dana avait dû croire à un coup de chance inespéré ; le panier à linge, une fois chargé dans la camionnette du blanchisseur, franchit les grilles du centre. Le son des sirènes qui s'approchaient ne l'avaient sans doute pas inquiété jusqu'à ce que la camionnette freine et que les portières arrière s'ouvrent à la volée.

Les deux fugitifs sautèrent alors du ballot malodorant de vêtements sales et détalèrent à toutes jambes.

Plus tard, en apprenant l'histoire de la bouche de Béatrice, Roy sut aussitôt pourquoi son demi-frère avait choisi Dana Matherson comme compagnon d'évasion. Doigts de Mulet était vif et fuyant comme une anguille tandis que Dana était mou et avait les pieds endoloris, n'étant pas encore tout à fait remis de sa mésaventure avec les pièges à rats.

« Le pigeon parfait, Dana. »

Ce qui est sûr, c'est que la police avait facilement rattrapé ce gros voyou, même s'il sema deux agents avant de se faire plaquer au sol et menotter. A ce moment-là, le demi-frère de Béatrice n'était plus qu'un point flou au loin, une traînée couleur bronze qui disparaissait dans l'enchevêtrement d'une ligne d'arbres.

La police ne le retrouva pas mais ne poussa pas très loin les recherches. Dana était la prise de choix, celui qui avait un casier et une mauvaise conduite.

Roy non plus ne retrouva pas Doigts de Mulet. A plusieurs reprises, il s'était rendu à bicyclette à la casse auto et avait jeté un œil dans la camionnette de crèmes glacées Jo-Jo, mais elle était toujours vide. Puis, un beau jour, la camionnette elle-même disparut, embarquée pour être compressée en un cube de ferraille rouillée.

Béatrice Leep connaissait la cachette de son demi-frère, mais il lui avait fait jurer de garder le secret

– Désolée Tex, avait-elle dit à Roy. Je l'ai juré sur ma tête.

Donc, eh oui, le garçon avait bel et bien disparu.

Et Roy savait qu'il ne reverrait plus Napoléon Bridger à moins que ce dernier ne le veuille.

– Il s'en tirera, il sait comment survivre, dit Roy au bénéfice de sa mère.

– J'espère que tu as raison, fit-elle, mais il est si jeune...

– Eh, j'ai une idée.

Le père de Roy fit cliqueter ses clés de voiture.

– Si on allait faire un tour.

Quand les Eberhardt arrivèrent à l'angle de Woodbury et d'Oriole Est, deux autres véhicules étaient déjà garés devant le portail de la clôture. L'un d'eux était une voiture radio, l'autre un pick-up bleu. Roy reconnut les deux.

L'agent David Delinko s'était arrêté en revenant du commissariat ; il avait reçu un autre bon point de son chef – cette fois pour avoir aidé à la recapture de Dana Matherson.

Leroy Branitt, le Frisé, temporairement entre deux boulots, conduisait sa femme et sa belle-mère au centre commercial quand il avait décidé de faire ce bref détour.

Comme les Eberhardt, ils étaient venus voir les chouettes.

Le crépuscule tombait et ils patientaient dans un silence amical et consensuel, même si les sujets de conversation ne leur manquaient pas. A l'exception de la clôture et de ses banderoles défraîchies, les lieux ne révélaient aucune trace de l'ancienne présence du groupe de la crêperie. On avait remorqué la caravane du Frisé, déménagé les engins de terrassement, rendu les toilettes ambulantes à la société de location. Même les jalons avaient disparu : arrachés du sol et emportés avec les ordures.

L'air nocturne s'emplit peu à peu du chant des grillons et Roy sourit sous cape, en se rappelant ceux qu'il avait lâchés dans le coin. Il était évident que les chouettes ne manquaient pas d'autres insectes pour se nourrir.

Peu après, un couple de nocturnes surgit d'un terrier voisin. Leur rejeton flageolant sur ses pattes les suivait, d'aspect aussi fragile qu'une décoration de Noël.

A l'unisson, les chouettes firent effectuer une rotation à leurs petites têtes pour dévisager les humains qui les dévisageaient, elles. Roy s'imaginait d'ici ce qu'elles pensaient.

– Faut avouer, fit le Frisé avec un grognement affectueux, qu'elles sont trognons.

Un samedi, après que le scandale Maman Paula fut retombé, Roy assista à un match de foot que jouaient Béatrice et ses amies. L'après-midi était caniculaire, mais Roy s'était résigné au fait qu'il n'y avait pas de changements de saisons en Floride du Sud, seulement de légères variations de l'été.

Et même si le piquant des automnes du Montana lui manquait, Roy se surprit à y rêvasser moins souvent. Aujourd'hui, le soleil illuminait le terrain de foot, vert comme un tapis de néon, et Roy fut ravi de retirer son T-shirt pour se dorer.

Béatrice marqua trois buts avant de le remarquer vautré dans les tribunes. Quand elle le salua du bras, Roy leva les deux pouces et pouffa, parce que c'était plutôt drôle – Béatrice le Bulldo qui saluait Tex, le nouveau.

Le soleil au zénith et la chaleur vaporeuse rappelèrent à Roy un autre bel après-midi, il n'y avait pas si longtemps ni point trop loin de là. Avant la fin du match, il rafla son T-shirt et s'esquiva.

Le trajet était court du terrain de foot au bras de mer camouflé. Roy enchaîna sa bicyclette à une vieille souche noueuse et se fraya un chemin entre les arbres enchevêtrés.

La marée étant très haute, seule une portion effritée de la cabine de pilotage de la *Molly Bell* était visible au-dessus de la surface. Roy suspendit ses baskets à une branche fourchue et nagea jusqu'à l'épave, en se laissant porter par la tiédeur du courant.

Il agrippa à deux mains le rebord du toit de la cabine et se hissa sur le bois gondolé. Il y avait a peine assez de place pour s'y percher au sec.

Roy s'allongea sur le ventre, chassa le sel de ses yeux d'un battement de cils et attendit. Le silence l'enveloppait en douceur comme une couverture.

Il vit d'abord l'ombre en forme de T du balbuzard traverser l'eau verte et pâle en dessous de lui. Plus tard vint le héron blanc, planant bas et quêtant vainement un haut-fond où patauger. Bientôt l'échassier se posa à mi-hauteur d'une mangrove sombre, lançant des cris rauques et irrités contre la marée haute.

Même si cette élégante compagnie était la bienvenue, Roy gardait les yeux rivés sur le bras de mer. Le « plouf » d'un tarpon, qui se nourrissait en amont, le mit en alerte et, comme de bien entendu, l'eau se mit à s'agiter et à bouillonner en surface. Quelques instants plus tard un banc de mulets fit irruption, tels des traits d'argent brillant, jaillissant dans les airs, encore et encore.

Sur le toit de la cabine, Roy rampa en avant le plus loin qu'il osa, les bras ballants dans le vide. Les mulets cessèrent leurs sauts et, rassemblés en une escadrille en V, fendirent le centre du bras de mer d'un sillage nerveux, se dirigeant vers la *Molly Bell*. Bientôt, l'eau au-dessous de Roy s'assombrit et il distingua la forme à tête arrondie de chaque poisson, nageant à sauve qui peut.

Comme le banc approchait de l'épave du « crabier », il se divisa nettement comme tranché par la lame d'un sabre. Roy choisit un poisson vite fait et, en équilibre précaire, plongea les deux mains dans le courant.

Pendant un instant palpitant, il sentit vraiment sa prise dans sa main – fraîche, glissante, aussi magique que du mercure. Il serra les doigts mais le mulet gicla sans effort de son poing avant de rejoindre d'un saut le banc en fuite.

343

Roy se redressa et contempla ses paumes dégoulinantes et vides.

« Impossible, se dit-il. Personne ne peut attraper une de ces sacrées bestioles à mains nues, pas même le demi-frère de Béatrice. Il avait dû y avoir un truc, un habile tour de magie. »

Une espèce de rire jaillit du fouillis dense des mangroves. Roy l'attribua au héron mais, en levant la tête, il s'aperçut que l'oiseau s'était envolé. Il se redressa lentement, en se protégeant les yeux de l'éclat du soleil.

– C'est toi ? cria-t-il. C'est toi, Napoléon Bridger ?
Pas de réponse.

Roy attendit sans désemparer jusqu'au coucher du soleil ; le bras de mer se drapa d'ombres. Plus aucun éclat rieur ne s'éleva d'entre les arbres. A contrecœur, il glissa de la *Molly Bell* et laissa la marée basse le ramener sur la rive.

Il remit ses vêtements tel un robot mais, en tendant la main vers ses chaussures, il n'en vit qu'une, accrochée à la branche fourchue. Sa basket droite manquait.

Il enfila la gauche et partit à cloche-pied à la recherche de l'autre. Il la retrouva bientôt à demi submergée dans les hauts-fonds, sous les branches, là où, supposa-t-il, elle avait dû tomber.

Cependant, quand il se baissa pour la ramasser, elle ne voulut pas venir facilement. On avait entortillé solidement les lacets autour d'une racine incrustée de coquillages.

Roy avait les doigts qui tremblaient en défaisant les nœuds en demi-clé. Il souleva la basket détrempée et jeta un coup d'œil à l'intérieur.

Il y aperçut un mulet pas plus grand que l'index, frétillant et protestant de toutes ses éclaboussures contre sa captivité. Roy vida le bébé poisson dans sa paume et le remporta au bras de mer.

Il remit doucement le poisson dans l'eau où, après avoir lancé un seul éclair, celui-ci s'évanouit comme une étincelle.

Roy demeura immobile, écoutant intensément, mais n'entendit que le bourdonnement des moustiques et le chuchotis du ruisseau. L'étrange coureur était déjà loin.

En laçant son autre basket, Roy riait tout seul.

Donc la super capture du mulet à mains nues n'était pas truquée. Finalement, ce n'était pas impossible.

« Va falloir que je revienne un autre jour et que j'essaie encore un coup, j'crois bien », songea Roy. Ce que ferait tout vrai natif de Floride.

TABLE DES MATIÈRES

CARL HIAASEN
L'AUTEUR

Carl Hiaasen est né et a grandi en Floride. Il a commencé à écrire dès l'âge de six ans, lorsqu'on lui fit cadeau d'une machine à écrire. Depuis 1979, il travaille au *Miami Herald*, comme journaliste d'investigation et éditorialiste. C'est par ailleurs un romancier à succès qui a déjà écrit neuf romans pour adultes, qui tous se situent en Floride. Il est l'un des auteurs les plus drôles d'aventures policières. Les éditions Denoël ont publié *L'Arme du crocodile* (1994), *Pêche en eau trouble* (1998), *De l'orage dans l'air* (1999), *Jackpot* (2000), *Mal de chien* (2002), *Fatal Song* (2003).

Chouette est le premier ouvrage de Carl Hiaasen pour les jeunes lecteurs.

Composition : Firmin-Didot

ISBN : 2-07-056477-0
Loi n° 49-956 du 16 juillet 1949
sur les publications destinées à la jeunesse
Dépôt légal : juillet 2006
1er dépôt légal dans la même collection : janvier 2005
N° d'édition : 146489 - N° d'impression : 80436
Imprimé en France sur les presses de la Société Nouvelle Firmin-Didot